KB248287

바람 끝에 머문 시선

글 황금모 사진

P H O T O   E S S A Y

파란하늘

작가 노트

소소한 일상에 색을 입히고 숨결을 불어 넣었다.
발걸음이 가벼워지고 콧노래가 흘러나왔다.

비 오는 날엔 빗소리에, 바람 부는 날엔 바람결에, 시시각각 변주되는 풀벌레 소리에, 허공을 딛고 나풀대는 눈의 춤사위에 나의 시선을 집중했다.
소리 없이 흘러가 버릴 찰나의 조각들이 촉촉하게 의미를 걸치고 살아났다.
어쭙잖음에서 조금 더 발전된 모습으로 도약하기 위해 부단한 노력과 인내가 필요했다. 고단함도 오래 삭히면 아름다움이 된다고 하지만 오래 삭히는 일도 결코 쉬운 일은 아니다.
그동안 다양한 장르로 내 안의 결정체들을 선보였다. 하지만, 늘 아쉽고 어딘지 모르게 허전했다. 그 여백들이 주는 공허함이 숙제로 남았다.
사진을 통한 시각적이고 즉각적인 감각에 글의 구체적이고 사색적인 감성을 더해 다양하고 심도 있는 해석이 확장되도록 '포토 에세이'라는 이름으로 책을 엮는다.

아울러 '작가'라는 이름의 책임감을 더욱 묵직하게 짊어져야 하는 부담도 감수한다.

'찰칵'의 경쾌한 셔터 음과 늘 새로운 물결로 새겨지는 나의 하루하루가 어울려 가을 햇살에 붉어가는 풋사과처럼 향긋하게 스몄으면 좋겠다.
잔잔한 미소로 서녘 하늘을 물들이는 노을을 바라보며 노래 한 줄 읊조리면 좋겠고, 그리움에 젖은 마음 한 조각 어루만질 수 있었으면 좋겠다.

2025년 11월
늦은 가을에

차례

1부 바람을 채색하다

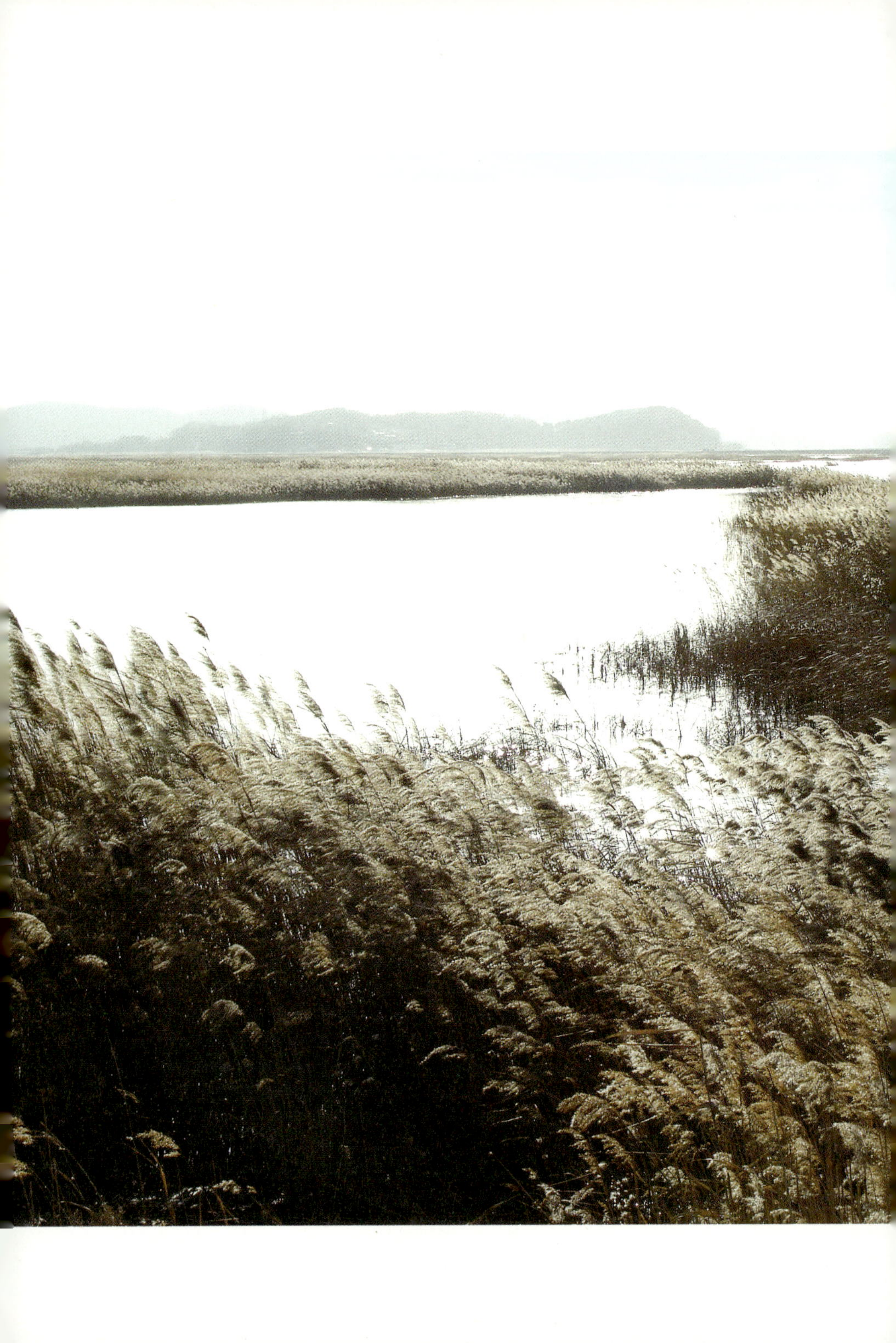

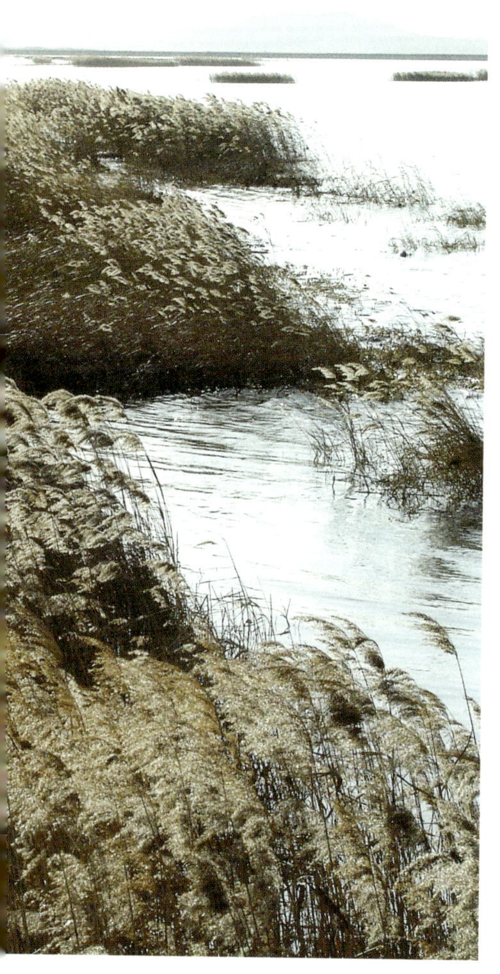

바람을 채색하다

가벼움으로

억새밭에 들어

억새꽃 출렁이는 강기슭에 바람이 인다. 꼿꼿한 품새로 서로의 몸을 부비며 푸른 하늘을 쓸어 모아, 굉음의 물결을 침묵으로 쏟아내는 저 속 빈 경구(警句)들. 바싹 마른 줄기 하나가 툭, 꺾어 가슴에 꽂힌다. 마음속 깊게 가라앉은 집착이 빠져나간다. 출렁, 가슴에 스며드는 물결. 질기게 매달리는 미련을 싣고 흘러간다. 눈을 감고 허공에 귀를 모은다. 잘랑잘랑, 맑은 풍경 소리. 눈이 부시도록 하얗게 흩어진다.

하얗게 나부끼는 억새 숲으로 걸어 들어갔다. 잠시 나를 숨기려 낮게 웅크리고 앉았다. 억새꽃이 구름인 양 뭉게뭉게 하늘로 날아오르고, 하얀 구름은 가볍게 억새 숲으로 내려앉았다. 바람이 억새 숲으로 들어와 몸을 누이고, 내 키보다 훌쩍 높은 억새는 스스스슥 바람 소리로 울었다. 억새 꽃이 구름이 되고, 구름이 억새꽃이 되고, 억새 줄기가 바람이 되었다. 그 바람 속에서 귀에 익은 목소리가 들렸다. 지문처럼 한 번 태어난 목소리 는 끝까지 변하지 않는다는 걸.

갈대숲을 빠져나오며 뒤를 돌아보았다. 속 빈 경구들이 바람에 실려 와락, 가슴으로 안긴다.

바람의 일과

저물녘, 둑길을 따라 붉은 노을의 그림자인 양 억새들이 일렁인다. 바람의 방향에 따라, 세기에 따라 아무런 저항도 없이 제 몸을 굽혔다가 세웠다가, 오로지 순응이 제 역할인 듯 흔들린다. 그러고 보니 저것들, 모두 바람의 길목들이다. 풍향계들이다. 그 속이 모두 비어 있다고, 휘청이고 싶은 것 있으면 숙박부 없는 풍찬노숙에 들어 마음껏 휘청거려 보라는 듯 춤을 춘다.

'억새'라는 말이 억척같다는 말로 오해를 살 수도 있겠지만, 억새는 다만 바람의 종류일 뿐이다. 세상의 어느 바람이 불어와도 억새는 그 종류를 감당할 수 있다. 어떤 사람들은 억새를 지상의 구름이라고도 말한다. 유유히 가을 한때를 흘러가는 뜬구름 같다고도 한다. 그 을씨년스러운 풍세(風勢)를 두고 한기 어린 몸서리를 치는 이들도 있겠지만, 억새밭 깊숙한 곳엔 털 짧은 짐승들의 잠자리가 아늑하게 자리 잡기도 한다. 억새는 바람으로 계절을 산다. 푸른 시절엔 물가에 사는 갈대들을 잠깐 부러워도 하겠지만, 그 속이 텅 비어 있기는 모두가 매한가지. 칼바람에 사

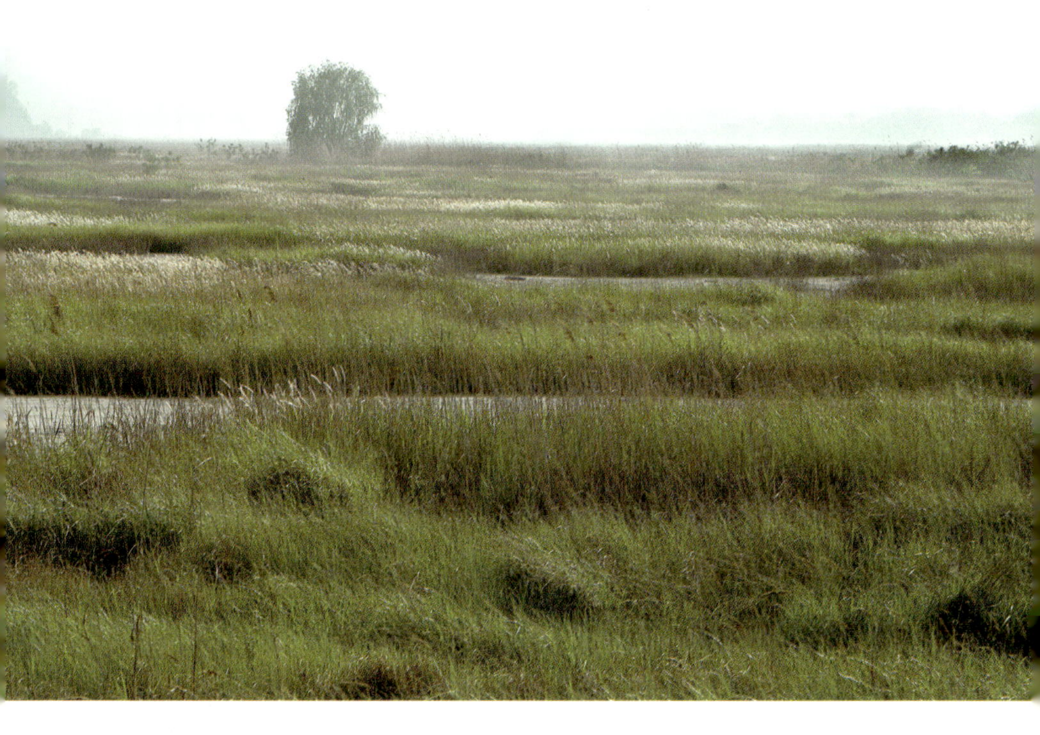

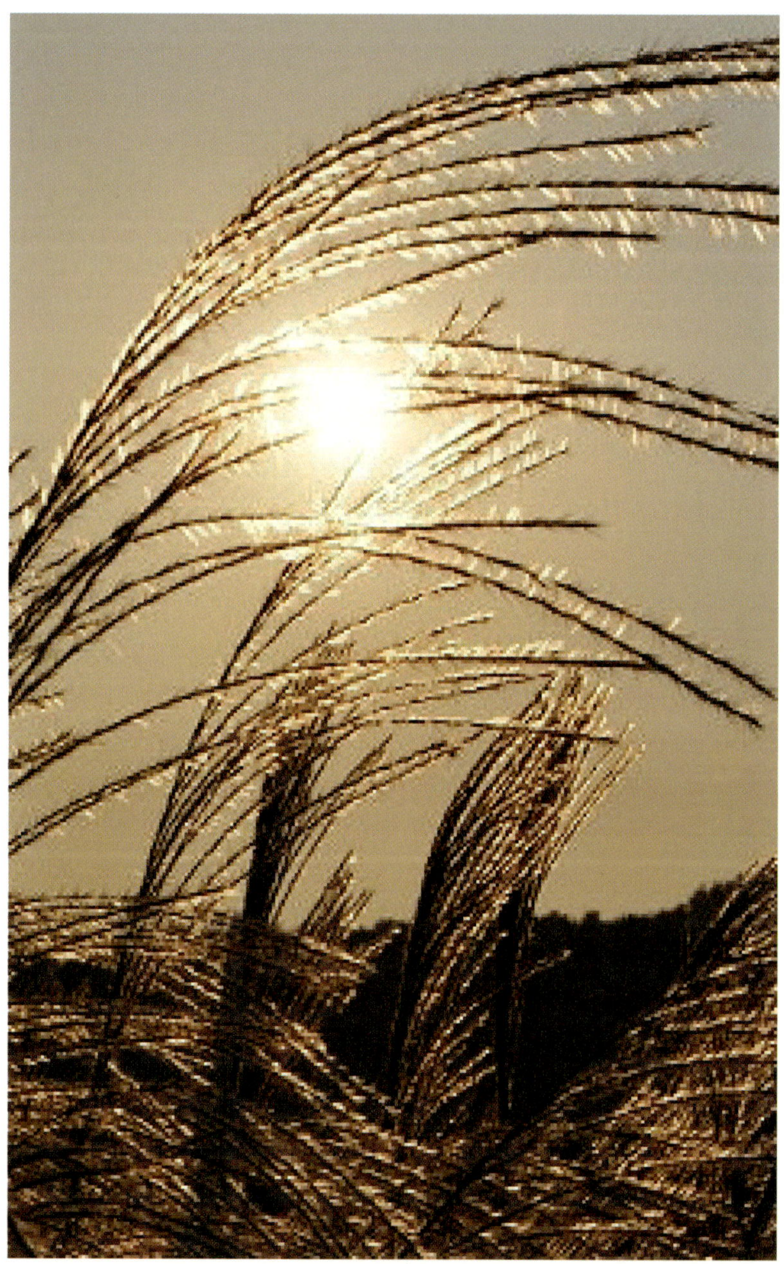

정없이 멱살잡이를 당해도 밖에다 잠자리를 펴고 그냥저냥 속없이 살아간다. 제 몸을 썰어 소리를 내니 누군가는 곤충의 음계를 지녔다고도 하지만, 바람을 가른다는 풍마(風馬)나 몽골 들판에서 자란다는 자욱한 먼지나 모두 바람의 음역(音域)임에 틀림이 없다.

푸른빛이 막 사위는 초가을 풀들의 눈자위가 젖어 있다. 언뜻 메마른 일이 을씨년스러워 보여도, 한겨울 꽝꽝 얼지 않고 다만 부스럭거리자는 지혜를 들려주는 것만 같다. 낡음인지 늙음인지 시나브로 가벼워져 아찔하고도 아득한 심연에 다다르는 일. 그보다 더 쓸쓸한 건, 애써 무심한 척 아무렇지 않은 척 바람을 빌려 울어야 한다는 것. 그러니 춤으로 환치하는 저 가을 억새들처럼 곧 겨울이 오면 살아 있는 것들은 다 고요 속으로 들고, 죽은 것들만 마른 소리를 낼 것이다. 하지만 아무리 요란해도 그것들, 모두 바람의 일과일 뿐이다.

새털처럼 날아오르는 가벼운 구름을 따라 해 보려고 발뒤꿈치를 들어 보았다. 가벼움이란 중력에서 조금 멀어지는 것, 그런 거였다. 속을 비우는 것은 더부룩하게 따라붙는 만년 체중을 덜어내는 것, 미로처럼 얽힌 폐쇄회로를 교통정리하는 것, 버리고 버려서 하얗게 증발하는 것. 이쯤에선 소화제 없이도 하루가 가뿐하다. 숭고하게 붙잡은 내려놓음의 미학이 자칫 눅눅해질까 봐, 고슬고슬한 햇빛에 내어 걸었다.

타타타*

한동안 주변을 힐끔이며 소일하는 데 시간을 바쳤다. 키재기를 할 일도 없는데 뒤꿈치를 들어 올리고, 품을 넓혀 보겠다고 몸에 맞지 않는 옷을 걸쳤다. 문장을 닦아 보겠다고 글씨체를 바꾸고, 소리를 가다듬어 보겠다고 낯선 발성법을 도입했다. 호흡이 가빠지고 어지럼증이 돋았지만, 명현 반응이라 여겼다.

몸살약을 삼켰다. 식은땀에 후줄근히 젖은 작은 몸뚱이 옆에 헐렁하게 널브러져 있는 내 옷 아닌 내 옷가지들. 왜 그랬을까. 키를 낮추고 품을 여민다. 나로 돌아오는 길. 소슬하게 기우는 가을 햇볕에 오소소 한기가 든다.

소리

소리의 삶

자정을 넘어 새벽으로 가는 시간이다. 내가 있는 공간에 깨어 있는 건 나 혼자뿐. 내가 깨어 있음을 증명하는 머리맡의 촉수 낮은 스탠드와 인위적으로 소리를 거세당한 괘종시계가 충직하게 시간을 돌리고 있다. 이명처럼 실체를 확인할 수 없는 헤르츠가 귀를 자극한다. 고요도 무게를 더하고 깊이를 더하면 소리를 잉태하나 보다. 그러고 보니 소리의 에너지가 시간을 밀고 가는 것 같다. 따라서 시간의 흐름에 의해 정의되는 우리의 삶의 주체도 시간이 아닐까 하는 생각이 든다.

웃고 울고 노래하고 부르고 대답하고 열고 닫고 하는 인간의 행동에서 비롯되는 것만이 소리를 만들어 내는 것은 아니다. 물이나 바람, 나뭇잎과 공기의 밀도에 따라서도 은밀한 기척이 존재의 기미를 내보인다. 그렇다면 우리의 삶뿐만 아니라 자연을 포함한 이 세상은 온통 소리의 발생처가 아닌가. 소리는 모든 존재를 규정하는 정체성이라고 해도 과언이

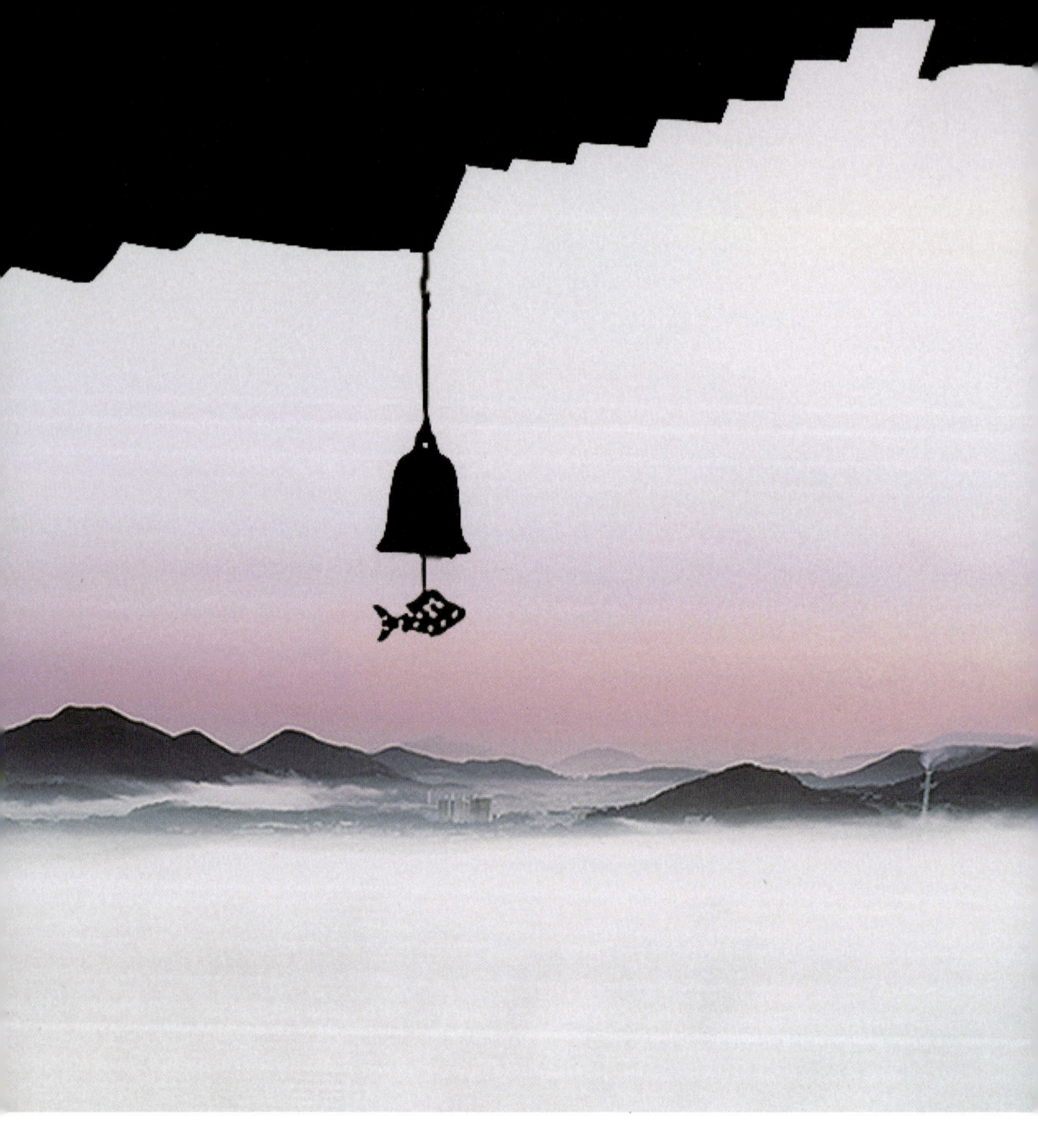

아닐 것이다. 반대로 사라져 가는 생명체들도 나름으로 자신들의 마지막

을 알리는 시그널을 보낸다. 낙엽이 툭 떨어지는 소리, 고목이 우지끈 부

러지는 소리, 멈춘 숨결 곁에서 애도하는 슬픈 곡소리가 존재의 사라짐

을 알린다. 청취가 가능한 주파수를 벗어나 침묵하는 온갖 것들도 두드리

거나 스치거나 쓰다듬으면 제각각의 소리로 존재를 증명한다. 이처럼 소리는 귀로 들을 수 있는 주파수의 소리와 보이지도 들리지도 않지만 아주 미세한 파동으로 느낄 수 있는 소리가 있는 것이다. 인간은 태어나면서부터 우렁찬 고고성으로 자신의 존재를 알린다. 그것이 옹알이로 발전하고 끝없이 솟아나는 소리의 마디마디를 분절하여 의미로 확장해 내는 일이 곧 사는 일이 되었다. 이처럼 인간의 삶도 순리대로 돌아가는 자연의 섭리도 소리로 태어나 소리로 끝나는 소리의 삶에 다름 아니다.

잠이 들기 위해 불을 끄고 눈을 감는다. 맥맥히 뛰고 있는 내 맥박 소리가 모로 누운 내 귀와 베개 사이에서 규칙적인 파동을 만들어 낸다. 아직은 내 안에서 쉼 없이 소리가 만들어지고 있다. 그 소리들이 앞으로의 내 삶을 어떤 서사로 이끌어 갈지 궁금하면서도 못내 진지하다. 더 많이

웃고, 때로는 더 진솔하게 울음도 내뱉고, 못다 한 말들을 아낌없이 나의 소리로 발화해 나의 이야기로 엮어 가게끔, 아직은 내 안에 소리가 남아 있나 보다.

황홀한 가장자리

히말라야 싱잉볼이 운다. 둥글게 둥글게 언저리를 맴도는 소리가 아득한 고요를 깨운다. 소멸의 예감이 가까울수록 소리는 더 길게, 더 느리게 팔을 휘젓는다. 단 한 번의 타악(打樂)으로 오래 우는 소리의 겹겹. 모든 소리는 풀어지는 중이라지. 상대란 불화의 일종이라서 떨림과 울림, 여운도 알고 보면 다 변두리의 일이어서 한 번 풀린 소리는 다시 제자리로 돌아가는 중이라지.

노을이 붉은 곳도, 산 그림자가 내려오는 곳도, 새들이 돌아와 고단한 날개를 접는 곳도 한가운데가 아닌 가장자리다. 아무도 눈여겨보지 않는 사이 저의 파동을 타고 파장으로 흩어지는 중이겠지. 조용히 하늘을 떠받든 손바닥 위에서 맑게 태어난 소리의 씨앗들이 멀리 저물어 간다. 제 이름값을 하느라 히말라야 싱잉볼이 흐득흐득 흐느끼며 우아하게 사라진다. 아니, 제자리로 돌아간다.

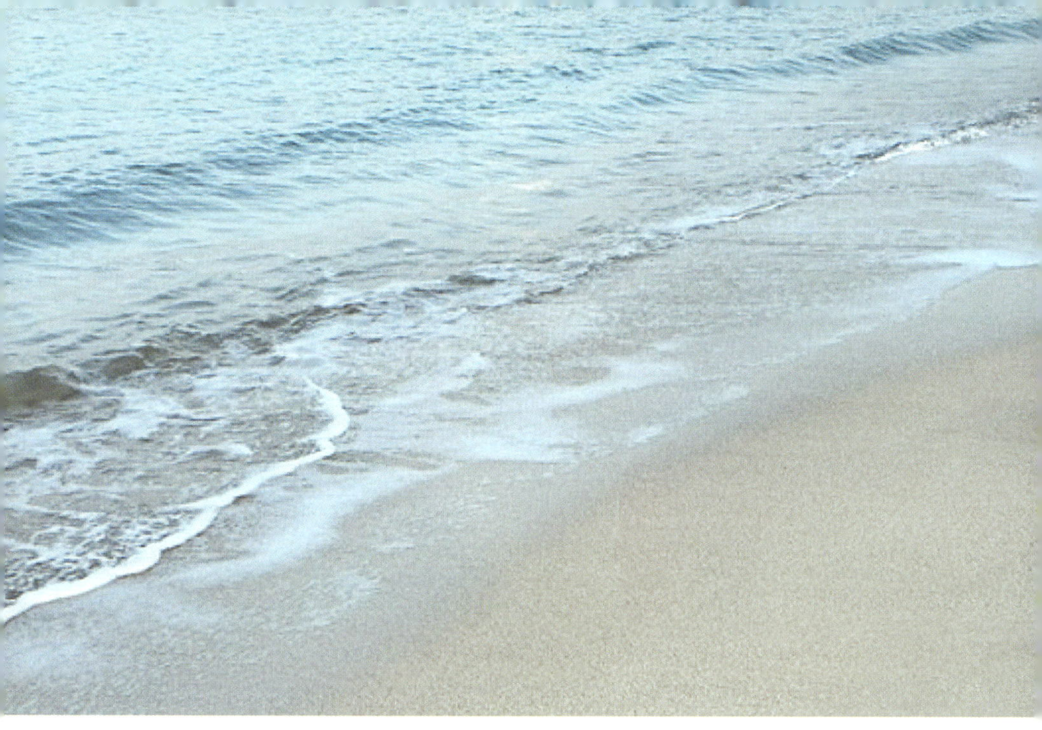

시간의 껍질

창틀에 매달린 연꽃 문양 풍경이 작은 바람에 흔들리며 쟁-쟁- 소리를 낳는다. 보이지도 만져지지도 않는 소리가 희끗한 귀밑머리를 스치며 흩어진다. 한없이 멀어지는 소리의 파장, 끝없이 우주 끝 어딘가를 향해 항해 중이다. 쉼 없이 생성되고 소멸하는 소리의 입자들이 시간을 끌고 간다. 멀어질수록 자성은 사라져 끌림도 불꽃도 튀지 않는다.

들리지 않는 여운으로만 존재하는 시간의 껍질들. 늙음이란 그 껍질을 뚫고 성간 어딘가를 무한히 떠돌다 어느 순간, 이기적인 자기 복제의 에너지로 다시 잉태되는 것이다.

바람에 흔들리는 작은 반구 안에서 반복되는 돌림노래가 은은한 연꽃 향을 닮았다. 끝없이 시간의 껍질을 깨고 순환하는 우주의 법칙에 순응하면서 돌아가고 또 돌아오는 세상. 살아 숨 쉬는 뭇 생명들의 장엄한 서사에 저물녘 공원의 가로등 불이 일순 환하게 불을 밝힌다.

소리라는 덫

저 숲에는 소리들이 살고 있다. 악머구리 떼처럼 빼곡히 밀도를 높여 가며 한 치의 빈 공간도 없이 와글와글 우글우글 산다. 높고 낮고 넓고 촘촘한 주파수들이 실타래처럼 엉켜 출력해 내는 소리들. 저 어둑한 그늘 속에서 자라난 소리들은 가끔씩 푸릇푸릇한 존재를 드러내기도 한다. 잔잔하게 부서지는 윤슬처럼 허공을 쪼개는 저 소리의 입자들은 singing과 crying의 영원한 논제가 되기도 한다.

꺼지지 않는 소리의 데시벨도 천적이 있는지 빛의 에너지에 잠시 휘발되었다가 노을이 지고 어둠이 오면 다시 발화되어 리드미컬한 파동 에너지로 살아 있음을 저렇듯 악다구니로 내뱉고 있는 것이다.

겨울 연가

聖 발자국들

세밑은 언제나 '다사다난(多事多難)'이란 수식어를 걸치고 나타난다. 한파주의보를 타고 흩뿌린 눈발 위로 모양 각각, 크기 각각, 방향 각각인 발자국들이 어지럽게 찍힌다. 때로는 서늘하게, 때로는 뜨겁게, 편평하면 편평한 대로, 굴곡이 지면 굴곡이 진 대로 묵묵히 내려앉은 흔적들. 꾹, 꾹, 한 세월을 밟아온 聖 발자국들.

때가 되니

세수를 하고 늘어진 눈가랑 광대뼈 밑으로 깊게 팬 팔자주름에 정성을 들여 크림을 문지르다가 툭, 손끝을 떨어뜨렸다. 맥이 풀렸다. 환하던 노란 꽃잎이 지고 붉은 입술 같던 산수유 열매가 때가 되어 가을볕에 쪼글쪼글해지는 모습이 환영처럼 스쳤다. 버리지도 못하고 입지도 못하는 옷가지들을 수시로 꺼내 펼쳤다 개켰다 하는 서글픔이 밀려왔다. 따끈한

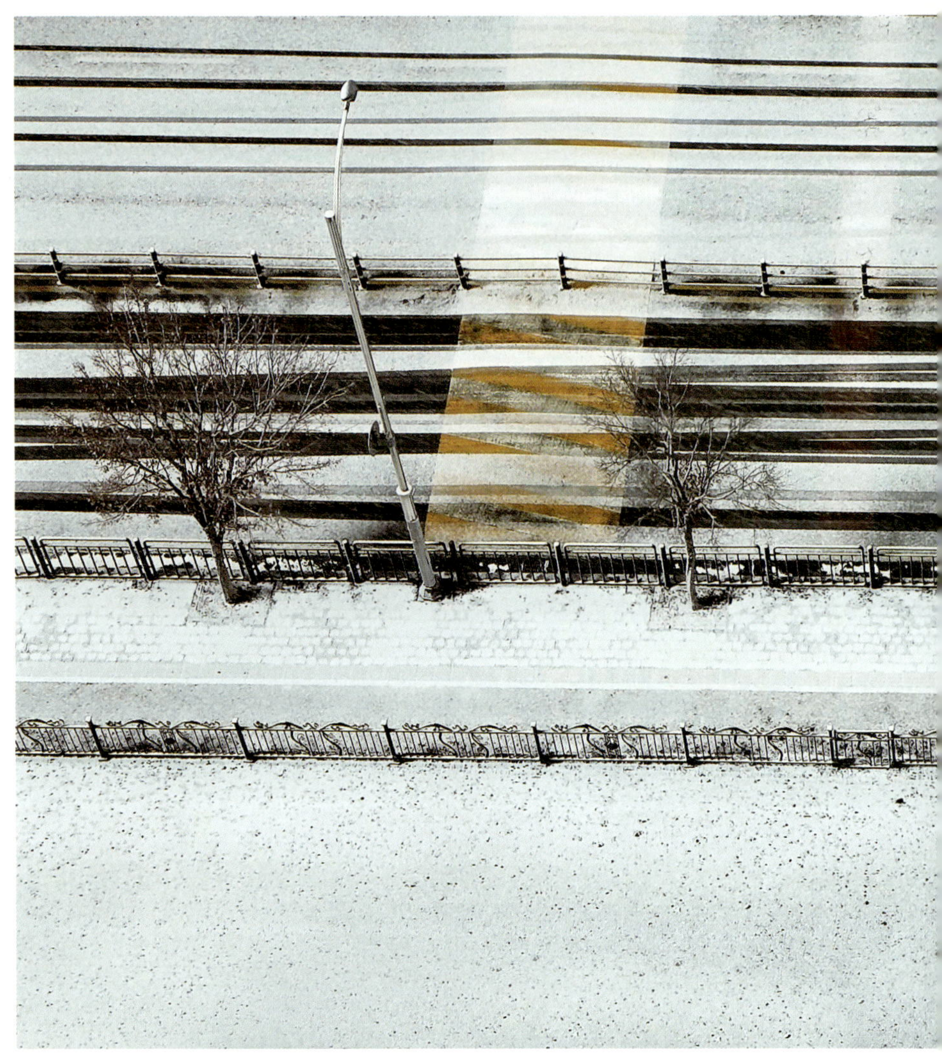

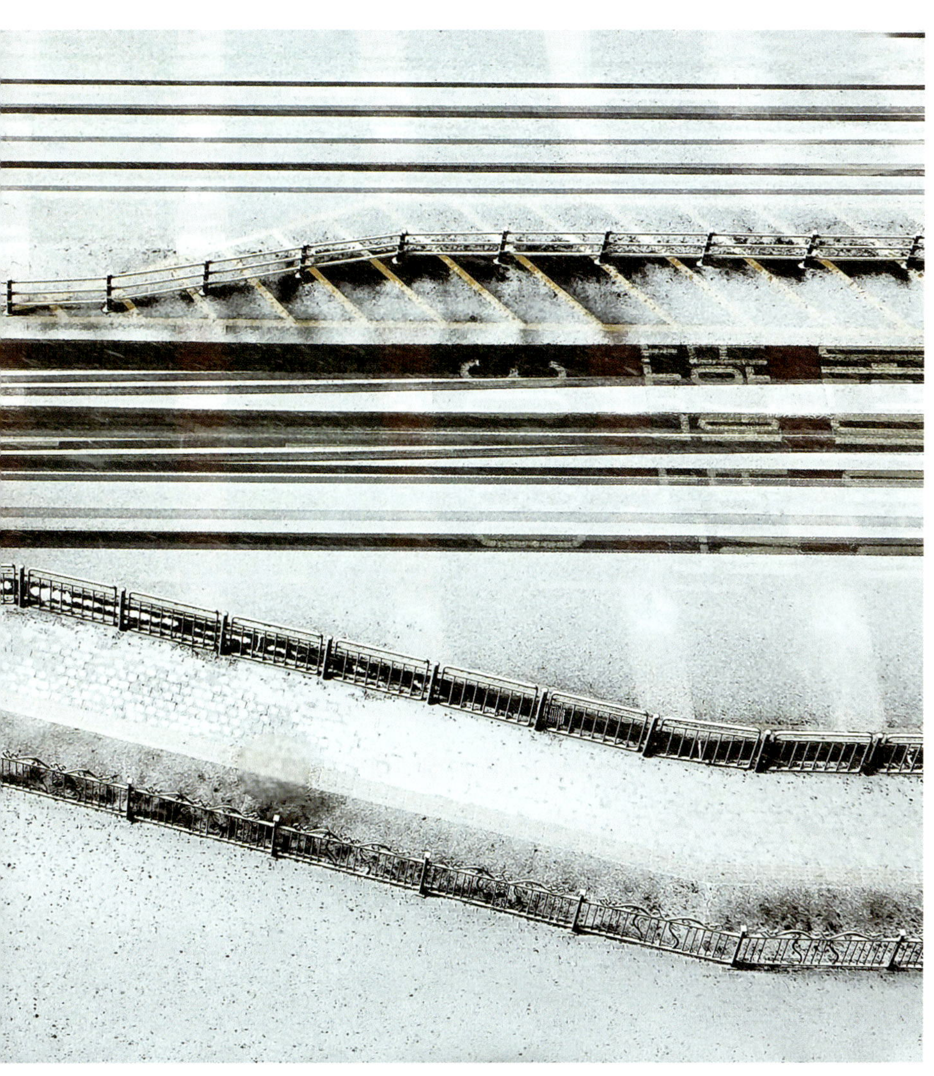

찻물로 우려져 누군가의 시린 가슴을 덥혀 줄 산수유처럼 내 조글조글함도 반짝 따뜻해질 수 있을까. 웅웅, 이명처럼 초겨울 찬바람이 뼛속을 파고든다.

겨울 안개

계절의 마지막 절기인 대한이 지나자마자 눈 예보 대신 비 예보가 내려졌다. 대한은 원래 이름값대로 가장 추운 절기가 아니라 얼었던 것이 풀어지는 시기라 한다. 겨울비는 따뜻하여 시베리아 강추위 속으로 스며들어 무장 해제를 시키고 더운 숨을 쉬게 해 안개로 내렸다. 겨울이 깊을수록 봄이 머지않다는 희망 고문이 막을 내리고, 비 예보 속에 하얀 장막이 하루 종일 들떠 있다.

자화상

가장假裝

언젠가 고비 사막에서 하늘에 떠 있던 붉은 구름이 탐이 나 모래 언덕을 기어오르던 일이 있었다. 마침 태양이 먼지의 뒤편으로 사라지는 저녁 무렵이었는데, 저녁 무렵과 먼지와 태양은 누구의 가장(假裝)이었을까. 오늘 아침, 여명으로 물든 붉은 구름을 찰칵, 카메라에 담았다. 헤르츠 낮은 풀벌레 소리를 배음으로 삼아 제 목청껏 울음을 뽑아내는 새소리도 내 것인 양 휴대폰에 저장했다. 야생의 꽃들과 향기, 시시각각 변하는 푸른 기운까지 내가 주인인 것처럼 죄다 쓸어 모아 슬그머니 내 안으로 밀어 넣었다. 비릿한 여운이 오묘한 느낌으로 온몸에 번졌다.

누구에게도 발각되지 않은 완전한 밀봉. 자아도취의 낙인이 찍혀도 좋았다. 나는 내가 즐겨 쓰는 몇 마디 말과 표정, 작은 탄성들을 고요히 손질했다. 마치 새가 깃털을 다듬듯, 고양이가 그루밍을 하듯, 내 속의 도취들을 정리했다. 기꺼이 그것들로 가장(假裝)하기로 했다

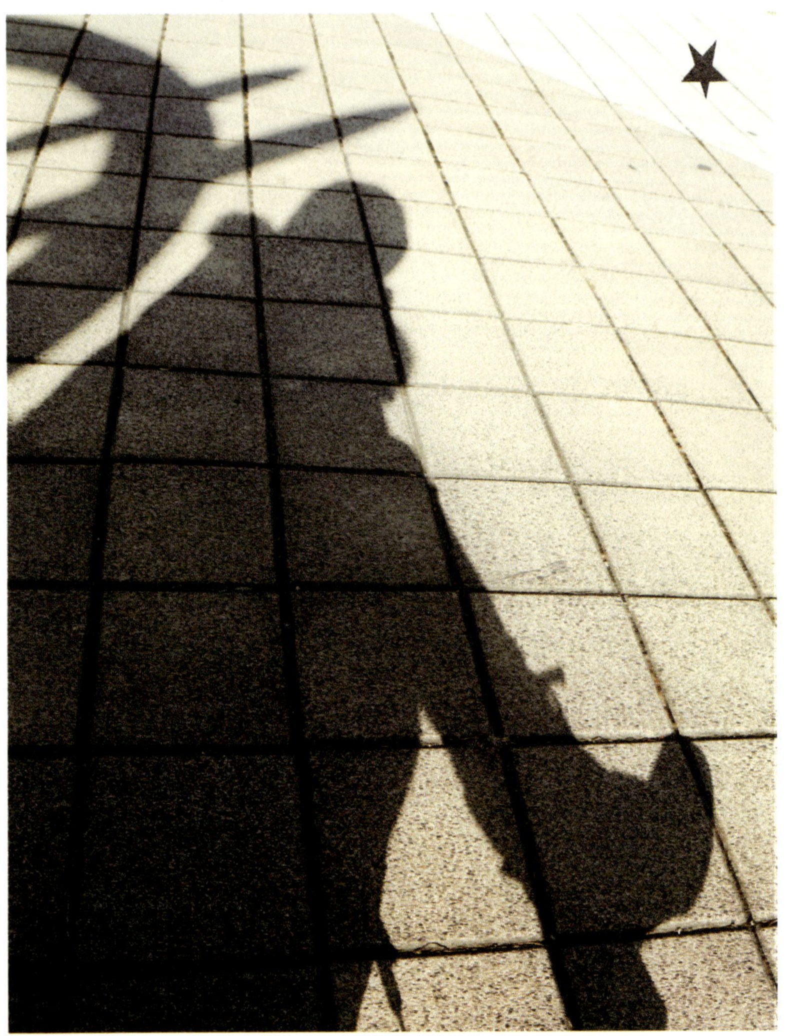

사각지대

아무리 솔직한 성격의 소유자라 해도 맨정신으로는 털어놓지 못하는 가슴속 깊은 이야기가 있다. 술기운을 빌든가 아니면 무언가에 홀려 꼬인 혀로 주절주절 절절한 사연을 내뱉은 뒤엔, 여지없이 그 말의 진위를 부정하거나 물타기를 하기 위해 그림자 사이사이를 건너 햇살이 길게 키를 늘인다. 가끔은 제 몸을 이리저리 꺾어 눈길이 닿지 않는 곳까지 단 몇 분이라도 한 줌이라도 온기를 전달하려고 살얼음을 디디듯 발걸음을 아껴 조용히 팔을 뻗는다.

늘 저만큼 비켜선 각도에 서 있는 나무가 있었다. 머리부터 발끝까지 눈 안에 가두고 그의 숨소리마저 놓치지 않으려고 내 숨을 멈추었다. 속절없이 후드득 져버린 그의 창백한 미소는 예상하지 못했다. 내 눈길의 사각지대에 그는 찬비를 맞고 서 있었다.

잠이 오지 않는 밤

잠은 어디서 오는가. 태양은 지구의 반을 돌아 사람들을 깨우러 갔고, 스위치가 하나씩 달린 어둠이 환한 창문들을 데리고 다시 지구의 반을 돌아왔다. 이건 도무지 어색한 일이 아닌가. 기다린다는 것, 도착하면 무엇을 할까. 아무것도 하지 않으려고 기다리는 것이니까, 잠들 준비를 하고 잠이 도착하기를 기다린다. 모순 속에 익숙한 것들을 꽉꽉 채워 넣고, 더는 생각하지 않아도 되는 일로 버려두고들 있다. 잠이 일몰에서 오던 시대는 아니니까, 침대와 전등의 스위치와 베개 같은 것들은 잠이 어디에서 오는지, 내가 잠든 뒤에도 잠은 어떻게 행동하는지, 나를 조금씩 갉아먹고 있는지 알고 있을 것 같기도 하다.

내가 나를 떠나는 시간. 오로지 내 심장과 숨만 켜져 있고 캄캄하게 잠들었던 내가 다시 나로 깨어나는 시간. 그렇지만 잠이 오지 않는 밤이 있다. 잠 없는 밤이 있다.

한 점 별빛이 잠 못 드는 밤이 있다.

적당한 표정

언제 어디서든 써먹을 수 있는 적당한 표정 하나를 얻기 위해 덜어내고 다시 덧붙이기를 반복한 나의 얼굴은 도무지 내 마음에 들지 않는다. 변속 기어처럼 그때그때의 표정들. 기계적인 조작이 내 마음에 드는 얼굴이려나. 너무 자주 우는 표정과 웃어야 하는 표정에 불려 다녔다. 무표정으로 쉬고 싶은 날들이 많았지만, 우는 동안엔 알 수 없는 근사치들이 빠져나가려 했고 웃는 동안엔 허락 없이 들어오는 근처들이 또 많았다. 이래저래 표정을 관리하는 일은 시들해지고, 무릎이 튀어나온 바지처

럼 자꾸만 헐렁해진다.

리셋의 목적은 늘어진 낯빛과 흐려진 초점을 바로잡는 것이지만, 변온동물들은 본연의 색일 때가 가장 위험하다고 느껴 늘 주변으로 숨어든다. 옷을 갈아입듯 감정을 갈아입는 표정들. 싫은 일들이 재빨리 들어와 싫은 표정이 되기도 하고, 즐거운 일들이 우르르 몰려와 얼굴을 가득 차지하고 빈틈없이 웃기도 한다.

근시와 원시 사이, 눈동자가 바쁘다.

그림자 사랑

석양을 배경으로 나를 빠져나와 벽화가 된 내 실루엣을 보았다. 내가 걸친 화려한 욕망을 마다하고 빛깔도 향기도 없는 가장 단순한 색으로 수척하게 새겨진 내 모습. 내 안의 들끓는 아우성들은 어디로 갔을까. 내 안의 허기진 욕망과 대상도 없는 분노와 푸른 별빛을 향한 외사랑은 어디로 갔을까. 갈등과 욕망의 분출로 시시각각 표출되는 화려한 색을 잠재우고 담담히 벽화가 된 내 존재의 그늘.

상처도 갈등도 보이지 않아서 좋다. 그냥, 나여서 좋다.

로즈제라늄

한겨울임에도 볕이 잘 드는 베란다는 작은 온실을 방불케 한다. 적어도 서너 종류의 꽃이 바깥 날씨와는 상관없이 싱싱하게 꽃망울을 피워 올리고 있다. 그중에서도 일 년 내내 끊임없이 피고 지는 것이 제라늄이다. 계절도 잊은 듯, 아니 어쩌면 생장 주기도 망각한 듯 분홍빛과 빨간빛의 제라늄이 사계절 피어난다. 하지만 아쉽게도 제라늄은 꽃의 아름다움에 비해 향기가 없다.

이런 제라늄들 속에 조금 차별화되는 것이 있다. 바로 로즈제라늄이다. 로즈제라늄은 일반 제라늄과 비교해 잎 모양과 꽃 모양이 확연히 다르고, 특히 꽃이 아닌 잎에서 진한 허브 향이 난다. 이 향기가 얼마나 진한지 모기들마저 기피한다고 하여 일명 '모기 나무'라고 불리기도 한다. 이런 이유로 로즈제라늄이 나의 반려가 된 지도 이십 년이 훌쩍 넘었다. 이천 년대 초, 단독주택에 살 때다. 평생의 로망이었던 전원주택의 꿈을 이

뤄 더없이 행복을 누릴 즈음, 모기는 그 행복을 방해하는 복병으로 다가왔다. 근처에 커다란 호수가 있고 마당에 아기자기한 정원을 꾸몄지만 낭만을 만끽할 여유도 없이 모기와의 전쟁은 피할 수 없는 난관이었다. 아무리 방충망을 단단히 두르고 효과가 좋다는 방충제를 사용해도 여름이면 늘 모기에 물린 흔적을 전원살이의 트레이드마크처럼 지녀야 했다. 심할 때는 뺨이나 눈두덩까지 공격을 당해 중요한 모임에도 나갈 수 없는 상황까지 발생했다.

이런 사정을 딱하게 여긴 지인 한 분이 가져다준 것이 로즈제라늄이다. 침실 창가에 놓아두면 모기가 얼씬도 못 할 거라고 했다. 그러나 그것도 모기 퇴치에는 그다지 효과를 본 것 같지는 않다. 다만 때 되면 피어나는 꽃을 감상하고 바람에 실려 오는 은은한 향기를 누릴 수 있다는 것에 위안을 삼을 뿐이었다. 그렇게 십여 년을 반려로 지내다가 함께 아파트로 옮겨온 지 또 십삼 년째가 되었다. 처음 선물로 받았던 여린 줄기는 무성히 자라 몇 대에 걸친 종족 번식을 수행하고 사라졌지만, 대를 이어 내려오는 그 자손의 자손이 지금도 햇살 바른 베란다에서 나의 반려로 건재하고 있다. 오히려 실내도 실외도 아닌 환경의 영향을 받아 계절에 관계없이 일 년 내내 늘 푸른빛으로 향기를 뿜어내고 있다.

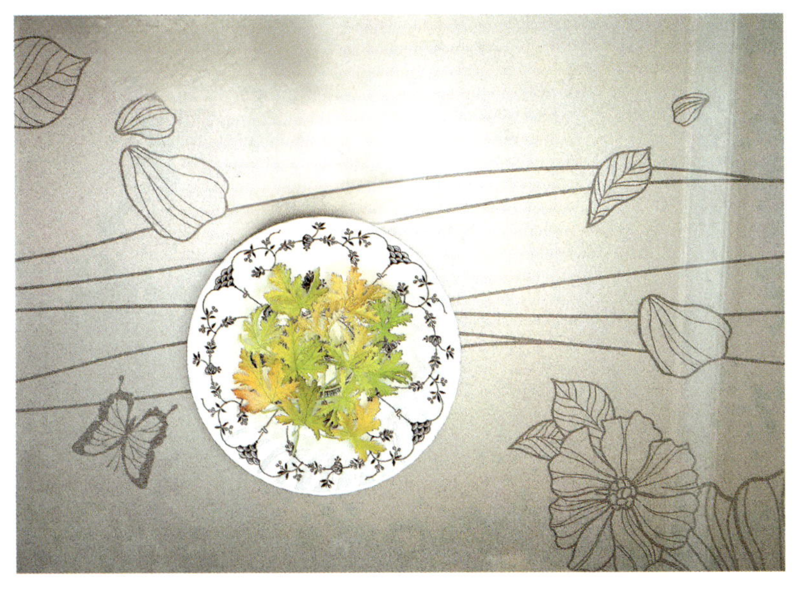

며칠 전, 물을 주고 나서 세대교체를 하기 위해 누렇게 말라 가는 늙은 잎을 한 움큼 골라냈다. 이미 제 세대를 다 살아내고 물러나는 순간까지 진한 향기를 간직하고 있었다. 차마 버리지 못하고 아끼는 접시에 담아 예를 갖추었다. 보답이라도 하듯 내어주는 향기가 아찔하다. 그렇게 한 주가 지나고 보름이 지나고 한 달째, 지니고 있던 엽록소와 물기는 남김없이 허공에 돌려주고 이제는 종잇장처럼 얇아진 바스락대는 표피와, 아직도 형형하게 남아 있는 향기가 존재감을 거두지 않는다. 다시 접시에서 우아한 꽃무늬가 새겨진 다기로 옮겨 식탁 위로 정성껏 모셨다. 식사를 하기 위해 자리에 앉을 때마다, 또 근처를 오갈 때마다, 고개를 숙여 코를 들이대고 흠흠 향기를 마신다. 스러질 듯 스러지지 않고 길게 여운으로 남는 산사의 종소리처럼 아직도 은은한 향기가 배어난다. 훗날 나의 뒷모습도 이러하기를 간절히 바라며, 하루에도 몇 번씩 경건하게 허리를 굽힌다.

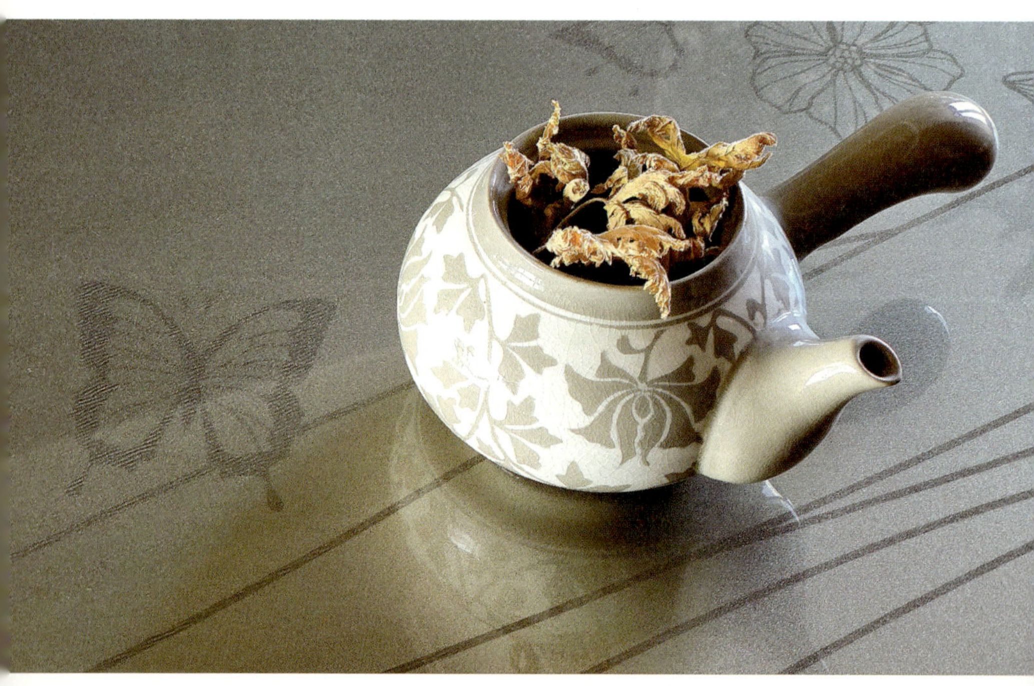

열대야

허물

　양보다 증폭된 반응으로 번지는 눅눅한 습진, 그 정체란 아주 무서운 존재다. 기록이란 '신(新)' 자가 붙어야 인정되는 법. 불쾌를 최고치로 끌어 올려 드디어 신기록을 수립했다는 열대야. 여름은 의복과 같아서 겹겹을 껴입은 듯 후텁지근하다. 나무 한 그루를 잡아 그 그늘을 갉아먹으며 매미가 운다. 여름의 경고음 같지만, 태양을 몇 센티미터쯤 끌어오고 있다. 제 허물을 벗어 던지고 힘차게 날아오르는 저 소리. 청각보다 시각보다 화소 수가 밝은 내 안의 소용돌이들, 스크래치들이 더위를 빌미로 제 속을 한 겹 한 겹 벗어 던진다. 여름은 허물을 벗기에 알맞은 계절이다. 뱀도 망사 같은 허물 속을 빠져나간다. 하지만 아무리 그래도 겉이야 벗을 수 있다지만, 한 길 사람 속이란 벗기가 참 어려운 것이다. 일렁이는 바람과 그늘을 불러와 흐릿하게 물타기를 해 보지만, 지구는 이미 지쳐 비스듬히 기울어져 있다.

가위에 눌리다

열대야에 시달리다 가까스로 잠든 밤, 얼마나 흘렀을까. 잠 속이 깜깜하고 숨이 막히고 팔다리가 저리며 뭔가 이상 징후가 감지되었다. 그대로 죽을 것 같은 소름 돋는 예감이 등골을 타고 내렸다. 어떻게든 깨어나 보려고, 그 상황을 벗어나 보려고 발버둥을 쳐 보았지만 몸이 말을 듣지 않는다. 손발이 꼼짝달싹할 수가 없다. 소리라도 질러 보려고 악을 쓰다가 내가 내 뺨을 후려친 듯 흠칫, 눈을 떴다.

그러나 바위처럼 움직이지 않는 몸. 내 무게에 깔려 옴쭉도 않는 한쪽 팔과 다리. 끄응, 신음하듯 눈으로만 그곳을 내려다본다. 어디에다 내 에너지를 쏟아부은 건가. 정량의 피돌기를 가늠하지 못하고 방향도 잡지 못한 채 한쪽으로 치우친 결과는 반쪽의 마비. 서둘러 몸의 균형을 잡고 무게중심을 옮기며 두 손끝과 두 발끝의 모관을 흔들어 불필요한 힘의 깍지들을 털어낸다. 아직도 누그러들지 않은 열대야가 훅, 더운 열기로 얼굴을 덮쳐 온다.

러브콜

모처럼 점심시간에서 해방되었다. 비도 오고, 멘탈까지 삶아 대던 열기도 식고, 본능적으로 방구석에서 탈피하고 싶었다.

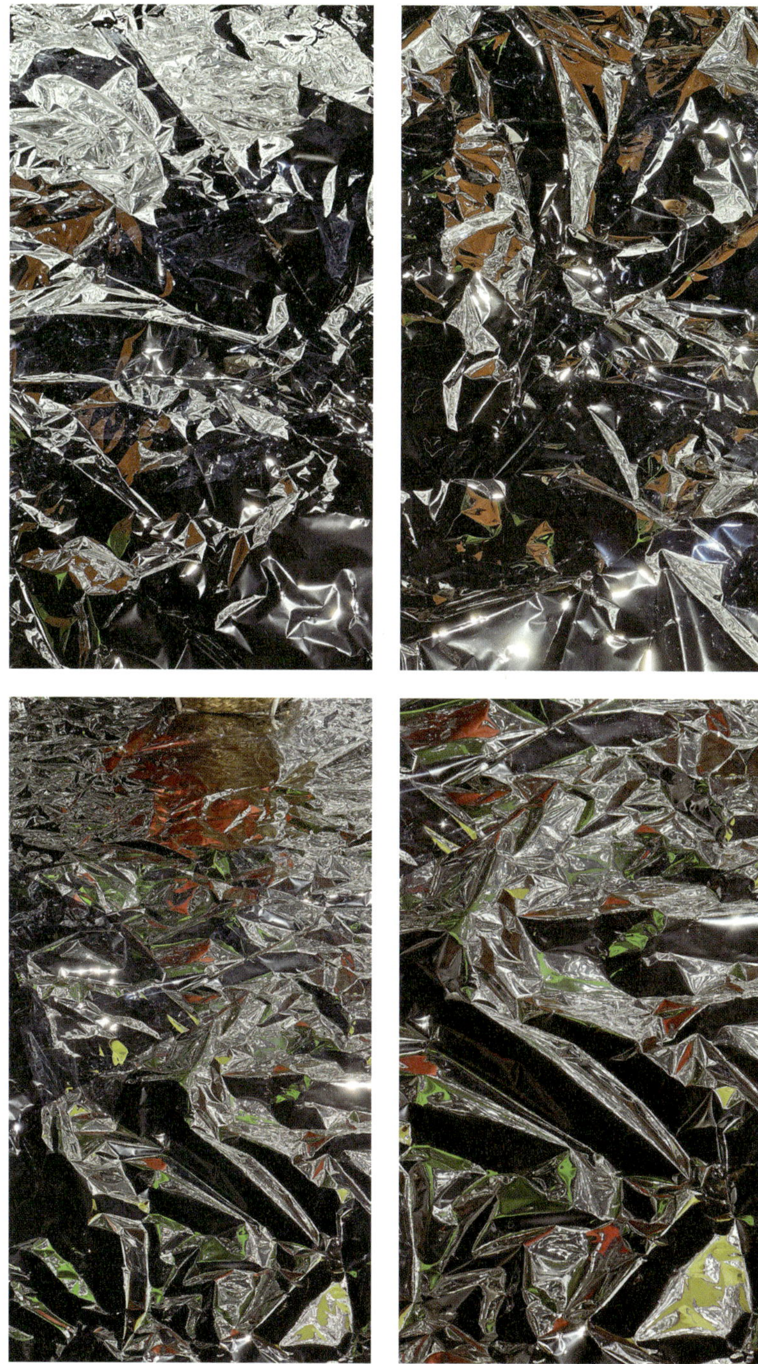

한 여자에게 러브콜을 보냈다. 한발 늦었단다, 선약이 있다고. 또 다른 이에게도 똑같이 거절당했다. 아, 예전의 내가 아니었다. 비에 식은 건 열기만이 아니라 내 인기마저 따라 추락했다. 그래, 시커멓게 흐르는 구름이나 바라보자. 내리는 빗방울이 왜 이렇게 시원찮냐! 더 팍팍 퍼붓지 못하고.

하루 일정이 꼬인 게 아니라 내 심사가 배배 틀어졌다.

오수午睡에 빠지다

여름 한낮, 충충이 떼로 몰려드는 열기에 입맛 잃은 초로. 어김없이 내려앉는 천근의 무게에 저항할 의지마저 상실한 채 투항, 백기를 든다. 자갈밭도 저벅저벅 넘나들던 눈초리는 어디 가고, 설핏한 오수의 늪에 빠져 하롱이는 넋두리.

두어라. 한소끔 혼절한 듯 부려놓은 속잠 뒤에 '수리수리 마수리' 주문을 걸고 까치 소리에 부스스 깨어나는 눈꺼풀. 막바지 오후를 견딜 근력이 가뭄의 강줄기처럼 근근이 고인다.

때로는

해산어미처럼 제대로 자리를 잡고 길게 누웠다. 팔월을 지나며 푸르

죽죽 늘어진 녹음이 헐떡인다. 주야장천 매미들의 떼창만이 끊이지 않고 여름을 찬양한다. 시름 속 알곡이 여물고 과실들이 제 살갗을 태워 당도를 높이는 땡 여름.

　두 발로 곧게 서 발바닥만큼의 넓이에 중심을 세우고 인내의 한계치를 높이려다 기우뚱 균형을 잃었다. 두 발바닥의 넓이보다 머리부터 발끝까지 길게 늘인 면적으로 가까스로 버틴 팔월. 팔월은 들끓는 열기만의 계절은 아니어서, 느닷없는 태풍에 또 한 번 발바닥에 힘을 주어야 할 때도 있다. 몇백 년 계보를 이어 온 느티나무도 벌러덩 무게중심을 널 면적을 확보하느라 발바닥을 보였다.

　다시 두 발바닥에 힘을 모으고 우뚝 서기 위해 펑퍼짐하게 누워 이열치열, 뜨끈한 미역국을 들이켠다. 때로는 해산어미가 되어 길게 눕는 것도 어쩌면 삶의 한 방편이 되기도 하는 것이다.

입맛이 돌다

　혹서에 입맛이 방향을 잃었다. 까슬까슬 돋아난 혀의 돌기가 맵지 않고 짜지 않고 담백한 맛에 길들여진 육십 마디 긴 세월에 항명하듯 반기를 들었다. 모든 고통의 대표음이 '아' 한 음절이듯, 쓴맛 하나로 잠식된 신맛·단맛·떫은맛이 마비된 미각이 휘둥그레 찾아낸 돌연변이 입맛. 지금까지 입 대본 적 없는 비릿하고 고릿고릿한, 맵고 짜고 뜨겁고 화끈한 잡탕 한 사발이 당긴다. 질근질근 무어라도 씹고 싶다. 잘난 사람, 못난 사람, 얄미운 사람, 야속한 사람, 나 흉본 사람, 욕 한 사람, 무시한 사람, 내가 부러워한 사람, 좋아한 사람, 나보다 돈 많은 사람, 예쁜 사람, 떠난 사람, 잊힌 사람, 죽어도 못 잊을 사람… 죄다 끌어다 벗기고 까발리고 두들겨 대고 보니 아, 입맛이 돈다. 돌았던 입맛이 제 자리를 찾아 돌아왔다.

가끔은 돈 안 드는 메뉴로 포식해도 될 듯하다. 낫 퀼리티면 어떠랴. 속 뻥 뚫리고 소화 잘 되고 입맛 돌아오면 그만이지.

경계에 서다

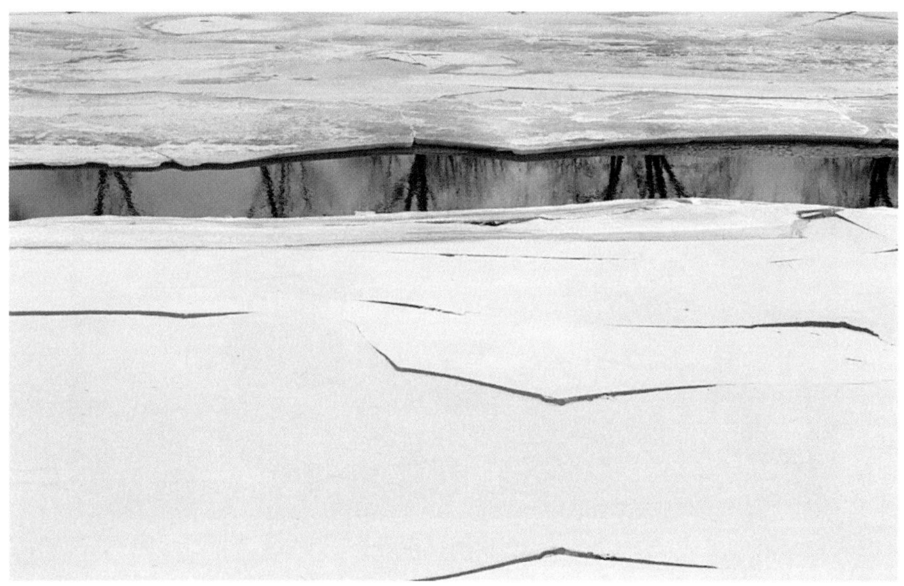

출렁다리를 건너듯 흔들흔들 유연함 속에 단단히 힘을 곧추세운 온
몸의 긴장이 심지처럼 곧게 선다. 건망증으로 뭉뚱그려진 어제가 오늘의
깊은 시름으로 다가와 불확실한 내일을 끌어온다.

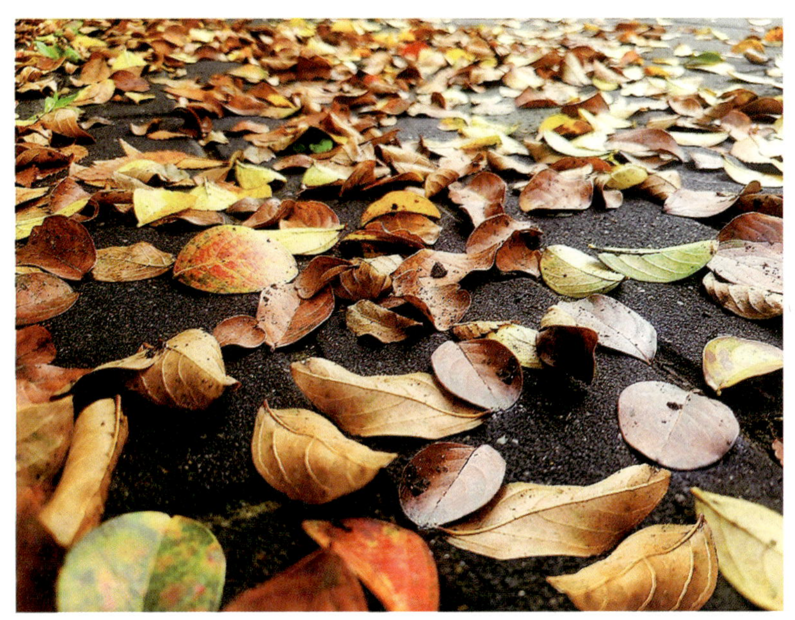

근황이 어떠신지요?

소식방

숨 막히는 더위가 연일 이어지고 있다. 아랑곳없이 친구들 단체 소식방에는 참새들 지저귀듯 떠들썩하게 잡다한 이야기들이 밥상처럼 차려진다. 지난주에 첫 손주를 보았다고, 팔십 일 된 외손녀가 옹알이를 시작했다고, 철 지난 바다에 다녀왔다고 한다. 또 어떤 이는 늦은 나이에도 일자리를 얻어 출근하게 되었다는 둥, 크게 유쾌하지도 그렇다고 짜증 지수를 높이지도 않는 군내 나는 시시콜콜한 이야기들이 자랑거리로 둔갑한다. 기회는 선수 치는 사람에게 돌아가는 법, 너도나도 자랑거리를 찾아 궁색한 일상을 탐색하는 사이 간혹 성마르게 앞장을 서는 또래의 부고가 뜨기도 한다. 때로는 즐거움으로, 어느 땐 안타까움으로 위로가 공존하는 방. 며칠은 왁자하게 들뜬 분위기였다가 또 며칠은 숙연하게 근조의 분위기로 가라앉기도 하며, 가고 오는 자연의 섭리에 순응하듯 미주알고주알 소식방은 늘 북적인다. 나 역시 그 틈새에서 어떤 모드로 합류할지 고민하며 부지런히 하루하루를 열고 닫는다.

부고

오랜만에 지인 한 분이 소식을 전해왔다. 요란스럽게 친한 척을 하지도, 그렇다고 아주 무심하지도 않은, 그러나 마음만은 누구보다 끈끈하게 이어가는 사람이다. 나 역시 그런 부분에서 성향이 비슷해 전혀 부담감 없이 몇 달 동안 '무소식이 희소식'이라는 진리를 증명해 보이기도 한다. 좋은 일이나 그 반대 성격의 일이나 모두 다 소식에 해당되지만, 그와는 지금까지 주로 좋은 일만 주고받았던 것 같다. 꽃샘추위가 밉지 않게 앙살을 부리던 이른 봄날, 그에게서 전화가 왔다. 시대적 흐름에 맞춰 요즘의 의사 전달 방식은 주로 문자가 대신한다. 우리도 그 분위기에 편승해 문자와 통화의 비율이 7:3 정도로 유지되고 있었다. 그의 소식은 당연히 좋은 일이겠지 하는 기대감에 미리 입꼬리가 올라갔다.

"오, 반가워요."
"오랜만. 나도 반가워요."

그런데 뭔가 심상치가 않다. 원래 차분한 목소리의 그였지만, 첫 마디에서 착 가라앉은 분위기가 감지되었다. 짧았지만 아주 길게 느껴지는 시간 차를 두고 조심스럽게 물었다.

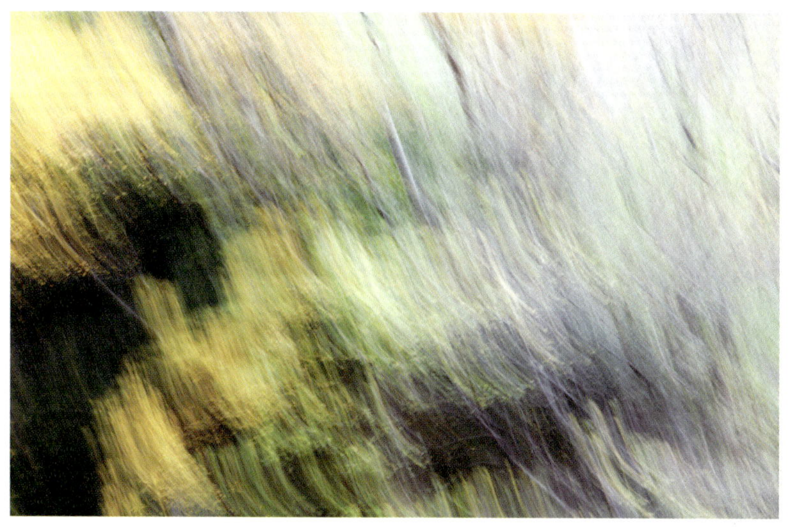

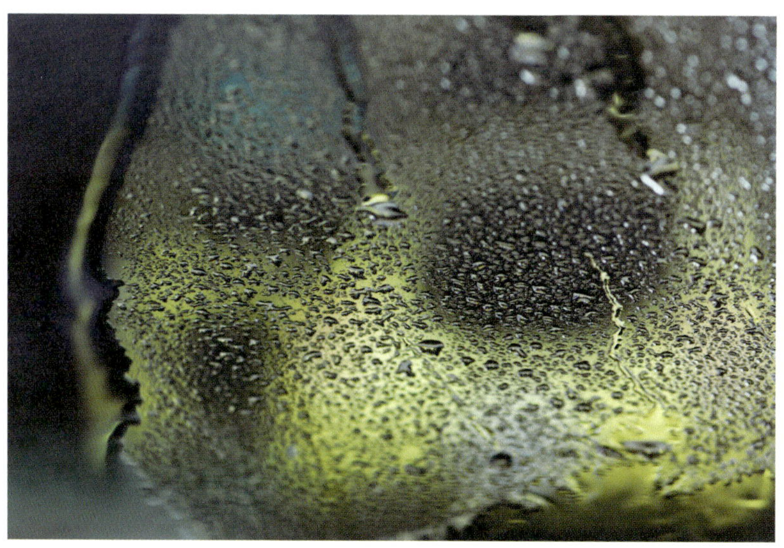

"왜요, 어디 아파요?"

그 역시 잠시 머뭇거리더니 어렵게 입을 뗀다.

"내가 아니고…."

일단 본인이 아니라는 말에 안심이 되었다. 오래전, 우리가 갓 문단에 데뷔해 열정이 충만했을 때 함께 했던 분들의 소식이 한꺼번에 우르르 전달되었다. 예상을 깨고 모두가 안타까운 소식이었다. 정년 후 왕성하게 작품 활동에 매진하던 K 선생은 불의의 교통사고로 장기간 병원에 있단다. 일찌감치 시인으로서 명성을 얻었던 미스터 L. 유난히 금슬이 좋아 뭇사람들의 부러움을 샀던 그가 어느 날 갑자기 이혼을 하고 새로운 짝을 만나 새 출발을 했다는 소식에 어리둥절했던 일이 두어 해 전. 그런데 이번에는 뇌졸중으로 쓰러져 식물인간 상태에 이르렀다고 한다. 말이 나오지 않았다. 머릿속이 하얗게 증발해 버렸다. 그 어떤 대꾸도 하지 못한 채 침묵을 지키는 내게 그는 안정제처럼 단호하면서도 침착하게 한 마디를 더한다.

"더 놀랄 일이 있어요. S 작가 알죠? 그녀가 죽었어요."

"네?"

너무나도 크게 터져 나온 내 목소리에 내가 소스라치게 놀랐다. 그만큼 S의 죽음은 받아들일 수가 없었다. 정말 어이없게도 빙판에 미끄러져 낙상을 당했는데, 그만 일어서지 못하고 먼 길을 떠났단다. S는 나보다 몇 살 아래였다. 나이 차이답게 글에 대한 철학과 신념도 달라 열띠게 토론하던 상대였다. 그런데 한참 어린, 아니 한참 젊은 그녀가 순서도 무시하고 서둘러 떠나버린 것이다. 우리는 한동안 그 어떤 말도 나누지 못한 채 째깍째깍 들리지도 않는 시간의 부스러기에만 집중하고 있었다. 그리고 서로의 감정을 부추기지 않는 선에서 아주 조심스럽게 훌쩍였다.

한때는 하루가 멀다 하고 몰려다니던 사람들. 서로의 삶을 꾸려 나가느라 잠시 소원해진 이웃들. 이런저런 관계 속에서 새롭게 맺어지고 또 다른 이유로 멀어지고 잊히는 인연들. 하지만 우리 모두는 또 아무렇지도 않게 그날그날의 새로운 뉴스거리를 접하며 하루하루를 맞이하고 보낸다. 이왕이면 슬픈 소식보다 기쁜 소식이 넘쳐나면 좋겠고, 우울함이 익숙한 날보다 행복이 당연한 날이 계속되면 좋겠다. 서글픈 비극의 날들은 빠르게 지나가고 언제나처럼 활짝 얼굴이 밝아질 수 있는 날들이 소식으로 전해졌으면 한다. 내 기억 속에 있거나 까마득히 잊었거나 나를 스쳐 간 모든 사람들의 근황이 궁금하다.

　　"요즘 근황이 어떠신지요?"

글래스 킬

가끔 길을 가다가 로드 킬을 만난다. 인간의 이기적인 환경 변화에 애꿎은 동물들이 희생을 당하는 것이다. 그런데 그 로드 킬보다 더 무서운 속도로 늘어나고 있는 것이 글래스 킬이다. 연간 800만 마리의 야생 조류가 건물 유리창이나 투명 방음벽에 부딪혀 목숨을 잃는다고 한다.

시대가 변하면서 주거 형태도 많이 진화했다. 지금은 콘크리트 벽 대신 벽면을 통유리로 세우는 구조물이 늘고 있다. 내가 사는 아파트만 하더라도 베란다는 온통 유리로 되어 있다. 그로써 시야도 트이고 햇볕도 잘 들어 모두가 선호한다. 네 면이 유리로 둘러싸인 집이나 고층 빌딩은 감탄사가 나올 정도로 매끈하고 멋지기까지 하다. 그러나 그런 멋진 건물이 조류에게는 생명을 위협하는 무기로 작용한다니 유감이 아닐 수 없다.

나도 한때는 통유리 집을 선호했었다. 거실 앞면을 벽돌 대신 온통 유리로 설계해 본의 아니게 글래스 킬을 제공했고, 그때 나는 일 년에 서너 번은 새들의 장례를 치렀다. 유리에 비친 가상의 세계는 까치도, 비둘기도, 참새도 한결같이 동경하는 세계였다. 조류의 눈 구조는 천적을 경계하기 위해 머리 양쪽에 있어 전방을 인식하기가 어렵다고 한다. 그래서 유리에 비치는 가상의 공간을 새들은 꿈을 이룰 수 있는 파라다이스쯤으로 여기는 건 아닐까. 하여 기를 쓰고 생명을 담보로 온 힘을 다해 달려드는 것일까.

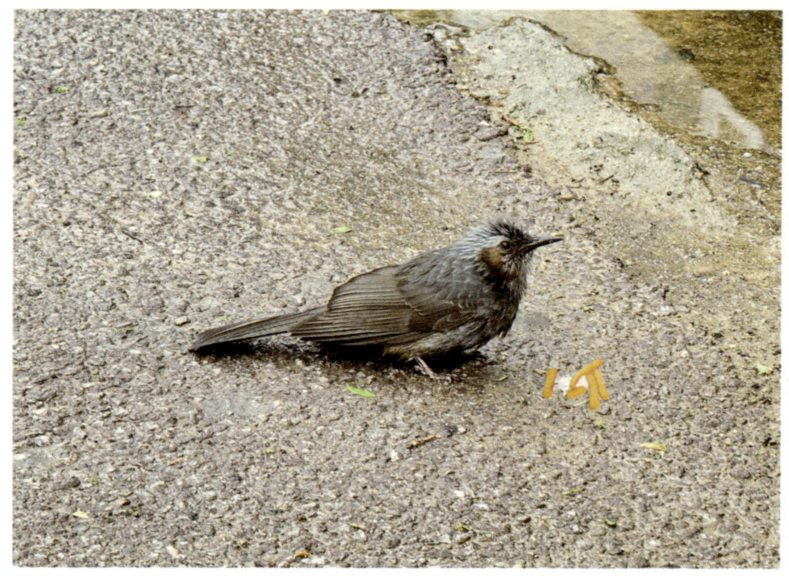

하지만 글래스 킬이 비단 인간을 제외한 하등 동물에게만 일어나는 일일까. 정상적으로 앞을 바라보기에 최적화된 눈을 가진 사람이라고 해서 과연 제대로 된 세상만을 바라볼까. 그동안 내가 걸어온 길, 내가 몸담고 있던 사회적 관계망이 모두 이상적으로 돌아가는 정상적인 공간이었는지도 의문이다. 내가 갈망하고 추구하던 세계, 조금 더 나은 삶을 위해 발버둥 치며 넘보던 그 세계가 혹시 새들에게 극단적인 위협이 되는 유리 속 가상현실은 아니었는지. 요즘 심심찮게 대두되는 가상화폐나 가상공간 등 보이지 않는 인간들의 글래스 킬이 어디에 도사리고 있을지 두렵기도 하다.

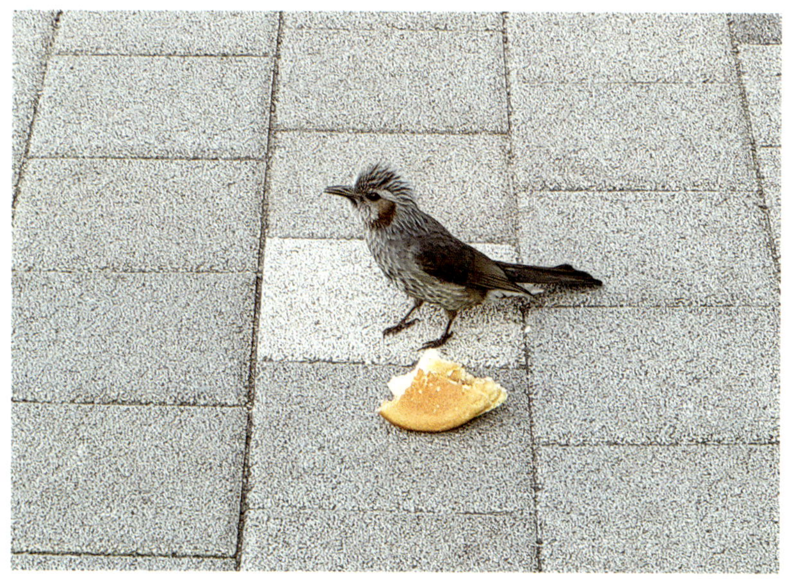

　그곳이 극락인 줄 알고 불을 향해 달려드는 불나방이나, 더 넓은 세상을 동경해 힘차게 비상하다 죽음의 길로 들어서는 새들이나, 욕망의 한계를 다스리지 못해 수단과 방법을 가리지 않고 가상현실 속으로 깊숙이

빠져드는 인간이 다를 게 무엇인가. 다행히 새들의 안전을 위해 '조류 충돌 저감 조례'를 통과시켜 보호한다고 하니 인간의 무분별한 욕망에 대한 최소한의 양심의 가책이라고 치부해도 될는지. 그런데 새들은 그나마 덜 부패한 양심을 가진 사람들에 의해 보호받지만, 드러나지 않게 유리보다 더 위험한 그물망을 깔아 놓고 허황된 욕망을 미끼로 인간을 몰아넣는 검은 그림자들은 언제, 누가, 어떻게 제대로 된 밝은 세상으로 인도할지 의문이다. 결국 인간들의 자만이 빚어낸 함정에 스스로 빠져드는 일이 비일비재하다. 나도 언제, 어디서 보이지 않는 글래스 킬이 될지 갈수록 세상이 두렵다.

자유

우리는 하늘을 마음껏 나는 새들의 자유로움을 부러워한다. 그러나 과연 새들은 하늘에서 마음껏 자유를 누릴까. 허공에는 지친 날개를 부려 두고 걸터앉아 쉴 나뭇가지 하나, 목을 축일 샘 하나 없다. 허공은 새들에게 자유를 만끽하며 즐길 놀이터가 아니라 목숨을 건사할 먹잇감을 찾아 헤매는 일터다. 그 먹이는 비단 자신만을 위한 것이 아니다. 노란 주둥이를 벌리고 짹짹대며 기다리는 새끼들을 위해 벌레 한 마리, 마른 씨앗 한 알까지도 놓치지 않기 위해 위태롭게 날며 눈을 부라려야 한다.

　새들의 날갯짓을 함부로 가볍다고 치부해서도 안 된다. 날기 위해 뼛속까지 비운 것이 아니라 뼛속까지 비웠기 때문에 화살촉 같은 부리를 앞세우고 겨우 날 수 있는 것이다. 자연히 새들은 더 넓고 더 높은 세계를 동경한다. 아무것도 없는 망망한 허공이 아니라 벌레가 숨어 있는 나무들이 즐비한 곳, 흩어진 낱알갱이를 하나라도 더 주워 물을 수 있는 들판이 있는 곳. 하늘과 산과 들을 싱크로율 100%에 가깝게 반영하고 있는 투명 유리는 새들을 유혹하기에 안성맞춤이다.

　새들은 속수무책으로 그 신비로운 세계로 달려든다. 더 빨리, 더 높이, 더 멀리 날기 위해 온몸의 에너지를 있는 대로 쥐어짜 돌진한다. 결국, 그 힘은 부딪히는 강도와 비례하고 그 강도는 목숨의 위태로움과 비례한다.

벽

　유리에 부딪혀 죽은 새. 마지막 투명 속에서 마주 오던 새 한 마리를 보았을까. 가끔 투명인 줄 알았던 곳이 꽉 막힌 벽이었다는 것을 알아차릴 때가 있다. 닭장 문을 열면 깊숙한 벽을 문이라 여기며 모여 있는 닭들처럼 절명이 곧 출구라고 여기는 일들이 종종 있다. 그것은 마지막에 가서야 자신을 향해 달려드는 자를 속수무책으로 받아들이는 일일까.

앞발을 오므리고 죽어 있는 새의 몸 어디에도 들어가고 나온 흔적이 없다. 다만 새의 죽음에는 자신과 부딪친 그 마지막의 문 하나가 꽉 차 있을 것이다. 참극인지 구원인지 모를, 유리벽인지 두려움인지 몽매함인지 알 수는 없지만, 투명한 유리벽 저쪽의 피안(彼岸)인 하늘가엔 발자국 하나 남기지 못했어도 더 이상 추락 없는 바닥과 등을 받쳐 주는 잠, 그리고 결 고운 수의라도 입혀 주듯 바람 섞인 햇살이 부드럽게 내려앉는다.

사막에 가다

사막의 성자

낙타가 사막의 성자가 되기까지는 목마른 것들을 다 버리고 다만 긴 눈썹 하나만 챙겼을 것이다. 눈썹이 문이고 눈썹이 한 벌 이부자리고 누추한 잠자리다. 낙타가 인간을 제 등에 태우는 일은 자신보다 불쌍한 짐승이 인간임을 알고 있기 때문이다. 자신들이 가진 부피보다 더 무거운 무게로는 사막을 건너지 못한다는 것을 알기 때문이다. 하여 낙타는 제 몸피보다 가벼운 무게로 산다. 그 어떤 모래폭풍도 낙타의 눈썹을 넘지 못한다.

타자의 죄를 지고 가는 늙은 성자처럼, 저보다 더 고단한 중생 하나 잔등 위에 앉히고 낙타는 움푹한 제 무게를 버리며 사막 속으로 걸어 들어간다. 아득한 비현실의 현실 속으로 제 그림자 하나 옆에 끌고 자신을 이긴 존재들만이 세상을 이겨 왔다는 믿음 하나로 묵묵히 앞만 보고 걷는다.

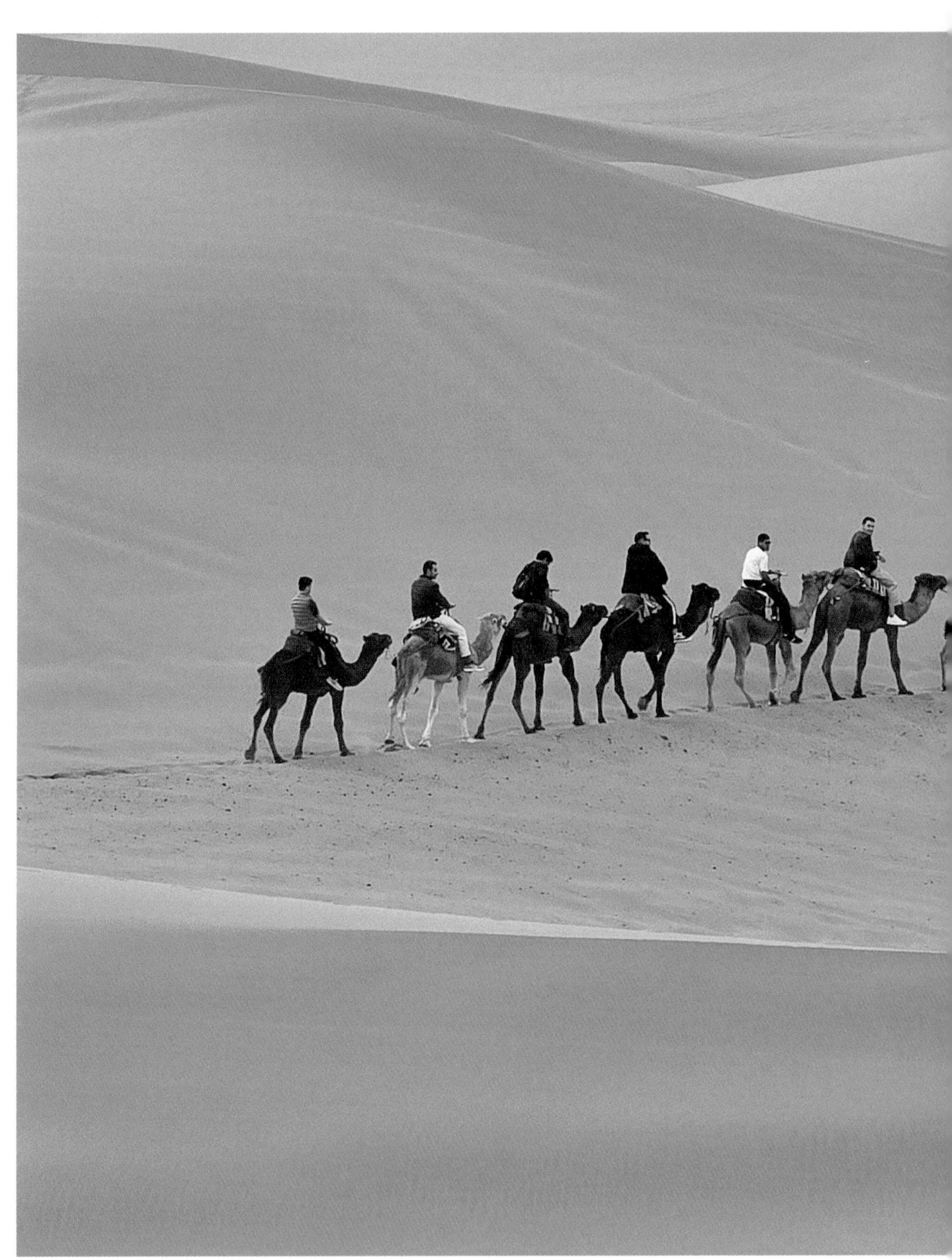

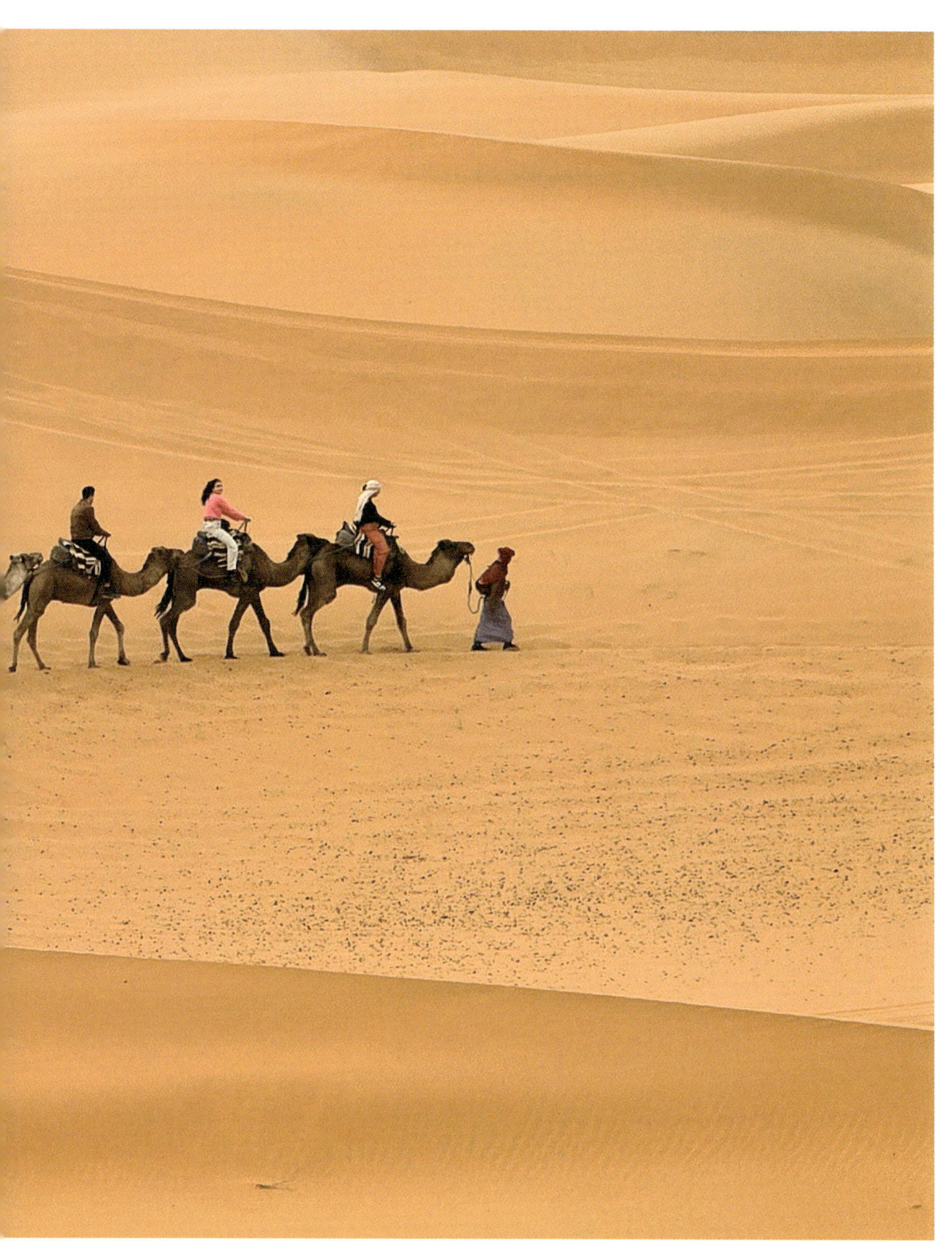

모노로그

육신과 영혼이 곁눈질로 늙어간다. 불행일까, 다행일까. '사막'이라는 말 어딘가에 오아시스가 숨어 있다는 것이.

푸른빛은 거리가 아닌 깊이와 관계가 있듯, 드문드문 깜박이며 오랫동안 만남을 이어 온 사이들은 낙타를 닮은 걸음걸이로 온갖 잡동사니를 등에 지고 걸어간다. 모두들 자신보다는 조금 더 빠르게 늙고 있는 것 같은 타인들을 훔쳐보며 낙타의 등을 풀어헤친다. 가장 단순한 몸짓으로, 가장 단순한 언어로, 삶의 부록 같은 너스레를 떨어도 보고 거룩하게 늙어 가는 증거를 내보이고도 싶어 한다. 돌이켜보면 지나간 시간들은 모두 흔들리고 서성거렸던 기억뿐, 고등 동물의 신호 체계인 언어가 때로는 오히려 의사소통을 방해했었다는 생각이 든다. 이런 모순을 직감하며 떨림도 울림도 없는 음절들을 입속으로 잘근댄다.

기린

목이 길고 높은 통증을 앓고 있는 사람이 있다. 두통은 키가 크고 목이 긴 통증. 히말라야 고지대에 사는 야크는 피가 높아서 낮은 지대에서는 살 수 없다고 한다. 그래서 낮은 지대에 사는 물소와 야크 사이를 오가는 좁교*라는 소를 만들었다고 한다. 연약함을 가장(假裝)하지 않는 그의

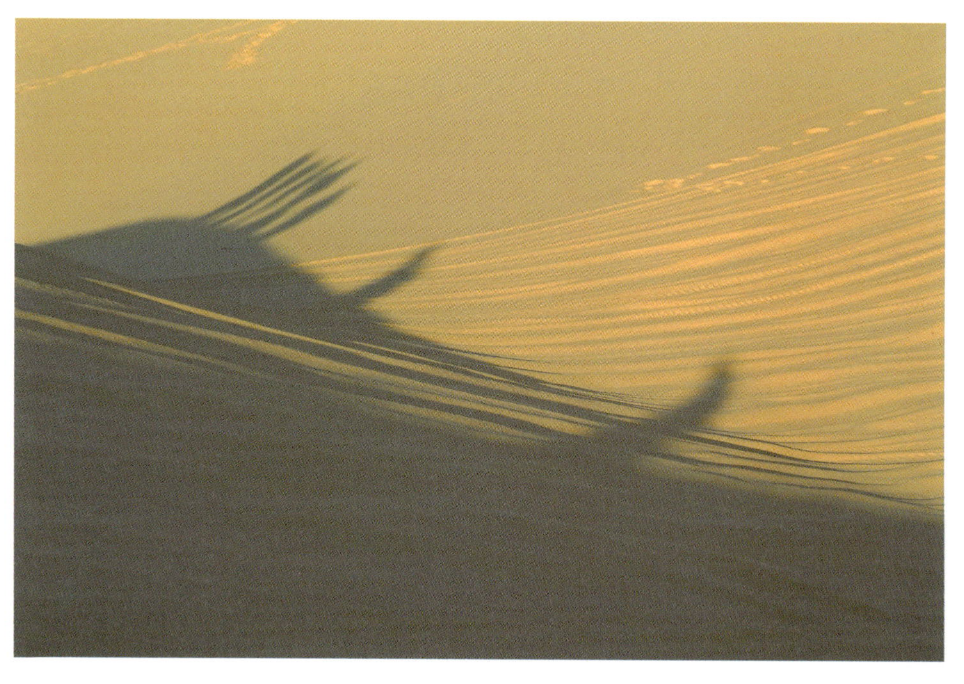

푸른 발바닥은 왜 이렇게 순할까.

고지대를 동경하는 기린은 높은 나뭇가지에 돋은 가시를 뜯어 먹으면서 따가운 피를 앓는다. 헉헉거리며 올라오는 낮은 피가 높은 피가 되기까지 기린은 선 채로 잠이 든다. 기린을 떼로 사는 사람은 없지만, 기린표 두통을 앓는 사람은 있다. 어떤 처방전에도 기린은 없지만, 분명 목이 긴 통증을 앓는 그의 머릿속에는 기린만이 먹을 수 있는 높은 나뭇가지에 돋은 따가운 가시를 우물거리고 있을 것이다.

어떤 말보다도 오래 아문 상처를 되새김질하는 기린은 낮은 곳의 힘으로 높은 곳을 고민할 수 있다는 것을 안다. 오르막을 오르는 피를 앓는 사람의 머릿속을 좁고 험한 히말라야 산길을 등짐 가득 지고 오르는 야크의 딸랑거리는 방울 소리가 콕콕 쑤신다. 그의 머릿속에는 낮은 지대에 내려온 야크와 목이 긴 기린이 살고 있다.

* 좁교 – 히말라야에 사는 낙타를 닮은 짐승

삭제할까요?

풍장

온통 바람과 구름과 부시지 않는 햇살뿐이었다. 우- 우- 이따금 지나가는 바람 소리도 경건하게 소리를 낮췄다. 하늘도 땅도, 그 안에 품었던 누렇게 마른 풀잎도 제 그림자와 술래 놀이를 하던 가젤도 영장이라 믿었던 사람도 바람 속에서 태어나 바람 속으로 사라졌다.

소음도 웃음도 생각도 너무 많아 오히려 빈곤한 우리들은 바람의 소리를 듣지 못한다. 오직 바람 소리를 듣는 건 어렴풋하게 사라져 가는 말간 기억뿐. 침묵마저 바람 속으로 풍화된다.

고적함이 가득 내려앉은 텅 빈 햇살 속. 촉촉한 입김은 허공에 돌려주고 붉게, 붉게, 혈색 깊어지는 한 광주리의 붉은 고추들. 소리 없이 순환되는 그 거룩한 의식을 앙상한 뼈마디의 손길이 어루만지고 있다.

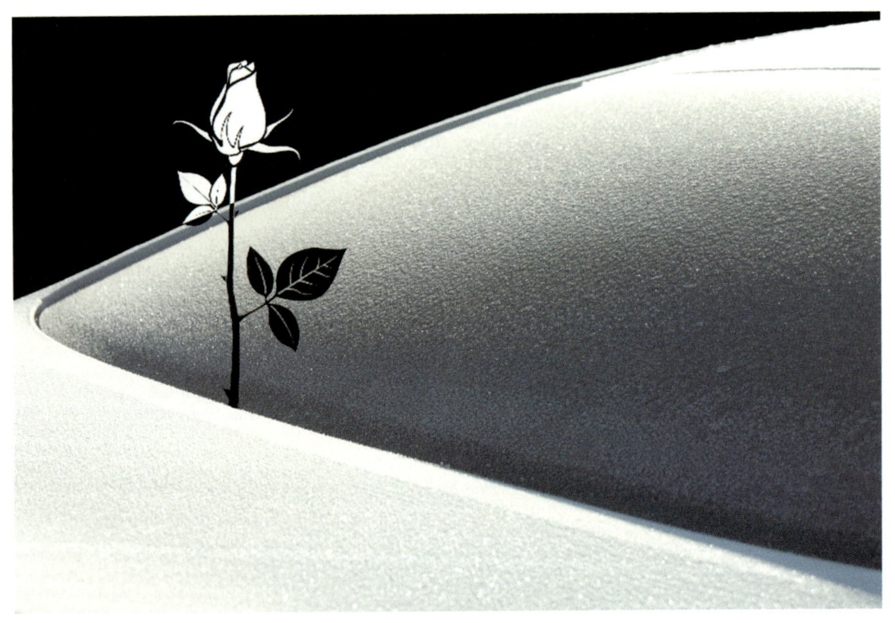

죽은 척하기

한 번도 죽어본 적은 없지만 죽은 척을 할 줄은 안다. 죽음으로 테두리를 두른 삶, 위험에서 벗어나는 방법은 다양한 흉내를 익히는 것이다. 그중 약자들의 자세를 흉내 내는 일엔 아무런 적의가 없음을 보여야 한다. 살아 있는 것들은 살아 있다는 이유로 죽은 척할 수 있다. 그렇게 죽은 척 죽음을 흉내 내다가 기어이 죽게 되는 것이다.

죽은 채로 오래 누워 있는 고목에 푸른 이끼가 붙어살고 있다. 산 것들의 생명력은 죽은 것들에서 나오는 것일까. 죽은 목숨의 못다 한 기운들이 또 다른 모습으로 피어나는 것은 아닌지, 모든 산 것들의 이마마다 죽음이 한 발을 걸치고 있듯, 죽음의 옷자락 어디에서 생의 홀씨가 묻어나오는 건지도 모를 일이다. 단단하게 웅크리고 있는 꽝꽝나무 사이로 따가운 가을 햇살이 나지막이 비껴든다. 나뭇잎 하나가 떨어진다. 바람의 느닷없음 속에서 바람의 방향에 몸을 맡긴 채 이리저리 허공을 맴돈다. 저것, 죽은 척일까. 영원히 끝일까.

삭제할까요?

하얗게 휘발해 버리고 싶은 충동이 손가락 끝으로 몰려온다.

삭제할까요?

Yes와 No의 벼랑 끝에서 숨 한 번 돌이킬 겨를도 없이 모든 것이 지워진다. 성공이다. 짜릿하게 파고드는 통쾌함. 그 어떤 서사도 갈등도 사랑도 달콤한 목소리도 따스한 체온도 흔적 없이 사라진다.

이제 주인은 백지다.

자판을 두드리던 열 손가락의 지문도 사라지고, 까만 모니터 위 방향을 잃은 커서만 깜박이고 있다. 자칫 클릭의 오류로 발생할지도 모르는 복원이라는 루트만 폐쇄하면 완전범죄다.

있다가 없는 것,
알다가 모르는 것,
하다가 멈추는 것,

그 홀가분한 충동에 영끌이라도 해서 하얗게 증발해 버리고 싶은, 하얗게 지워져 버리고 싶은 야릇한 쾌감이 뭉클뭉클 차오르는 밤이다.

우수 즈음에

방향과 속도의 등식

희뿌옇게 일어서는 새벽 공기를 가르고 나직이 바람이 울었다. 우수를 지난 하루, 한 방향으로 도는 지구의 야멸찬 화살표는 메마른 꽃눈에 촉촉한 호흡을 불어넣어 통통히 부풀렸다.

모든 사랑의 갈등과 비극은 열정의 속도와 방향이 포개지지 않고 어긋나는 데 있다. 방향이 같아도 속도가 다르면 거리는 필연적으로 생겨나는 법. 너무 느리면 열정이 식고, 너무 빠르면 궤도를 이탈한다. 기압의 차이로 바람이 일 듯 사랑도, 사람과 사람 사이의 모든 관계도 열정의 기울기에 따라 평형이 깨져 상처를 받고 상처를 입히는 것이다. 더 뜨겁게, 더 깊이, 더 많이 사랑하는 쪽이 더 외로울 수밖에 없지만, 뒤집힐 줄 모르는 편도의 방향성이 달이 지구를, 지구가 태양을 순항시키는 에너지가 된다.

머지않아 매화가 벙글고, 푸른 물결이 제 속도로 제 방향을 찾아 밀려올 것이다.

우수

　풀어진 결빙 사이로 안개가 피어오른다. 계절의 속도와 방향은 언제나 일방통행이지만, 속도와 방향의 주파수가 어긋나 가끔 삐거덕하고 역방향의 에너지가 우위에 있을 때가 있다.

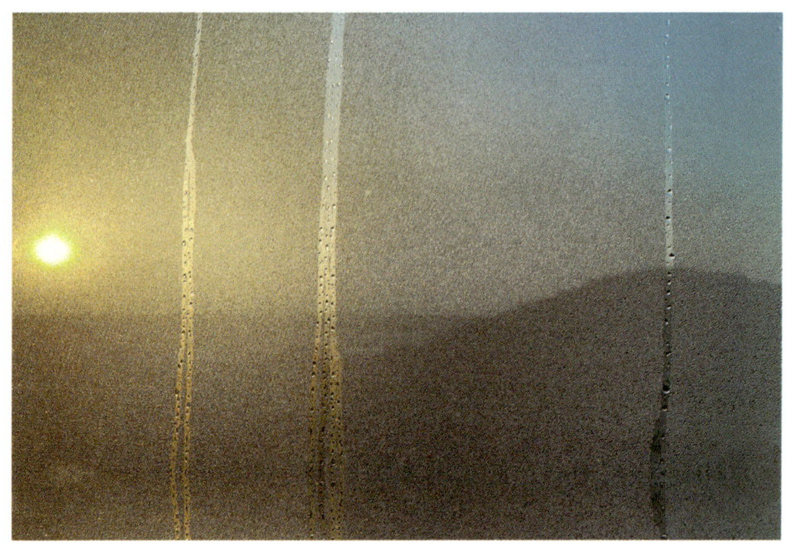

　하루는 눈, 하루는 비.

　어제는 소속이 불분명한 눈이 내리더니, 오늘은 늦겨울 비인지 이른 봄비인지 모를 비가 질기게 내린다. 다소곳이 봄비를 자처하다가, 우지끈 허공을 꺾어 끝자락, 겨울의 낯으로 몰아치기도 한다. 꽃샘이라는 명명으로 종잡을 수 없는 우수 즈음의 일기 속에서 싹눈과 꽃눈, 한껏 부풀어 오른다.

이 비가 그치면, 포개진 속도와 방향이 제 궤도에 올라 초록 물속으로 성큼 내달릴 것이다.

씨앗들

서랍 한 귀퉁이에서 검고 작은 씨앗 몇 알을 발견했다. 언제부터 이곳에서 잠자고 있었을까. 안쓰러운 마음에 손바닥에 올려놓고 그 정체를 가늠한다. 꽃씨인지 채소 씨인지, 내 식견으로는 도저히 파악이 안 되는 씨앗들, 조용하다. 따사로운 햇볕과 살랑이는 바람도 소리 없이 여며둔 채 어떤 열망도 드러내 보이지 않는다.

멀리 가기 위해서는 존재를 최대한 응축시켜야 한다는 것을, 짧은 한 생으로는 원하는 것을 다 움켜쥘 수 없다는 것을 스스로 터득한 씨앗은 다음 세상으로 이어갈 유전자 지도 한 장을 야물게 말아 넣었을 것이다. 검고 단단한 외피 안에서 씨앗은 어떤 소용돌이도 개입하지 않는 무풍지 대를 건너고 있다. 떨림과 기대를 동시에 품고 때를 기다리고 있을 목숨 들은 언제, 어느 곳에 안착하여 유예된 삶을 다시 이어갈까.

푸른 싹을 고대하며, 그 씨앗들을 촉촉하고 보드라운 흙 속에 정성껏 묻어주었다.

길이 길을 잃었다

길 1

군데군데 허물어지고 구멍이 숭숭 난 블록담에 기대어 구불구불 길이 걷는다. 그림자를 비켜 난 햇살들이 익숙한 듯 그 담 너머 다른 세상을 엿본다. 깨진 틈 사이로 날아온 풀씨, 삶의 무릎에 앉은 듯 파랗게 싹을 틔운다.

길이 꺾이는 모퉁이마다 희망처럼 서 있는 가로등, 달빛 받은 작은 기도처럼 시선을 낮춘다. 시간에 순응하며 뭉툭해진 낙서들, 눈부시게 펄럭이던 빨래들이 서로서로 기대는 법을 익히던 그 좁은 길들.

이제는 길들이 제 길을 잃어버렸다. 모든 길들은 자꾸만 넓어지고, 사람들은 기웃대거나 머뭇거리는 법이 없다. 서로 돌아볼 겨를도 없이 그저 빠르게 달리고, 어쩌다 낯선 얼굴들은 서로 민망해 고개를 돌린다. 남루했던 옛 풍경들이 얼마나 소중했는지, 햇살도 그때만큼 눈부시지 않다.

어디로 가려는지 길이 길을 잃고 허둥대고 있다.

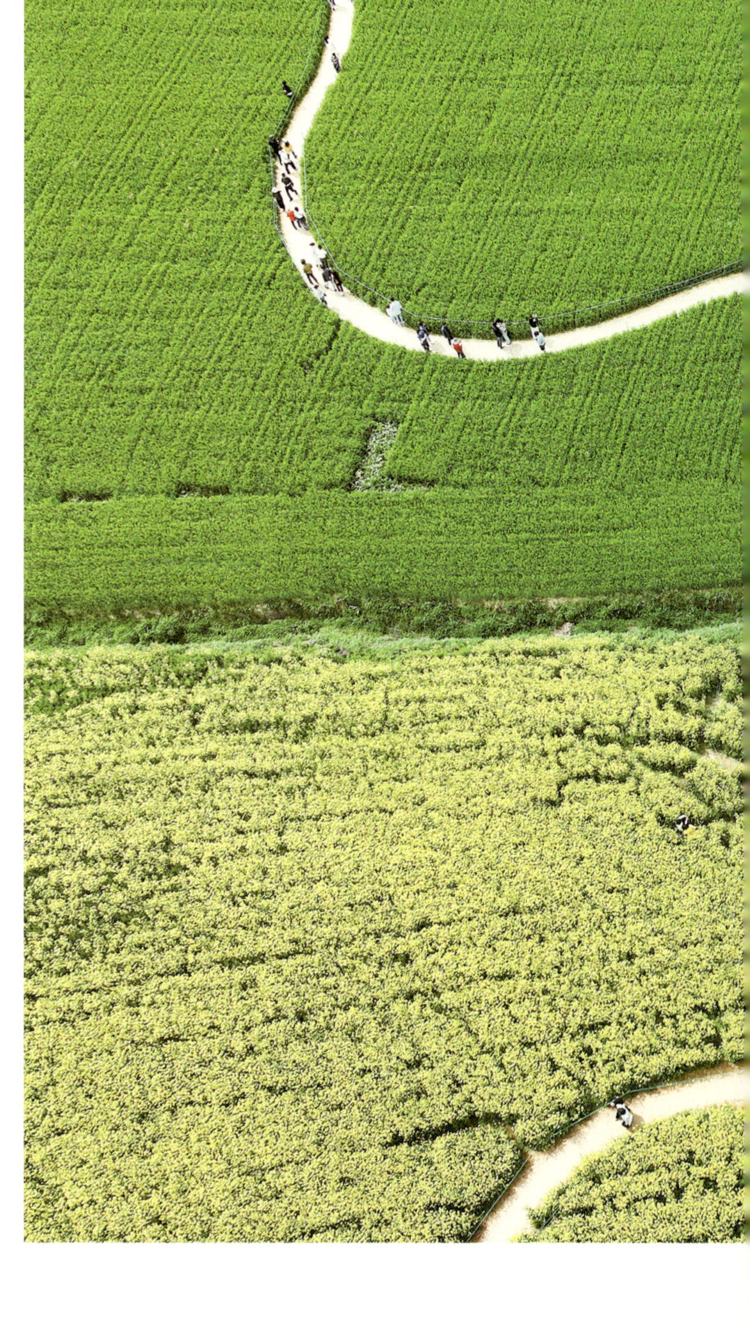

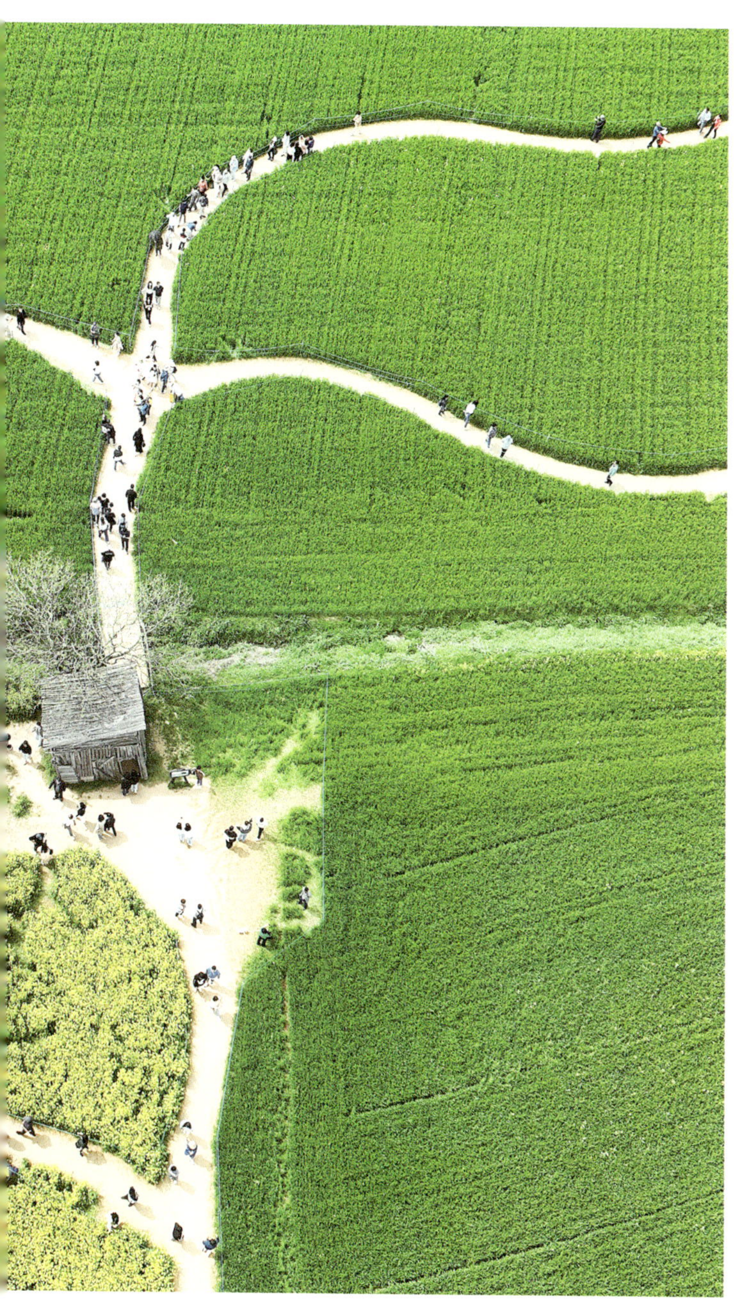

길 2

길은 언제나 기다림을 간직하고 있다. 기다리며 누군가를 떠올리기도 하고, 잊었던 시어를 찾아내기도 한다. 길 옆 벌개미취가 아름답다는 것도 누군가를 기다리며 알게 된다.

기다림에는 나무 향기가 난다. 힘겨울 때마다 층층이 나이테를 만들어 온 나무의 시간들. 해마다 나무들이 푸른 이유는 그 기다림에 있다. 기다림은 하나의 옹골찬 매듭일 수도, 그 매듭을 푸는 손길일 수도 있다.

기다림을 잃은 21세기, 속도 내기에 여념이 없다. 그저 빠르게, 빠르게에 급급해 사이버 공간 속으로 숨어들었다. 그리움도 기다림도 자꾸 야위어 간다. 그 빈 울림이 간절해 결 고운 나이테를 동경한다.

길 3

길은 삶의 수채화다. 지루하게 흐르던 일상들도 어느 날 반짝 빛을 발한다. 아주 여린 바람에도 온몸으로 대답하는 들풀들, 멀리, 멀리 꿈을 꾸며 날아가는 홀씨들. 그 꿈들은 맨몸으로 한겨울을 견디어 내고, 봄이 되면 그 초록의 눈부심을 쏟아낸다.

살아가는 것들, 살아가게 하는 것들, 모두 길 위에 있다. 아주 사소한 몸짓으로 조금쯤 외롭다가, 아무렇지도 않은 것들에 분노하고 감동하기도 하면서 보통 사람들의 삶을 채색해 나간다. 그 길을 따라가 보면 반쯤 허물어진 흙담이 있고, 칠이 벗겨진 낡은 대문이 있고, 빛바랜 가구들이 옹기종이 놓여 있다. 그 가구를 닮은 식구들이 희미한 불빛 아래 노란 웃음을 흘리며 밥을 먹고 잠을 잔다.

이제 밤새 불야성으로 잠 못 드는 길들은 꿈도 제대로 꿀 수 없다.

길 4

누군가 첫발을 내디뎠을 때 길은 시작된다. 우리가 걸으면 그곳은 어디든 길이 된다. 세상은 언제든 길이 만들어질 수 있는 수많은 약속과도 같다. 길이 아름다운 건 늘 어디론가 향한다는 것, 그 끝을 알 수 없다는 것, 끝없이 그 끝을 동경한다는 것, 길옆에 풀들이 자라나 꽃을 피운다는 것, 바람이 지나가고 햇살이 내려앉고 달빛이 비추인다는 것이다.

지금은 달빛 대신 가로등이 눈을 부릅뜨고 있다. 사뿐사뿐 디뎌 밟던 고무신 대신, 속도의 경쟁 속에 떠밀려가는 소음의 뒤꼬리들만 즐비하다.

길 5

生의 눈부심은 우리들이 지루해 했던 일상들의 한 조각이다. 사람은 시간의 등을 보면서 길을 배운다. 남루하고 누추했던 가난한 기억들이 서

럽지 않게 남아 있는 것은 그리움 때문이다. 오늘날의 갈증과 욕구, 그것들로 인한 분노, 채워지지 않는 허기증도 오랜 시간이 흐른 뒤에는 그리움으로 남을 수 있을까. 늘 어지럼증으로 돌던 시간의 뒷모습은 그렇게 그리움이란 이름으로 완성되는 걸까.

길 6

급급함에 쫓기는 인류世의 시대에 이제 길은 더 이상 신비로움의 대상이 아니다. 도중에 깨어버린 꿈같은 것, 한 고개 넘으면 또 다른 고개가 이어지는 것, 낭만의 푸른 물결이 아닌 헤쳐 나가야 할 황사 같은 것.

그러나 누군가의 발자국들은 끊임없이 또 새로운 길을 만들어 내고, 길이 있음으로 걷고 또 걷는 것이다.

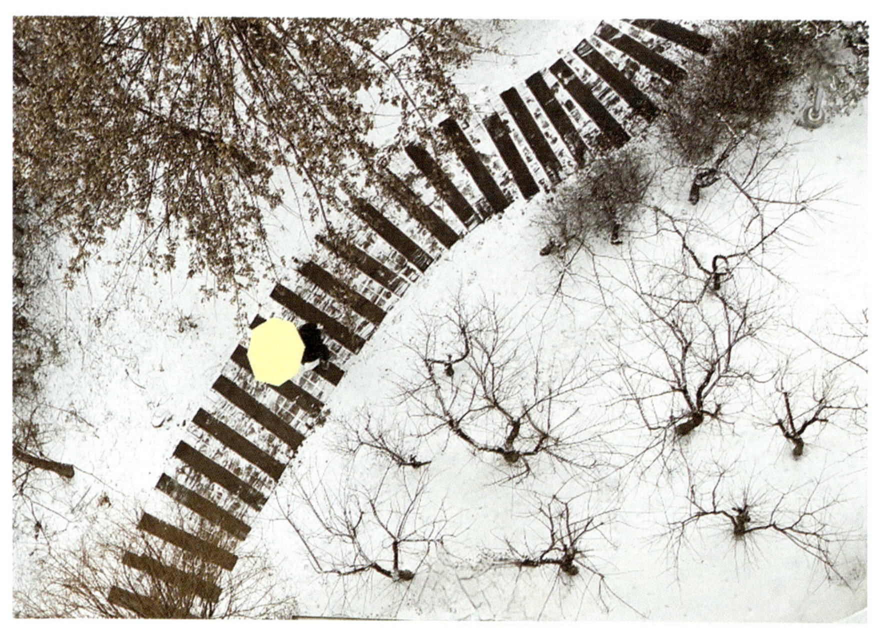

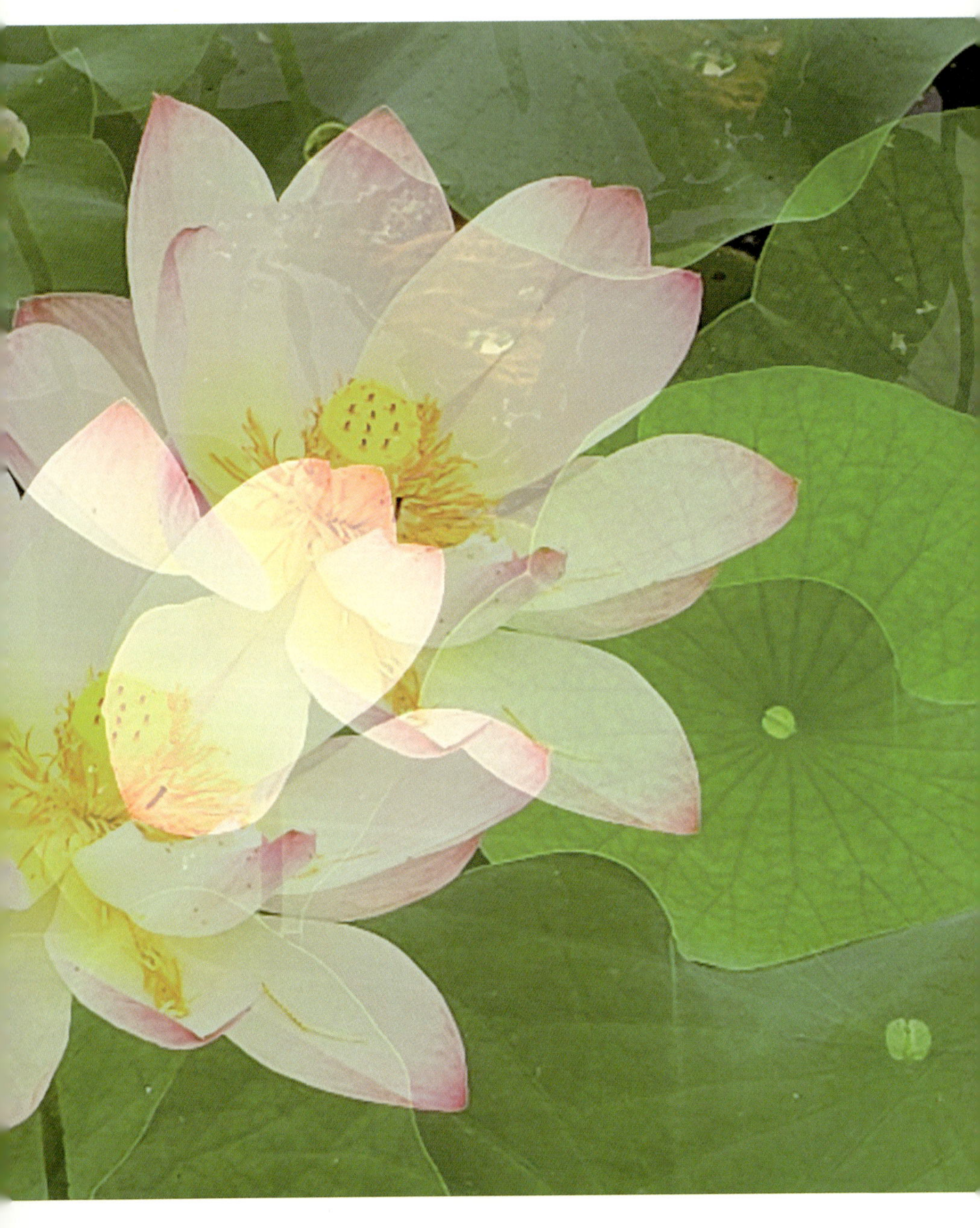

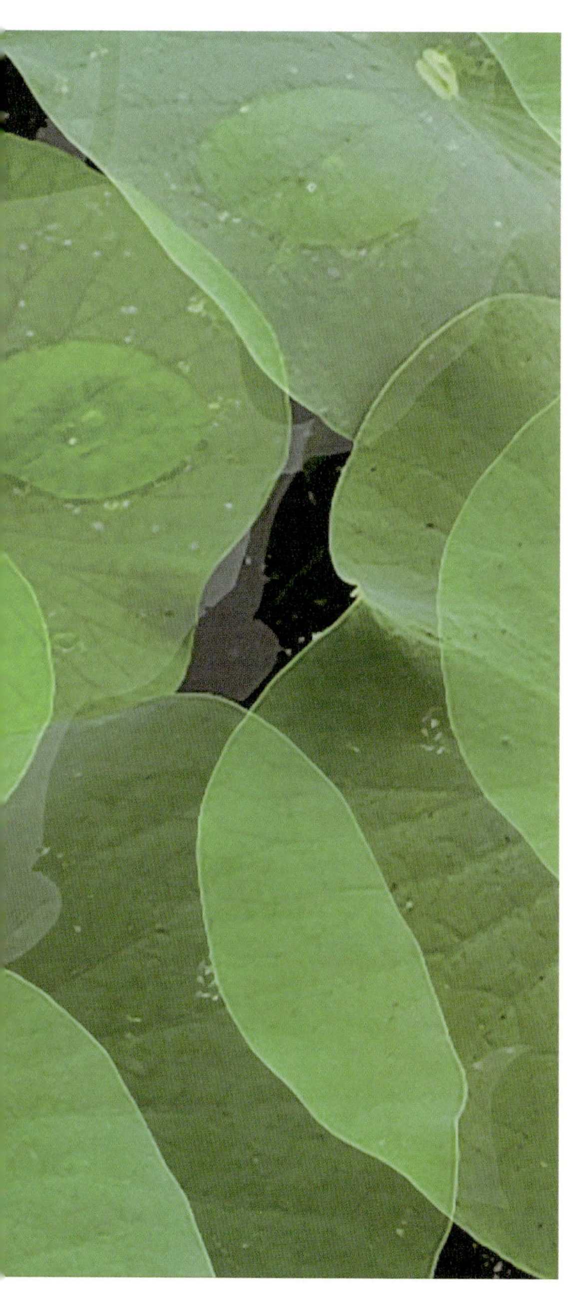

2부

시간을 엿보다

노출 주의보

하지를 며칠 앞둔 날, 오랜만에 시계가 아주 맑았다. 하늘의 별 따기만큼이나 만나기 어려운 청명한 날씨였다. 드물게 미세먼지 지수도 양호했고, 햇볕은 갓 씻어 건져 올린 채소처럼 반짝이며 기분 좋을 만큼 따끈따끈했다. 상큼한 바람까지 적당히 불어와 외출을 하기에 하늘이 내려준 절호의 기회였다.

갱년기를 지나면서부터 뼈가 부쩍 부실해지기 시작했다. 건강 보조제는 물론 이런저런 음식도 신경 써서 챙겨 먹었지만, 눈에 띄게 효과를 보는 것 같지는 않아 급기야 병원 치료를 받게 되었다. 뼈 건강에 필수 요소인 비타민 D는 얼마든지 자연에서 충족할 수 있다고 의사 선생님이 강조하셨다. 그 방법은 아주 간단하고 쉬웠다. 될 수 있는 대로 햇볕을 많이 쬐는 것이다. 그런데 우리는 그 쉬운 방법을 실천하지 않고 가능한 한 피하려고 온갖 수단과 방법을 동원한다. 비싼 햇빛 차단 크림을 얼굴에만 바르는 것이 아니라 팔과 다리까지 바르고, 그것도 모자라 한여름에도 긴

옷과 장갑까지 동원해 중무장을 하는 것이다. 이번 검진 때 의사 선생님은 약물 처방과 함께 또 다른 처방을 내렸다.

"하루 한 시간 이상 햇볕을 쬐며 걸으세요."

지금까지는 권고 사항이던 것이 이제는 엄명에 가까운 강력한 처방으로 바뀌었다. 그 뒤로 틈만 나면 햇볕을 쬐려고 노력하지만, 햇빛을 마음 놓고 쬘 만큼 좋은 조건의 날씨를 만나기는 쉽지 않다. 겨울에는 추워서, 봄에는 황사 때문에, 이런저런 이유가 늘 발목을 잡는다. 거기에는 좀 더 적극적으로 나서려는 내 의지가 부족했음을 솔직히 부인할 수 없다. 또한, 언제부터 시작되었는지 모르는 미세먼지는 사계절 복병으로 등장해 그 어떤 이유보다 먼저 우리의 외출을 방해한다. 오죽하면 일기 예보에서 매일 미세먼지의 농도를 알려 주고, 외출을 해도 무방하다거나 외출을 자제하라는 주의까지 주고 있지 않은가.

아무튼, 선물처럼 주어진 오늘 같은 좋은 날씨는 외출의 유혹을 넘어 노출의 수위에까지 유감없이 손길을 뻗치고 있었다. 돈 들이지 않고 비타민 D를 마음껏 섭취할 수 있는 흔치 않은 기회를 놓칠 수는 없는 터라 외출 준비를 마치고 막 나가려다 돌아섰다. 오늘 같은 날에는 이 정도 차림으로 나가기에는 날씨가 너무 아깝다는 생각이 들었다. 긴 팔 대신 반팔 셔츠로 갈아입고, 긴 바지 대신 다소 짧다고 느껴지는 반바지로 갈아입었

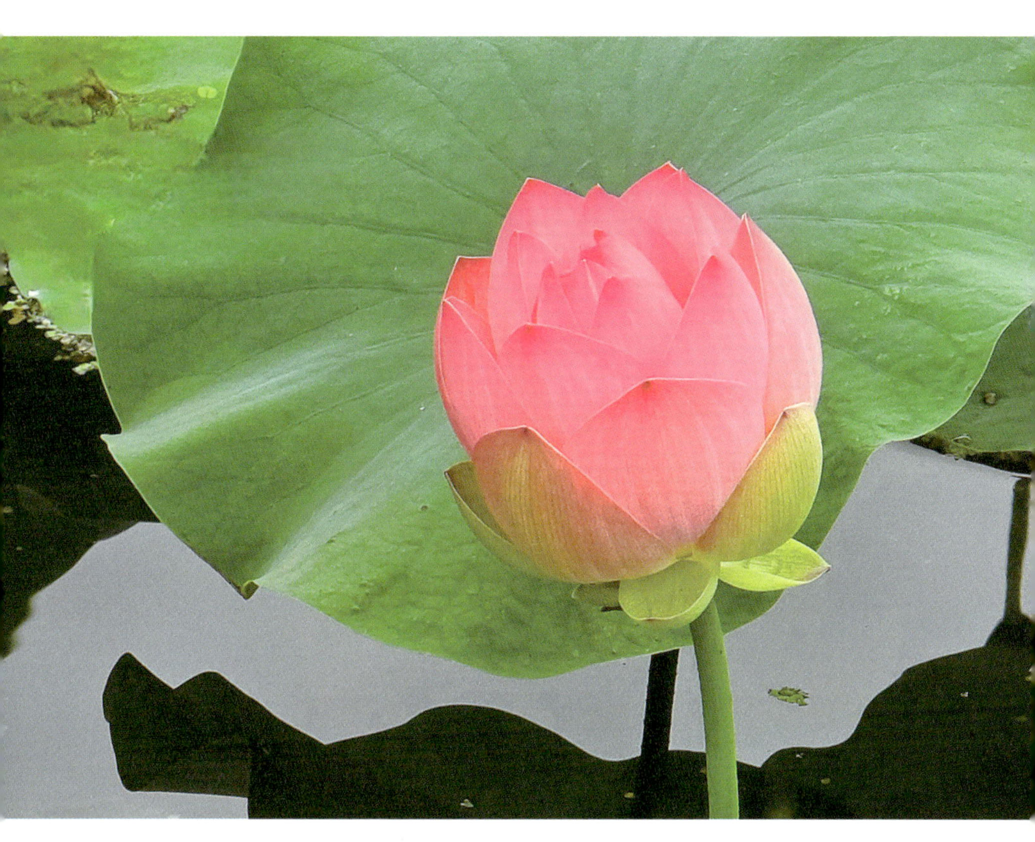

다. 주변의 시선이 적잖이 신경 쓰이기는 하였지만, 나는 지금 단순한 외출 패션이 아닌 치료를 목적으로 하는 가장 효과적인 패션을 선택한 것뿐이다. 그래도 예순을 훌쩍 넘긴 나이에 드러나는 내 신분이 여전히 자유롭지 않아 모자를 눌러쓰고 마스크를 하고 선글라스까지 썼다.

그늘이 우거진 공원의 산책길을 피해 들판 길로 나갔다. 인적도 뜸하고 햇빛 샤워를 하기에 안성맞춤이었다. 오랜만에 드러난 팔다리의 맨살이 시원하면서도 따끔따끔 자극이 느껴졌다. 순도 100%의 양질 비타민 D가 피부 속으로 흠뻑 흡수되는 것 같아 마음이 뿌듯했다. 그렇게 한 시간여를 돌다 보니 슬그머니 노출에 대한 유혹이 도를 넘었다. 내게 주위의 시선을 묵살할 수 있는 용기가 조금만 더 있다면, 또한 주변의 시선이 조금만 더 관대하다면 다음번에는 소매가 아예 없는 민소매 셔츠와 오래전에 해변에서 입었던 더 짧은 청반바지를 입고 나오면 어떨까 하는, 망상에 가까운 욕심이 슬쩍 고개를 치켜드는 것이다. 물론 실행에 옮기기는 어렵겠지만, 나는 약해진 뼈를 치료 중인 환자다. 천연 치료제를 위해 그 정도의 용기와 관용은 마땅한 처사가 아닐까.

오늘같이 미세먼지 한 점 없는 맑은 공기와 따끈한 햇살과 바람이 어우러진 날이 또 찾아온다면, 나는 기꺼이 오늘의 패션보다 조금 더 과감한 노출 패션으로 나가 볼까 하는 무모한 계획을 세우고 있다. '여자의 변신은 무죄'라는 말이 이 나이의 내게도 허용되는지는 모르겠지만, 오직 비타민 D를 얻기 위해서라면 크게 용기를 한번 내 볼 요량이다.

랭킹의 덫에 갇히다

드디어 오늘 새벽, 아쿠아마린의 경지에 올랐다. 무언가를 이루었다는 성취감이 마른하늘의 번개처럼 반짝 스쳤다가 이내 사라지며 허탈감이 밀려들었다. 대체 뭐 하는 짓인가. 쓴웃음이 흘러나왔다.

지난 1월, 스마트폰에 외국어를 공부할 수 있는 앱을 깔았다. 새해가 되면 늘 보장성도 없는 계획이나 각오의 일환으로 연례행사처럼 하는 일이었다. 언제나처럼 큰 기대도, 부담도 없이 가벼운 마음이었다. 자는 시간 빼고는 거의 손에 붙어 있는 휴대폰을 활용할 수 있다는 것이 아주 매력적이었다. 그것이 결국엔 덫이 될 줄은 몰랐다.

그날그날 내가 공부하는 양에 따라 순위가 매겨졌다. 처음에는 그 앱의 시스템을 몰라 그냥 재미로 들여다보던 것이, 어느 순간 '승급'이 되었다든가 '등급에서 떨어졌다'든가 하는 알림이 뜨면서 마음이 달라졌다. 브론즈에서 실버로, 실버에서 골드로, 사파이어로, 에메랄드로, 가넷으로 순위가 오를 때마다 묘한 쾌감을 느꼈다. 그때부터 공부는 뒷전이고 등급

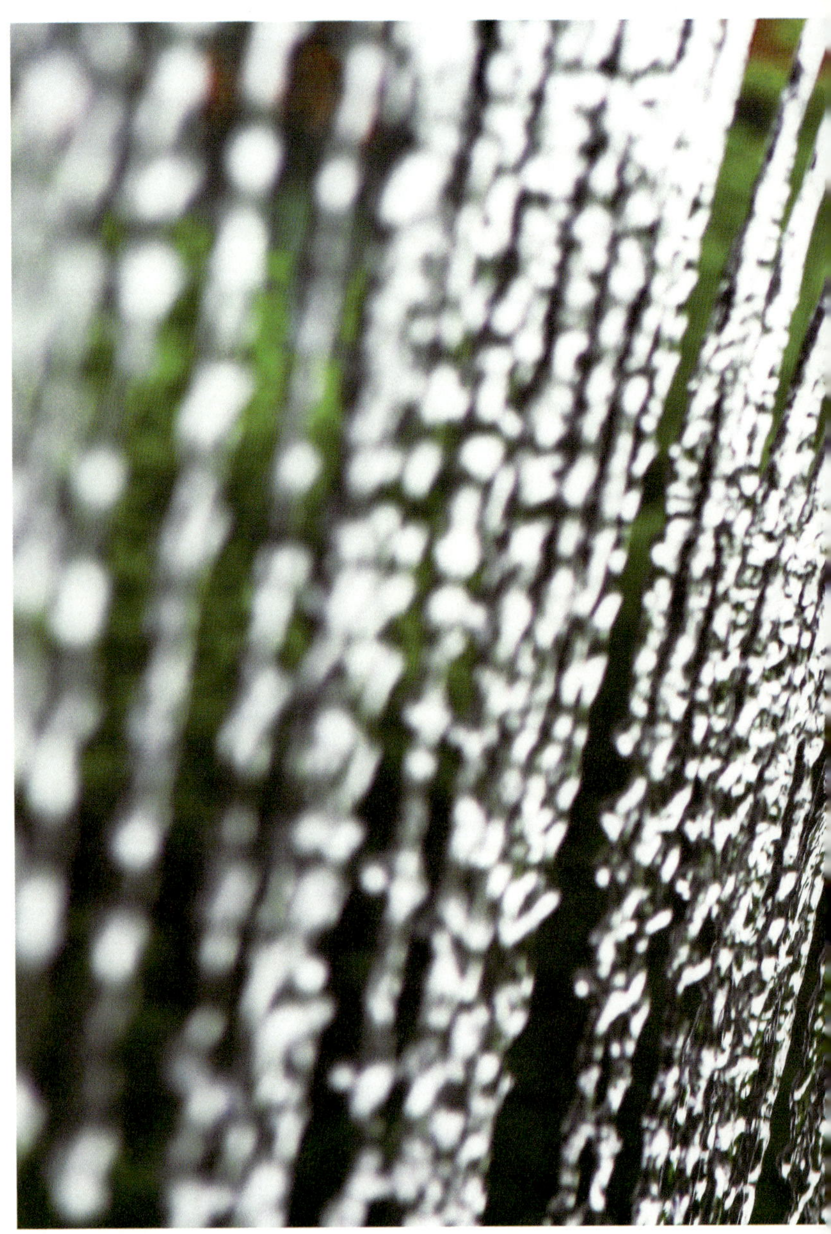

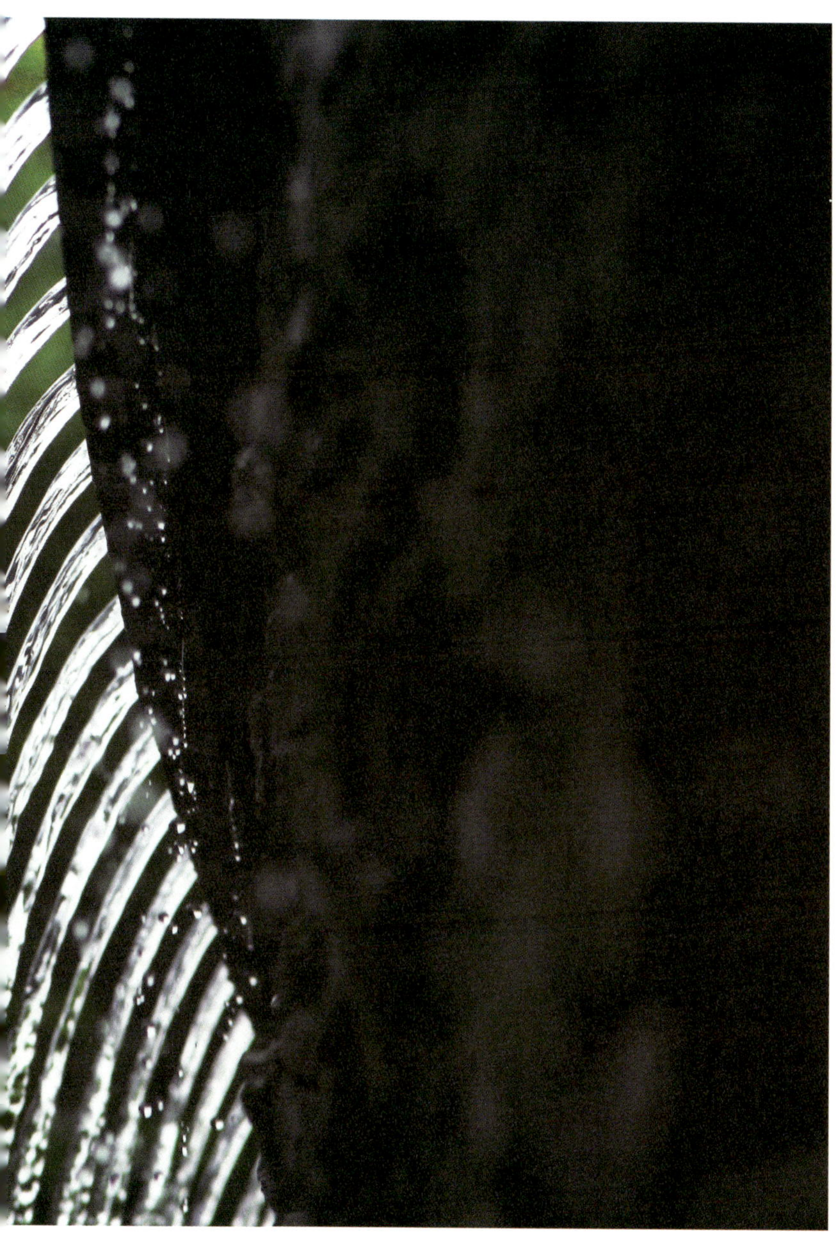

올리기에만 급급해졌다. 새벽에 눈뜨면서부터 늦은 밤 잠이 들 때까지 틈만 나면 그것에 매달렸다. 어쩌다 승급 존에서 아슬아슬하게 밀려나면 은근히 부아가 치밀기도 했다.

언제부터 내가 이렇게 열정적이었던가. 아니, 내게도 이런 승부욕이 숨어 있었단 말인가. 아무튼, 가넷 등급을 거쳐 오닉스에 오르고, 애미시스트 단계를 지나 오늘 아쿠아마린 등급까지 오르게 된 것이다. 이쯤에 이르고 보니 회의가 들었다. 내 목적이 방향을 벗어나도 한참 벗어났다. 자투리 시간을 유용하게 활용해 즐거움도 얻고, 어학 실력도 늘려 보겠다는 순수한 의도가 완전히 빗나가 랭킹의 덫에 걸려버린 것이다.

지금 나는 갈등의 기로에 서 있다. 원래의 의도로 돌아가 여유 있게 즐거움을 만끽할 것인가, 아니면 이만큼 왔으니 끝을 봐야 할 것인가. 그 '끝'이란 말에 피식 웃음이 나오면서도 부질없는 마음을 접기로 했다. 그래, 벗어나자. 눈에 보이지 않는 올가미로부터 해방되어 자유를 찾자. 하지만 아쿠아마린 다음 단계는 무엇일까. 그다음은? 다이아몬드가 맨 꼭대기에서 빛나고 있을까. 실오라기 같은 미련 한 줄기가 자꾸만, 어렵게 내린 내 마음속 결정을 흔들고 있다.

1cm의 갈등

　4cm와 5cm 사이에서 고민을 했다. 며칠 전, 오랜만에 공식적인 모임에 갈 일이 생겼다. 때와 장소를 고려해 최소한의 정장 차림이 요구되었고, 자연스럽게 정장의 한 부분인 구두에도 신경을 쓰게 되었다. 조금 오래되긴 했지만, 굽의 높이도, 앞볼의 넓이도, 디자인도 무난해 때마다 애용하던 앵클부츠가 있어서 마음을 놓았었다. 그런데 오래간만에 꺼내 보니, 아뿔싸! 구두의 겉가죽이 흐물흐물 벗겨져 있었다. 마지막으로 신었던 것이 언제였더라. 아마 사오 년 전이었던 것 같다.

　어쩔 수 없이 새로 하나 장만해야 하는 상황에서 굽의 높이가 갈등의 요소로 작용했다. 내 키를 감안해 늘 선호하던 5cm가 버겁지 않을까 하는 불안감이 앞섰다. 그깟 1cm가 뭐라고, 4cm를 선뜻 선택하지 못하고 며칠을 망설였다. 사실 얼마 전부터 발 상태가 좋지 않다. 조금만 걸어도 무리가 오고, 엄지발가락에 통증이 느껴져 날렵한 구두코 대신 펑퍼짐한 캐주얼화를 신은 지 몇 년이 지났다. 그사이 즐겨 신던 구두는 가죽이 다

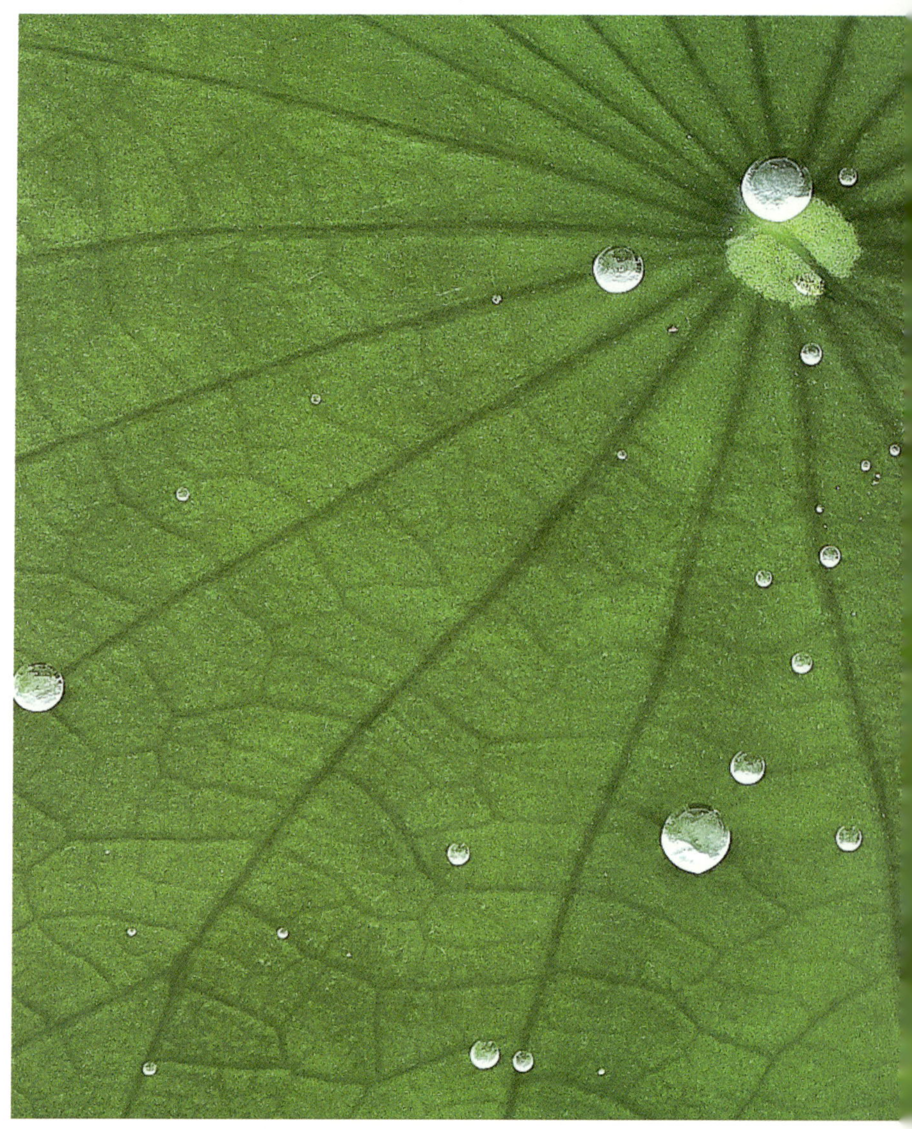

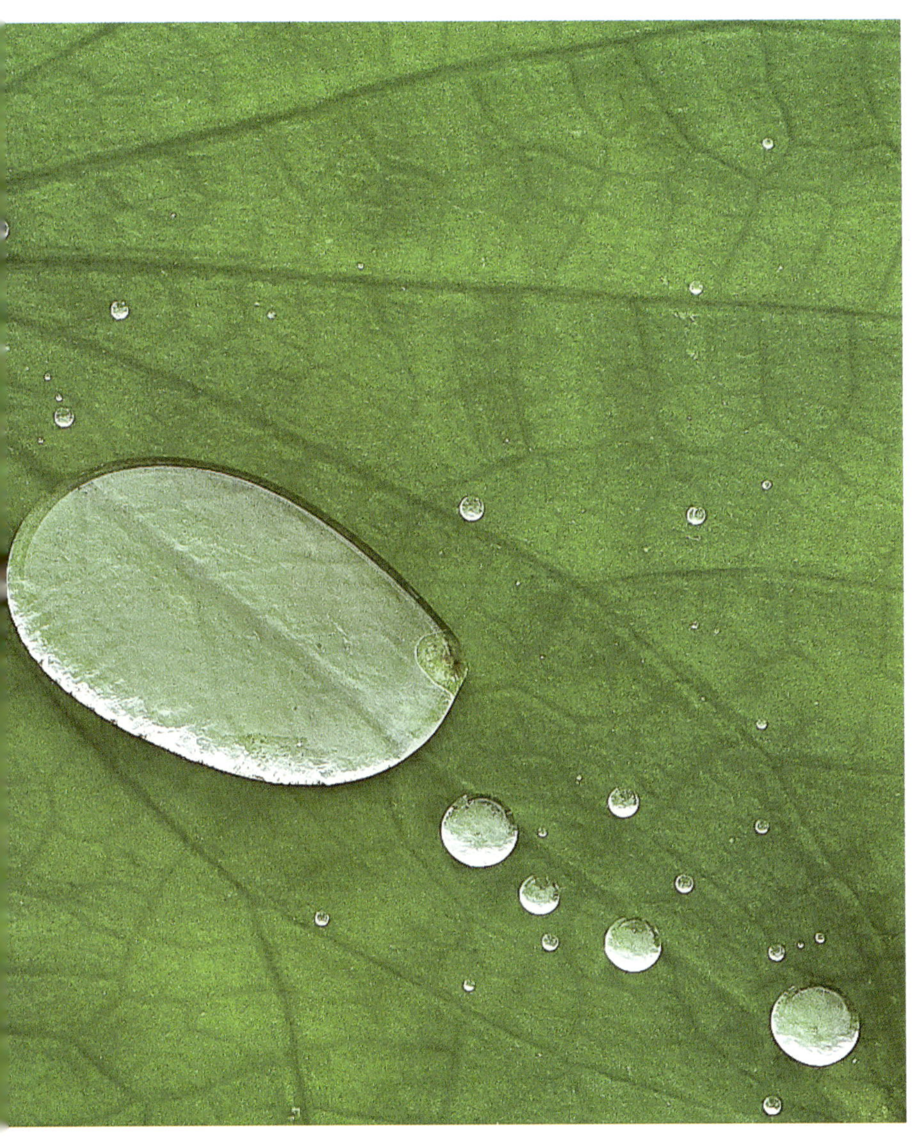

벗겨지고, 나는 1cm 사이에서 갈등을 겪게 된 것이다.

　젊은 날엔 디자인이 좋으면 다소 불편하더라도 기꺼이 발이 적응했다. 하지만 이제는 언감생심 그런 기대는 접어야 한다. 외적인 미의 요소보다는 덩달아 노화되어 가는 발의 안락함이 최우선 조건으로 부각되었다. 결국, 모험을 하지 않기로 했다. 위험 요소가 덜한, 아니 덜할 것 같은 낮은 굽으로 결정했다. 갈등을 겪으며 차일피일 미루다가 행사 날짜에 임박해서야 주문을 하게 됐다. 그래도 이틀, 사흘이면 충분히 배달되겠거니 여유를 가졌는데, 그 며칠의 갈등이 화근이 되었다. 결국 나는 몇 년 만의 중요한 행사에 새 구두를 신지 못했다. 행사는 오전에 있었고, 택배는 오후에 도착했다.

　하는 수 없이 디자인도, 구두 굽도 마음에 들지 않는 것을 신고 행사에 참여하는 내내 마음이 유쾌하지 않고 찜찜했다. 하지만 아무도 나의 이런 내적인 심리 상태를 눈치채지 못했을 거라는 것이 그나마 한 줄기 위안이 되었다. 이 일은 1cm의 갈등으로 시간을 끌다가 즐거움이 송두리째 날아간 하나의 에피소드로 남았다. 내게 1cm의 의미는 무엇이었을까.

배보다 배꼽

패션 아이템으로 모자를 선호해 왔다. 하여 한때는 내 정체성이 모자로 대변되기도 했다. 그만큼 모자는 내게 익숙했고 또 잘 어울린다는 말을 들었다. 모든 것에 수명이 있듯 모자도 예외는 아니어서 가끔 헌 것을 정리하고 새것을 사들이곤 했다. 지난 초여름, 백화점에 들른 길에 여름용 모자를 하나 골랐다. 때가 때인 만큼 흰색을 찾다가 구미에 딱 맞는 것을 못 찾고, 거의 흰색에 가까운 연한 베이지색을 선택했다. 언뜻 보면 무늬가 없는 듯 보이지만 자세히 들여다보면 돋을새김 된 자카드 무늬가 있어 오히려 고급스러워 보였다.

그런데 앞뒤 좌우가 구분이 안 되는 디자인이어서 무언가로 표시를 해두어야 할 것 같았다. 가지고 있는 모든 장식용 소품을 꺼내 이것저것 어울리는 것을 꽂아보았다. 바로 이거다 싶어 하나를 선택했는데, 하필 망설일 수밖에 없는 것이었다. 며느리가 가지고 온 결혼 예물이었다. 값으로 치자면 크게 비싸지 않은 모자 값보다 열 곱은 비싼 보석류였다. 하

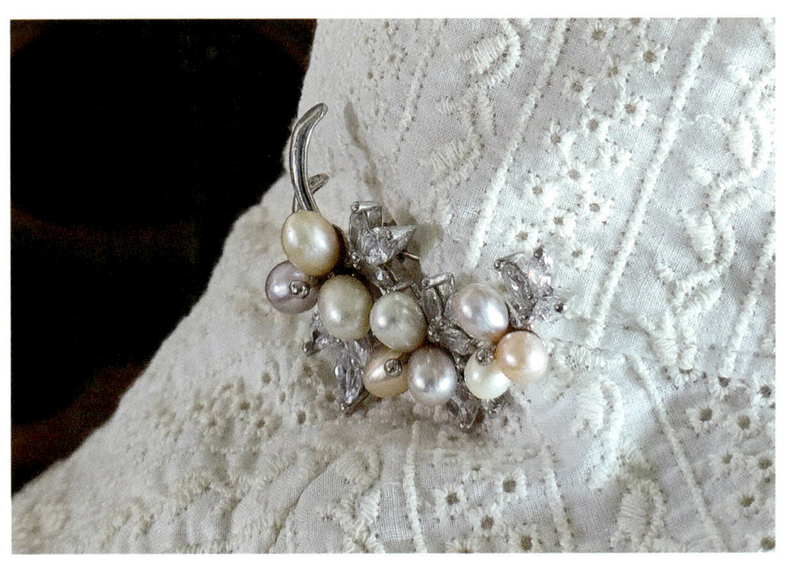

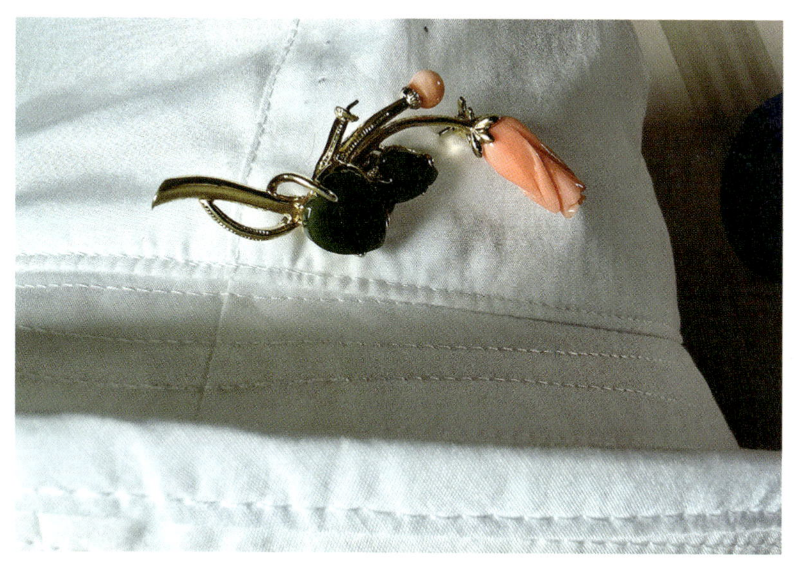

지만 하나가 눈에 들어오면 다른 것은 아예 보이지 않는 법, 결국 그것을 장식으로 달기로 했다.

그러고는 행여 그것이 떨어져 나가지 않을까, 또 모자까지 통째로 잃어버리지는 않을까, 모자를 쓰고 나갈 때마다 노심초사한다. 그러면서도 은근히 속물근성이 발동해 우쭐함을 맛보기도 한다. 아무도 물어보는 사람은 없지만, 모자 한 귀퉁이에 잠자리만 하게 붙어 있는 그것의 가격은 절대 비밀이다.

이거, 별거 아니에요. 쉿!

빨간 립스틱

목련이 흐드러지게 핀 환한 봄날이었다. 문화센터 인문학 강좌가 개강된 후 두 번째 날이었고, 그녀와는 두 번째 만남이었다.

"우리, 나가서 사진 찍어요. 밖이 너무 예뻐요."

나와 옆에 있던 오십 대 중후반쯤 되는 남자가 어정쩡하게 끌려 나갔고, 쭈뼛쭈뼛 목련 꽃그늘 아래에 섰다. 혼자 또는 둘이 짝을 바꿔가며 꽃을 배경으로 사진을 찍고, 또 자지러지게 웃음을 터뜨린 봄꽃들을 내 카메라에 담기도 했다. 그런데 꽃의 마력이 이런 걸까. 지극히 수동적으로 시작된 행위가 저절로 분위기에 매료되어 얼마 후에는 이렇게저렇게 포즈를 제안하며 서로 모델이 되어주기도 하고, 자발적으로 봄의 흥취에 빠져들어 분위기를 만끽했다.

그녀의 첫인상은 빨간 립스틱이었다. 어느 한 곳 두드러지게 눈에 띄는 외모는 아니었지만, 유난히 새빨간 립스틱이 강한 인상을 주었다. 멀리서도 그 붉은 입술을 보고 단박에 그녀임을 알아볼 수 있었고, 그녀가 말을 할 때면 크고 작은 빨간 꽃잎이 리드미컬하게 열렸다 달혔다 했다. 그럴 때마다 메릴린 먼로의 도발적인 입술이 떠올랐다. 화려한 입술만큼 이나 성격도 명랑하고 쾌활해서 스페인의 정열적인 춤 플라멩코를 춘다 면 제법 잘 어울릴 것 같았다.

"사진 너무 잘 나왔어요.. 보내드릴게요."

휴대폰으로 전송된 여러 장의 사진. 그런데 그 속에 나는 없다. 함께 어울렸던 중년의 남자도 없다. 흐드러진 목련도, 바람에 화르르 떨어지던 벚꽃도 자취를 감췄다. 봄 햇살에 활짝 웃는 건 새빨간 립스틱, 오직 도드 라진 그녀의 입술뿐이었다. 한 여자의 자존심이자 정체성이 되어버린 빨 간 립스틱. 봄꽃의 대명사인 목련과 벚꽃을 하얗게 날려버린 그녀의 립스 틱에 그날 나와 중년 남자, 그리고 계절의 여왕인 화창한 봄날마저 완전 히 KO패를 당했다.

그날 이후 가끔씩 빨간 립스틱의 유혹을 받는다. 가수 임주리의 '립 스틱 짙게 바르고' 멜로디를 흥얼거리며 '나도 한 번?' 하고 핏빛보다도 짙은 빨간 립스틱을 입술에 발라본다. 하지만 강한 유혹이 무색할 만큼 금세 좌절감에 맥이 빠진다.

거울 속의 내가 섬뜩할 정도로 낯설다. 이리 보고 저리 보아도 역시 나는 아니다. 전체적인 안색이나 이목구비의 조화를 볼 때 아무래도 어색

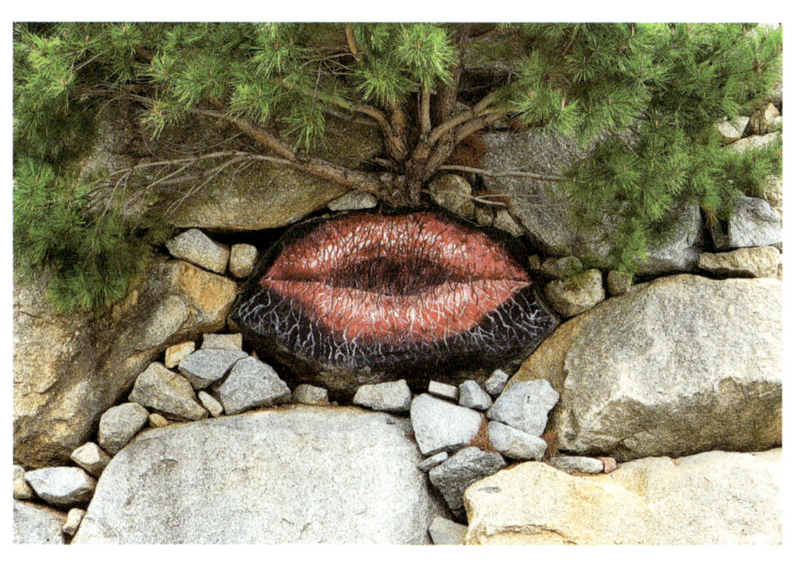

하기만 하다. 그 모든 조건을 감수하고 그 도발적인 새빨간 빛깔을 내 입술에 얹을 용기가 도저히 나지 않는다. 유혹은 유혹으로 그칠 뿐, 평생 단 한 번도 도전해 본 적이 없는 그 진한 색깔의 립스틱은 역시 그녀에게 양보해야 할 것 같다. 나의 어떤 노력으로도 그녀만의 새빨간 립스틱은 도저히 당해낼 재간이 없는 것이다.

흰 머리카락을 세며

거울을 들여다볼 때마다 만감이 교차한다. 십여 년 전만 해도 희끗희끗 돋아나는 흰 머리카락을 서로 뽑아주며 "십 년은 젊어졌네." 하고 남편과 농담을 주고받곤 했다. 그런데 어느 날부터는 농담의 내용이 달라졌다.

"그냥 두어야겠어. 이거 다 뽑았다간 가발을 써야 될 것 같아."

우리는 농담을 주고받으며 군일(軍逸) 거리가 줄어 한가해졌다고 시시덕거렸다. 아마 밀려드는 서글픔을 애써 감추려고 의도적으로 실없는 말을 내뱉었는지도 모른다. 그렇게 방치 아닌 방치로 무성히 자란 하얀 머리 숲을 하루에도 두어 차례씩 들여다보지 않을 수가 없다. 천만다행으로 마음은 별다른 동요 없이 무덤덤하다. 다만 염색으로 관리하라는 주변의 강경파들과 자연스럽게 그냥 두라는 온건파들의 엇갈린 조언으로, 그

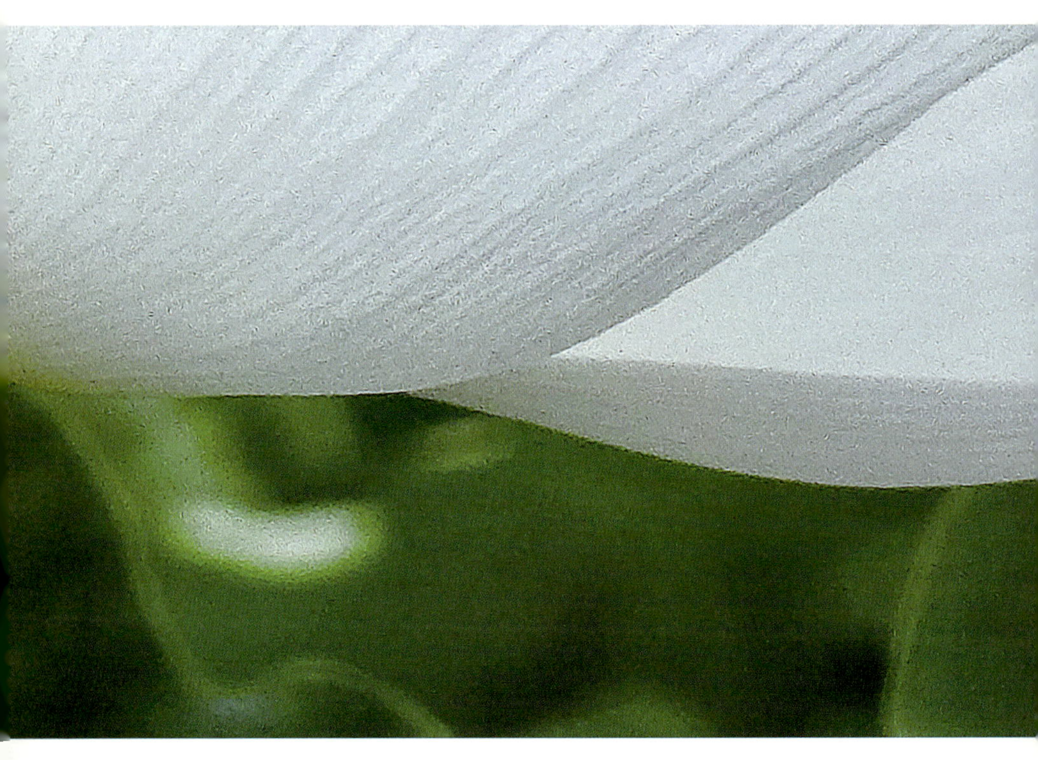

때그때 갈등이 바람에 나부끼는 갈대처럼 오락가락하긴 한다.

주변의 시선들이 오지랖 넓게 내 머리카락에 관심을 보일 때마다 나는 농담조로 이렇게 말하곤 했다. 내 바로미터는 손주 녀석의 대답에 있다고.

"할머니 머리카락 무슨 색이야?"
"검은색."

작년쯤까지는 그런 대답을 듣고 적잖이 안심했다. 그런데 올해부터는 대답이 좀 더 세밀해졌다.

"검은색이긴 한데, 흰색이 많이 섞여 있어."

아이의 언어 구사력이 향상된 점도 있겠지만, 그만큼 줏대를 잃고 흰 머리카락으로 전향한 검은 머리카락의 수가 늘어났다는 증거일 것이다. 상황이 이쯤 되고 보니, 천성적으로 게을러 잔손 가는 일에는 일부러 외면했던 굳은 신념

(?)이 살짝 흔들리려 한다.

아직은 더 버텨볼까? 아니, 굳이 더 버텨본들 무슨 의미가 있을까? 거울을 볼 때마다 마음속에 의미 없는 작은 소용돌이가 인다. 십 년이 젊어 보인들, 나이는 숫자에 불과하다고 아무리 외쳐 본들, 수시로 삐걱거리며 가슴 철렁이게 하는 몸속의 아우성들을 과연 외면할 수 있을까. 한편으로는, 언제가 될지 모를 그날까지는 내가 나에게 예의를 다해 성심성의껏 받들어 모셔야 하는 것 아닐까 하는 갈등에 마음이 산란해지는 것이 사실이다. 하지만 어떻게 하는 것이 '받들어 모신다'는 것인지, 나도 아직 확실한 답을 찾지 못하고 있다.

썸

프로포즈

썸남이 생겼다. 시대적 트렌드에 맞게 연하남이다. 첫인상은 전혀 기억이 나지 않을 만큼 미미한 존재였지만, 시간이 지날수록 자상하고 친절한 매너와 유쾌한 유머 감각이 인상적이었다.

그런데 지금 생각해 보니, 스치듯 지나간 몇 번의 우연이 정말 우연이었을까 하는 의문이 든다. 두어 번 회식 자리에서 우연을 가장해 내 옆자리를 고수했던 것, 별것 아닌 농담에도 호탕하게 리액션을 보여주었던 것, 뜬금없이 영상통화를 걸어와 불쑥 얼굴을 들이밀어 웃음을 유발하던 것 등등. 또한, 자기만의 방식이라며 밑도 끝도 없이 "사랑해요!"라고 공개적으로 플러팅을 날리기도 하고, 역설법을 빙자해 이번 향수는 향이 별로라며 고급 향수를 선물하기도 했다. 하지만 그건 완전히 빗나간 난센스다. 나는 향수를 전혀 사용하지 않는다.

굴러가는 낙엽만 봐도 까르륵대던 사춘기가 까마득하게 흘러가고,

그에 버금가는 감정의 소용돌이에 마음이 산란했던 사추기도 훌쩍 넘긴 노추기에, 호수에 던진 돌멩이 하나가 물결을 이루어내듯 파문이 일어날 수 있을까. 설렘보다는 장난기가 밴 이러한 상황이 오히려 유쾌하고 신선하다. 훤히 들여다보이는 꼼수에 모르는 척 엮여 줄까, 아니면 무관심으로 넘어갈까, 그 밀당이 적잖이 재미를 더한다. 한편으로 생각하면, 그 또한 적지 않은 세월을 살아온 사람으로서 은밀하게 그런 상황을 즐기고 있는 나의 속마음을 눈치채지 못하지는 않았을 터. 오히려 태연함 속에 감춰 둔 이런 내 꿍꿍이를 그쪽에서 살피고 조율해 가며 역으로 즐기고 있는 것은 아닌지.

그렇다면 과연 누가 엮이고 누가 엮은 관계가 되는 건지 아리송하다. 무관심을 가장해 서로 통상적인 안부 인사를 수시로 건네고, 그에 대한 반응을 어떤 식으로 할지, 반응을 보내는 시간은 또 얼마나 끌지 슬쩍 신경전으로 이어지기도 한다. 이렇게 뫼비우스의 띠처럼 시작도 끝도 모호하게 물고 물리는 관계를 썸이라고 하는 건가. 아마도 서로를 훤히 들여다보며, 때로는 넘어간 척 적당히 연기도 해 가며 아슬아슬 외줄 타기를 하는 출렁거림으로 새로운 재미를 느껴 보는 것도 노추기를 한층 풍요롭게 하는 활력소가 될 듯도 하다. 우연찮게 찾아온 이 기회를 못 이기는 척 누려 볼까, 아니면 무심하게 그냥 흘려보낼까, 그 갈등마저 즐거움으로 다가오는 하루하루다.

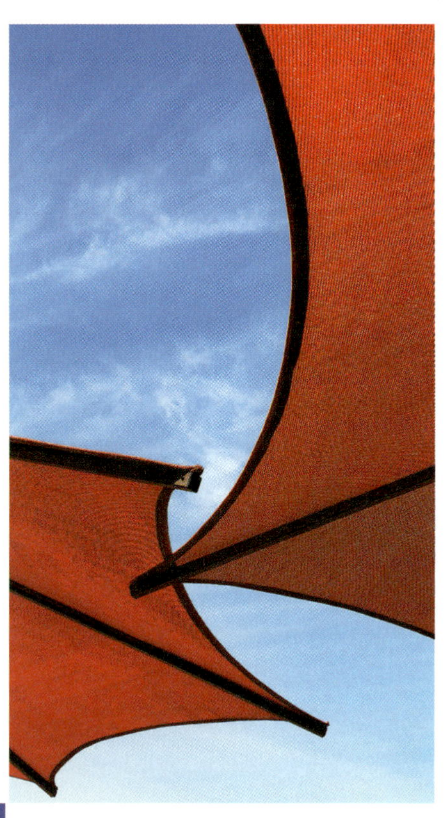

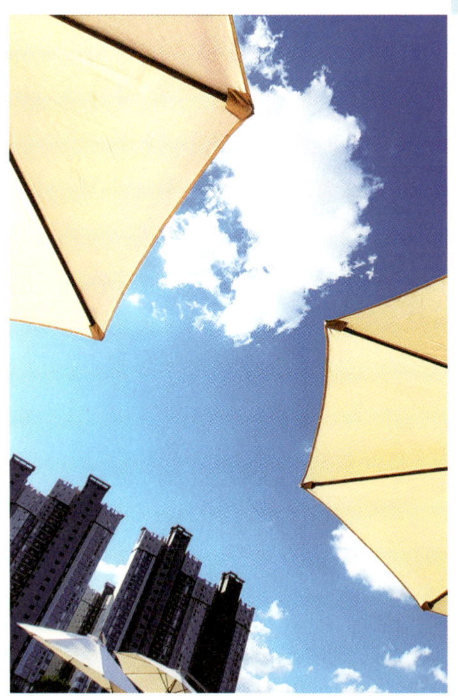

수작을 걸다

단단히 낚였다. 사위어 가던 석양빛이 밝아오는 여명이 되었다.

어느 날, 불현듯 신비롭게 등장해 은밀하게 수작을 걸어오는 한 사람. 시도 때도 없이, 장소도 가리지 않고 찡끗 윙크로, 때론 무구한 미소로 종일 눈앞에서 알짱거린다. 어느 날부터는 서툰 필체로 러브레터를 보내오고, 수시로 영상통화를 걸어와 해맑은 얼굴로 "짠!" 하고 등장하기도 한다. 이제는 한술 더 떠 혀 짧은 말투로 대놓고 고백을 일삼는다.

"사랑해요."

그런데 기가 막힌 노릇은 내가 그 허무맹랑한 수작 놀음에 차츰 길들여지고 있다는 것이다. 뜸하면 조바심이 나고 기다려진다.

아, 어쩌나! 오늘도 이제나저제나 목이 길어진다. 내 안의 모든 촉수가 휴대폰으로 향한다. 띠릭띠릭, 드디어 왔다! 온몸의 피돌기가 급류를 탄다.

"할머니, 보고 싶어요."

관종의 족속들

\#1

길들이다가 길들여져 버린, 서로에게 눈을 떼지 못하는 관계가 되어 버린 족속이 여럿 있다. 키 작은 것들은 위를 향해, 키 큰 것들은 아래를 향해 가지를 뻗거나 꽃을 피워 눈을 마주친다. 서로의 관심을 얻기 위한 암묵적 행위가 내게도 영 관심이 없는 것 같지만, 사실 그렇지 않다. 저절로 시선이 꽂히게 하는 도발적인 색깔로, 앙증맞은 자태로, 때로는 슬쩍 흘리는 향기로 내 눈길을 끌어당긴다.

그들이 잘 보이고 싶은 대상은 내가 아니다. 벌과 나비다. 꽃을 피우고 향기를 뿜어 내 눈길을 사로잡아도 내가 좋아서 그러는 것은 아닐 것이다. 감정노동자들의 웃음이 제 목구멍을 먹여 살리는 방편이듯, 그들도 스스로를 위해 피고 스스로를 위해 웃는다. 알면서도 자발적 시종이 되어 아무런 보상 없이 벌레를 잡아 주고 물도 주며 '반려'라는 이름으로 공생하는 인간들이나 식물들이나, 어떻게든 한세상 살아내려 애쓰는 너나없이 안쓰러운 목숨 붙이들이다.

#2

빨간 샌들을 신었다. 톡 톡 톡 톡, 발걸음을 분절하는 도발적인 발색. 까만 선글라스 속 눈동자를 바쁘게 굴리며 주변을 흘끔댔다. 모두가 무표정이다. 지나치게 냉정하다. 횡단보도 앞, 무뚝뚝하게 멈춘 발걸음들. 저 멈춤의 붉은 사인보다 더 도드라지는 내 빨간 샌들 위에는 어떤 관심도 프리 패스다. 쏘아보는 시선쯤은 짜릿하게 기꺼이 만끽하리라 기대했던 내 안의 심사가 꼬인다.

페이스북 꼬리에 따라붙는 '좋아요'가 몇 개냐에 하루의 컨디션이 치솟았다가 곤두박질쳤다가 하는 정도의 관종은 아니어도, 오늘 하루쯤은 따가운 빛으로 파고드는 내 도도한 발걸음을 누군가는 보아 주어야 마땅하다고 기대했다. 하지만, 아니다. 아무도 보아 주지 않는 무관심이야말로 더없이 나를 편안하게 한다는 것. 익명의 자유야말로 무엇과도 바꿀 수 없는 진정한 자유라는 것. 내 발칙한 발걸음에 시선을 모으기에는 이제 내가 쉰 걸까, 쇤 걸까.

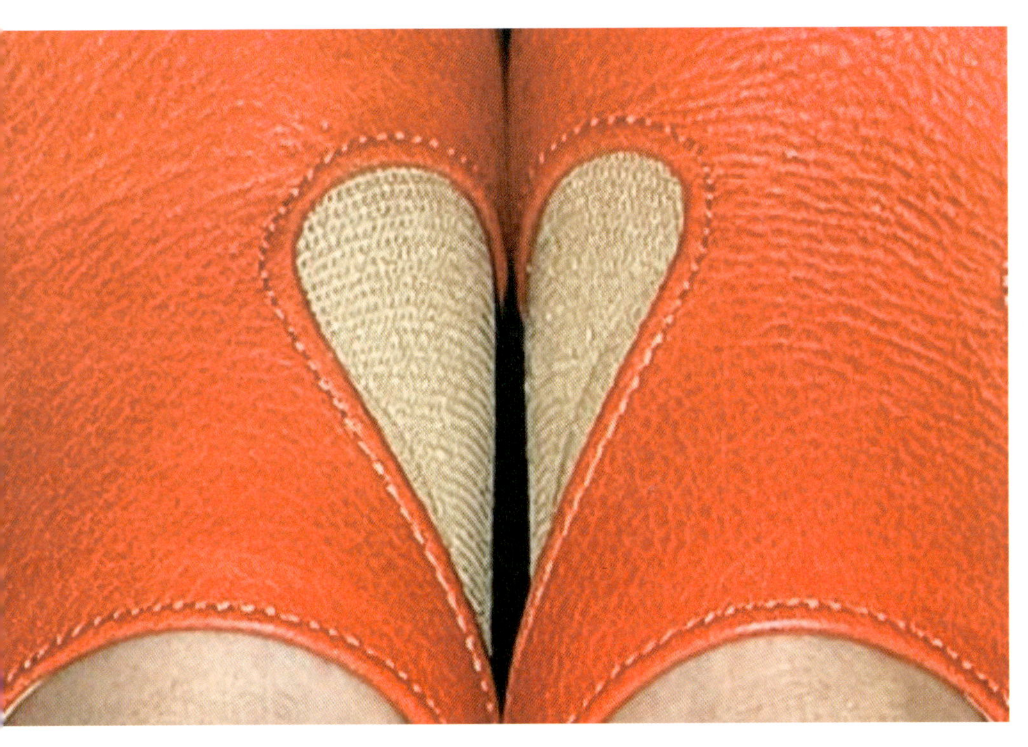

3

팬데믹은 고립이 아니라 스포트라이트였다.

"나 열 나."

한마디에 모든 이들의 시선과 관심이 내게로 향했다. 아침저녁 문안을 드리는 사람, 매일 안부를 묻는 사람, 많이 아프면 어쩌나 훌쩍이는 사람, 온갖 정보를 전달하는 사람, 영양식이라는 이름으로 입에도 대지 못하는 음식을 배달해 주는 사람. 조심스러워 말 한마디도 주저하는 사람, 무언으로 염려해 주는 사람, 기분 전환하라며 멋진 영상을 보내 주는 사람, 툴툴 털고 일어나면 여행 가자고 꼬드기는 사람. 무관심으로 일관하지만, 누구보다 나를 걱정하고 있음을 내가 믿어 의심치 않는 사람들이다.

이런 사람들이 있으므로 나의 화려한 부활은 이미 예고되어 있었다.

여름이 오고 여름이 가고

사월이, 저만치

계절의 꼬리들은 모두

꽃 지는 풍경들이다.

아무리 화려한 꽃도 알고 보면

다 계절의 끝물들이다.

화무십일홍 속에

계절의 흥망이 들어 있다.

작약 뒤에 모란이 오고

모란이 가면 얇은 햇살들도

두툼하게 살이 찐다.

초여름이 오면

살찐 꽃들이 피지만

끝물은 끝을 부려놓고 가는 법

느닷없는 부고와

미루어 짐작하고 있던 부고가 앞다투었다.

모란은 작약을 모르고

작약 또한 모란을 본 적이 없다.

그러므로 살아 있는 동안 낯을 익혀 가족이 되고

어떤 낯에 마음 끌려 꽃피는 철을

끙끙 앓았다면

사람의 일생이란 꽃보다

한결 나았다고 자부하는 것이다.

저 홀연히 왔다 가는 꽃잎들

그 이름에 육신을 얹고 가는 사람들

그래서 잔인한가.

살아서 다름 아닌, 꽃의 이름으로

피를 앓았으니.

여름과 우산

우산이 없는 여름은 없다. '비를 긋다'라는 말은 간이 슈퍼에 있는 찜찔한 과자 부스러기나 김빠진 탄산수 같다. 여름 빗줄기들은 왜 허공을 적시지 못할까. 비는 한 점 물방울이 하늘 어디쯤에서 지표까지 여행하는 잠깐 동안의 이름, 하늘과 땅 사이, 구름과 풀밭 사이에서 통용되는 찰나의 궤적이다.

동네 어귀 느티나무 밑에서 비를 긋는 일처럼, 먹구름이 잔뜩 낀 움츠린 어깨들은 무기한으로 독촉 없이 오래 참아준 빗방울들이 잠깐, 고맙게 생각될지도 모른다. 장마 기간 같은 페이지들 속에서 비를 맞고 있는 와중에 누군가 불쑥 건네는 우산처럼.

우산이라는 궤적들, 지상의 이력은 공손하게 개켜 두면 여름은 또한 끝이 난다. 한바탕 소나기가 지나가고, 풀 죽어 있던 모종들이 제 세상을 만난 양 의기양양해지고들 있다.

여름을 풀다

겨울 동안 싸놓았던 여름을 풀다 보면 얇은 비닐 포장지에선 풀벌레 울음소리가 난다. 채 해빙되지 않은 소리가 반짝 햇빛을 튕겨낸다. 여름의 날개엔 여름에서 묻은 먼지들이 묻어 있고, 바람은 버튼들과 타이머

속에 웅크리고 있다. 돌돌 말린 바람의 갈기들, 감기면서 풀리는 바람과 두리번거리는 각도보다도 좁았던 회전 방향 속엔 어떤 이름들이 모여 있었을까. 지구는 도는 방향으로 덥고 또 도는 방향으로 얼어붙지만 우리는 머리카락을 날리고 모자를 쓰는 일로 버틴다.

성질머리에 따라 순한 이름을 부여받기도 하고, 매섭고도 까칠한 존재감을 드러내기도 하지만 누구도 바람을 본 적은 없다. 겨울엔 울음을 참는 계절이라서 여름이 되면 나무들이 울고, 손 닿지 않는 울음소리를 잡으려 공중에 사다리를 놓던 일이 있었다. 바람의 혼이 퇴화한 흔적과 뚝 울음을 그치던 손. 쫓아 보내는 일보다는 가만히 손에 쥐고 있는 일로 다독인 울음이 또 많다. 숲에서 풀리고 있는 겨울바람들이란 모두 여름의 선풍기에서 고속으로 감겼던 것들이다.

여름의 버튼

버튼을 눌러 두고 여름은 떠났다. 나무들은 과열하지 않지만, 저기압을 타고 몰려오는 저 먹구름들은 어느 풍속을 태우는 연기들 같다. 아니, 여름의 지도일지도 모른다. 섣불리 손이 갔던 파란 버튼들이 떠올랐다.

그런 의미에서 자두나무들은 참 친절하다. 물들이는 마음과 물드는 마음이 섞이면 신맛과 단맛이 적절하다는 뜻이다. 분명한 색깔 몇과 얼버

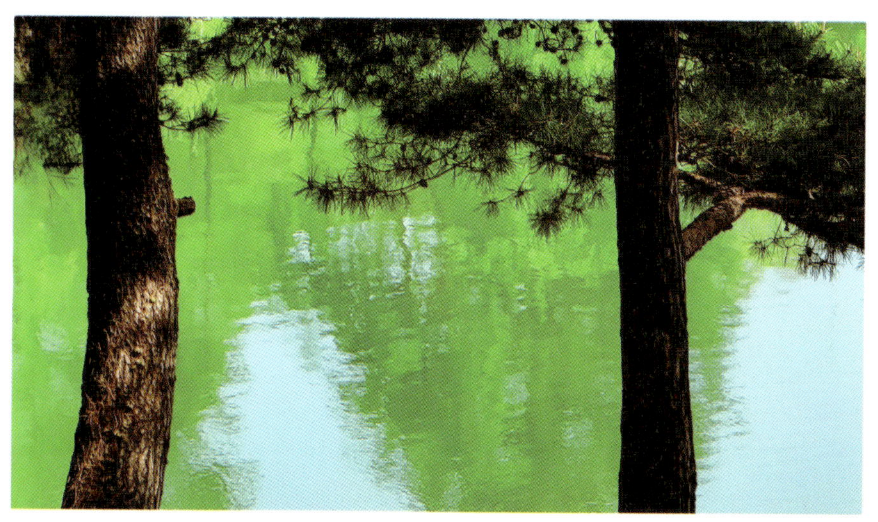

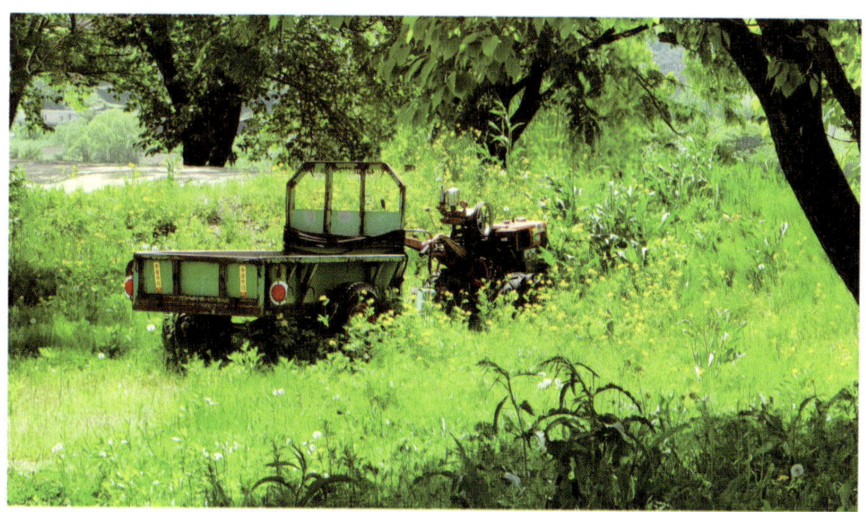

무린 색 두어 가지만으로도 여름을 지나가는 자두나무는 일찍 철드는 나무다. 왜 높은 곳은 농익은 곳이 될까.

여름의 물속에서 작은 바위 하나를 뒤집을 때 후다닥 도망치던 물고기는 몇 단의 빠르기였을까. 생의 난간에서 최고치를 기록하는 황급한 물살들. 칠월 지나서 팔월. 이때쯤이면 빠른 것들의 절기라서 따라잡는 일을 잊고 멍하니 바라볼 뿐인 그늘들이 곳곳에 많다. 그늘의 밀도가 성글어지는 즈음, 그 자리에 들어차는 진한 궁극체를 햇살이 휘갈겨 쓴다.

오, 캐럴

다소 들뜬 연말 분위기를 타고 즉흥적인 나들이 코스로 남이섬을 선택했다. 날씨는 조금 추웠지만 크리스마스를 며칠 앞둔 탓인지 제법 사람들이 붐볐다. 남이섬은 사계절 내내 아름다운 곳이다. 그러나 앙상한 나뭇가지가 운치를 자아내는 한겨울의 남이섬은 또 다른 느낌으로 다가왔다.

메타세쿼이아 길을 따라 걷다 보니 음악 소리가 들렸다. 노랫소리에 이끌려 조금 더 걸으니 작은 무대에서 4인조 인디 밴드가 공연을 하고 있었다. 제목은 잘 기억나지 않지만 익숙한 멜로디의 팝송을 부르고 있었는데, 안타깝게도 관객이 없었다. 오직 한 사람, 예닐곱 살 남짓한 어린 소녀가 차가운 돌의자에 오뚝하니 앉아 그 노래를 듣고 있었다. 노래가 끝나자 빨간 벙어리털장갑을 낀 그 아이가 열심히 박수를 쳤다. 그러나 장갑을 낀 탓에 소리는 들리지 않고 움직임만 보였다.

그냥 지나치기가 민망해 나는 슬그머니 어린 소녀 옆에 앉았다. 관객이 두 명이 되었다. 밴드는 이어서 때가 때인 만큼 크리스마스 캐럴을 메

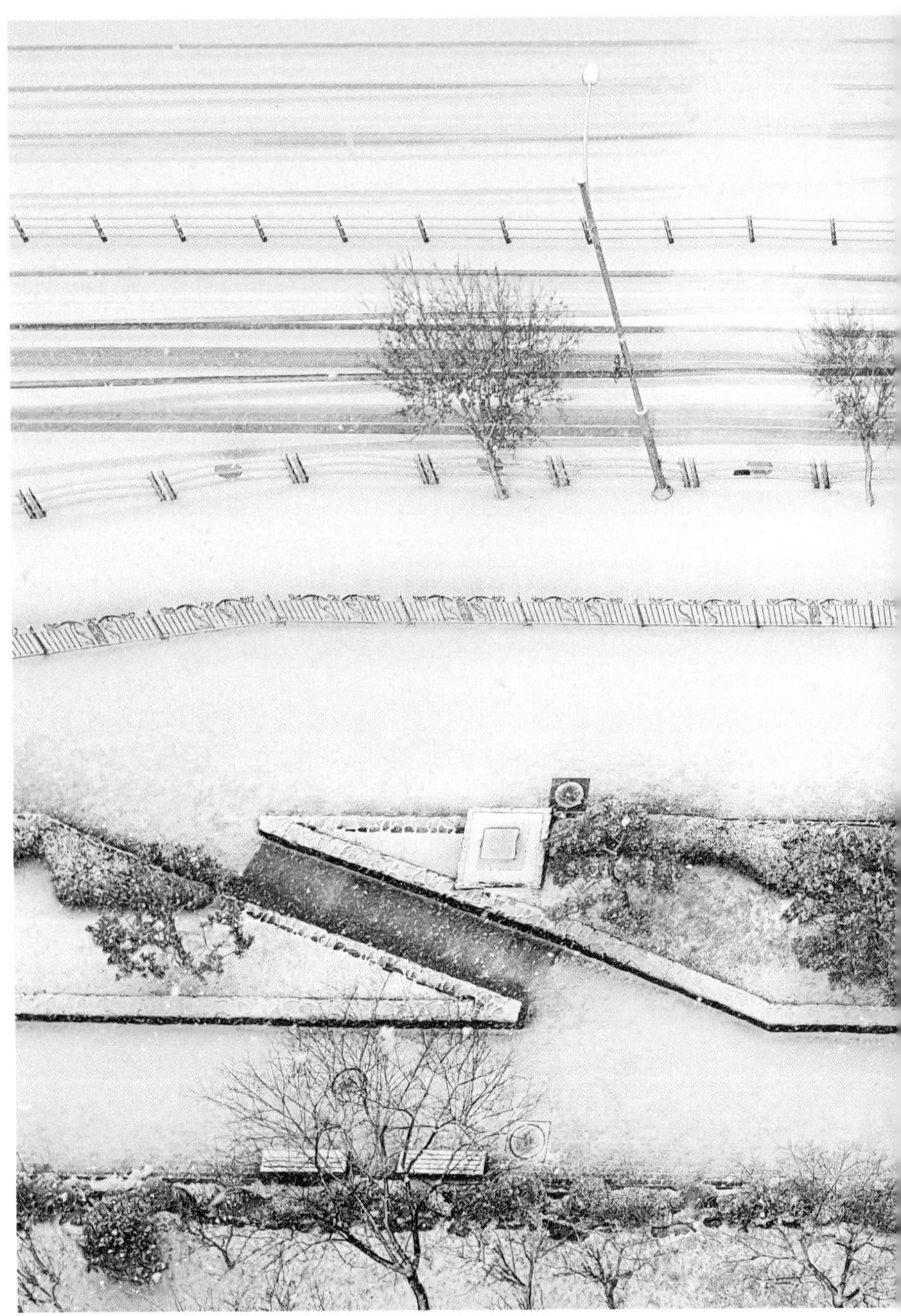

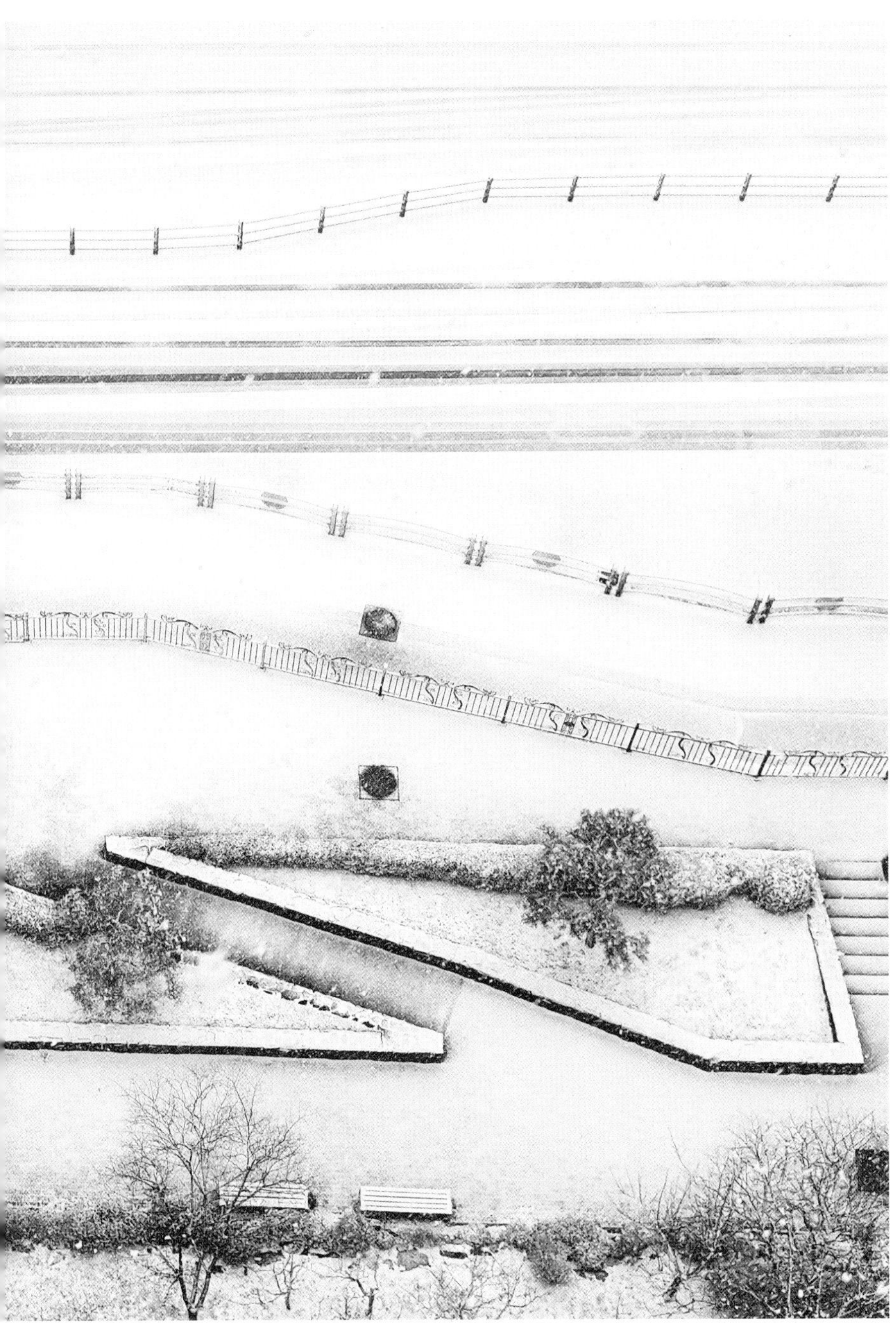

들리로 들려주었다. 차분하고 느린 'White Christmas'로 시작해 흥겹고 빠른 'Jingle Bell'로 이어졌다. 그러고는 오로지 그 아이를 위한 어린이 캐럴로 넘어갔다. '북 치는 소년', '창밖을 보라', '루돌프 사슴코' 등등 경쾌하고 빠른 멜로디가 이어졌다. 조용히 듣기만 하던 아이가 자신이 아는 노래가 나오자 들썩들썩 온몸으로 박자를 맞추며 즐거워했다. 나도 덩달아 손뼉을 치며 정말 오랜만에 큰 소리로 캐럴을 따라 불렀다. 십 년은 젊어진 듯했다.

삼십여 분쯤 지나 공연이 끝나자 멤버 중 한 명이 우리 앞으로 다가와 감사의 표시인지 찡긋 윙크를 하며 엄지를 치켜세웠다. 나 역시 수고했다고 악수를 청했는데, 그의 손이 얼음덩이처럼 꽁꽁 얼어 있었다. 그 손으로 단 두 사람의 관객을 위해 연주를 했다니 고맙고 또 미안한 마음이 들었다. 때마침 눈발이 하나둘 흩날리기 시작하더니 이내 제법 소담스러운 눈송이로 바뀌었다. 날이 어둑해지자 일제히 불이 들어오고 그곳은 금세 동화의 나라로 변했다. 아이도 총총히 사라지고, 마지막으로 연주되었던 '루돌프 사슴코'의 마지막 가사인 "길이 길이 기억되리"가 길게 여운으로 귓가에 맴돌았다.

내리는 눈 속에서 나는 한껏 분위기에 취해 휘황하게 빛나는 불빛을 향해, 또 세밑을 즐기려고 나온 사람들에게 큰 소리로 인사를 건넸다.

"메리 크리스마스!"

루틴 더하기

촘촘한 새벽 공기를 밀어내고, 고요하던 숲이 깨어나 일제히 소리를 뱉어낸다. 새소리가 경쾌하게 하늘로 날아오르고, 낮은 헤르츠로 풀벌레 소리가 배음으로 깔린다. 평화로운 숲속의 오케스트라다. 백색소음의 영역에서 일탈한 까치 소리가 군악대의 트럼펫처럼 높은 데시벨로 허공을 가른다. 그 소리가 나를 깨운다. 오늘은 어떤 소식이 전해지려나.

여름이 시작되면서부터 매미 소리가 자연이 연주하는 오케스트라에 합류했다. 매미 소리는 추억을 불러일으키고 동심을 소환하기도 하지만, 여름밤 열대야로 인한 불면 지수를 높이고 새벽잠을 방해하는 주범이 되었다. 수백, 아니 수천 마리의 매미가 한꺼번에 소리 진동판을 가동시켜야 날 듯한 우레 같은 소리가 일제히 시작되었다가, 일제히 그친다. 어떤 신호 체계로 시작과 끝이 그렇게 정확하게 맞아떨어지는지, 내 상식으로는 풀리지 않는 그들의 질서. 여전히 의문으로 남는다.

새벽 다섯 시경, 이렇게 변주된 백색소음 속에서 나의 루틴은 시작된다. 맨 먼저 한 시간 정도 독서를 한다. 머리맡에 쌓아 놓은 책을 잡히는 대로 집어 들고, 랜덤으로 펼쳐지는 페이지를 읽는다. 새로운 내용일 때도 있고, 이미 한두 번 읽은 페이지일 때도 있다.

작년까지는 용납할 수 없었던 독서법이다. 그때는 책의 볼륨에 상관없이 일주일을 1/N로 나누어 꼬박꼬박 한 권씩 읽었다. 제대로 진도가 나가지 않을 때는 잠자는 시간을 잘라 독서에 할애했다. 언제부턴가 목이 아프고 어깨가 쑤시기 시작했다. 눈이 시큼시큼하고 시야도 흐려졌다. 그 뒤로 방법을 바꾸었다. 읽는 양을 줄이고 시간을 줄이니 마음이 한결 여유로워지고 몸도 편안해졌다.

책을 덮고 삼십 분 정도 그날 떠오른 영감과 단상을 정리한다. 그 시간이 후에 나의 글이 탄생하는 아주 에센셜한 시간이 된다. 물론 아무런 소득 없이 '멍'한 상태로 시간만 흘려보내는 날도 태반이긴 하지만. 이어서 다시 삼십 분 정도는 AI 시대에 살고 있는 인텔리 코스프레를 한다. 몇십 년 이어온 루틴이지만 실력은 한 계단도 오르지 않았다. 하지만 익숙하게 그 루틴 속으로 들어가 '헬로 잉글리시'와 '오하요 일본어'를 중얼댄다.

이렇게 유용한지 무용한지 경계가 애매한 뇌운동과 서툰 혀 놀림이 새벽 루틴을 마무리한다. 그리고 일곱 시, 아침 준비를 시작으로 본격적인 하루 일과에 돌입한다. 요일마다, 오전·오후 시간마다 거의 틀에 박힌 일이 정해져 있지만, 내가 더 중요하게 여기는 건 새벽 시간에 이루어지는 나만의 루틴이다.

어느 날부턴가 그 루틴에 한 가지를 더 끼워 넣었다. 고상하게 말하면 베란다에 있는 식물들과의 대화 시간이고, 현실적으로 말하면 화초에 관심을 갖고 들여다보는 시간이다. 이전까지는 정해진 날짜에 거르지 않고 물을 주는 것만으로 내 역할을 다했다고 생각했다. 하지만 어느 순간, 흙을 밀치고 뾰족이 올라오는 새 생명을 발견한 순간부터, 또 보이지 않던 꽃순이 섬광처럼 스치듯 눈에 번쩍 띄는 순간부터 내 마음이 흔들렸다.

사실 그 모든 순간은 그동안 늘 보아오던 익숙한 모습들이다. 그런데 한순간 그것들이 아주 생소하게 다가와 눈이 아닌 마음에 파문을 일으킨 후부터 새벽 시간 나의 루틴 속으로 들어왔다. 아주 짧은 시간의 만남이지만 분명 내게 변화가 생겼다. 늘 묵직하고 복잡했던 머릿속이 가벼워지고, 뭔지 모르게 가슴 밑바닥에 깔려 있던 불안감과 조바심이 해소되었다. 무엇보다 그날그날 눈앞에 그려지는 그림이 풍성해지고, 가슴 속에 흐르는 선율이 다채로워졌다.

처음에는 엄청 낯설게 느껴졌던 '반려식물'이라는 말이 이젠 익숙하게 내 삶의 한 부분으로 자리 잡았다. 아침마다 그것들의 컨디션을 살피고, 새로 피어나는 꽃송이를 세고, 누렇게 생을 다한 묵은 잎들을 고르며

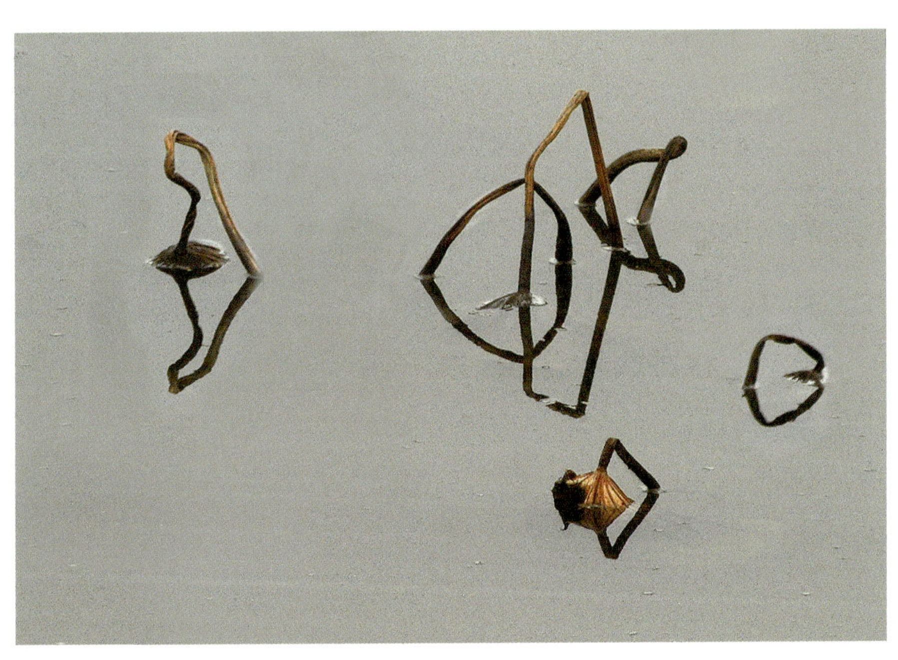

126

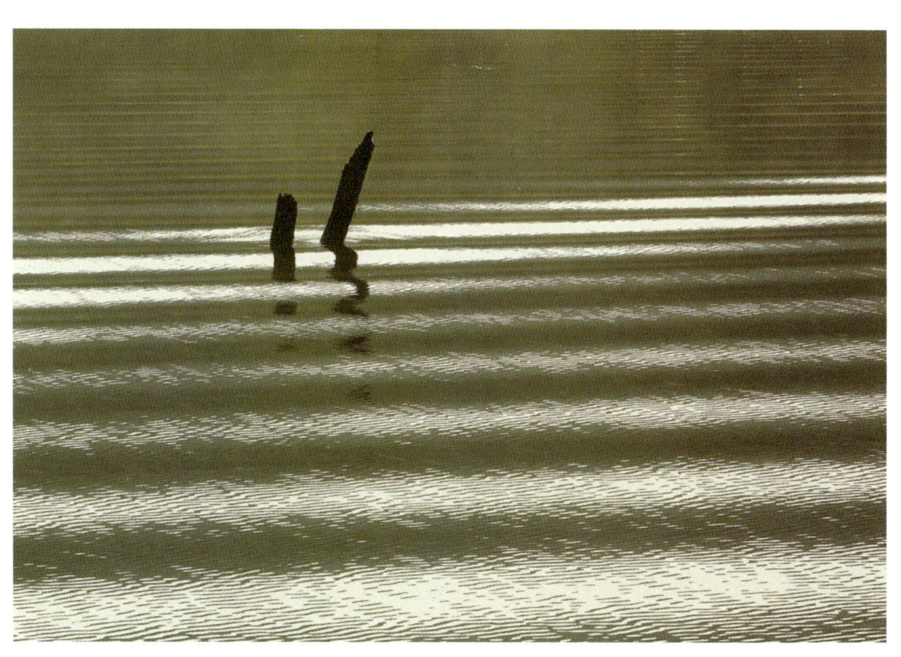

자연스럽게 내 삶을 투영해 보기도 한다. 태어나서 왔던 곳으로 돌아가기까지의 한 생(生). 잘게 쪼개면 하루하루 새롭게 시작해 정성을 들여 그날을 가꾸고, 아름답게 마무리하는 저녁까지의 일과가 아주 닮아 있다는 생각이 든다.

아무런 거부감 없이, 때가 되면 자연스럽게 세대교체를 하는 그것들은 생에 대한 누추한 미련이나 욕망을 드러내 보이지 않는다. 인간만이 삶에 대한 질긴 미련과 비루한 욕망으로 추한 모습을 보인다. 나 또한 그런 무리 속을 벗어나지 못하는 한낱 개체로서 늘 갈등을 겪으며 산다.

빈 화분에 새로운 흙을 채워 어린 싹을 이식한다. 잎이 돋고 자라고, 꽃이 피고 지고, 새것과 묵은 것이 교체되는 자연의 질서를 마주하며, 생명의 환희에 가슴이 벅차오르기도 하고 소멸의 고적함에 먹먹해지기도 한다. 제 역할을 마치고 누렇게 말라가는 떡잎이 눈에 들어온다. 저 잎을 당장 잘라 버릴까, 며칠 더 두고 볼까, 마음의 결정을 내리지 못하고 오늘도 가위를 들었다 놨다 한다.

섣부른 내 순간의 결정에 따라 그것들의 생명이 며칠 단축되기도 하고 늘어나기도 한다. 그 며칠의 차이를 두고 내 망설임이 길어진다. 이 또한 무슨 의미가 있을까. 정작 저들은 태연한데 말이다.

나의 두 가지 마음 중 어떤 것을 재촉하는지, 늦여름 매미가 소리를 높여 그악스럽게 울어 젖힌다.

발찌

생각지도 않게 발찌를 선물 받고 내 마음이 살짝 들떴다. 그것도 내게 발찌를 선물하신 분이 여든을 넘긴 어르신이라는 것. 그 연세에 돋보기를 쓰고, 깨알 같은 구슬을 정성껏 꿰어 만든 세상에서 유일무이한 맞춤형 수제 비즈 공예품이다.

장신구를 크게 좋아하지 않는 내게도 결혼 예물이 남아 있고, 그 후로도 별 뜻 없이 장만한 액세서리가 몇몇 있다. 하지만 굵어진 손마디에 반지는 무용지물이 되었고, 팔찌는 거추장스러워 아예 끼어볼 생각조차 하지 않았다. 그나마 가장 잦은 빈도로 목에 걸었던 목걸이도 두어 개 줄이 끊어진 채 방치되어 있다.

그런 와중에 선물로 받은 발찌. 그분의 성의를 생각해서 발목에 잠깐 걸쳐보았을 뿐인데, 기분이 달라졌다. 십 년은 족히 젊어진 것 같은 마음에 발걸음이 한결 가벼워졌다. 행여 그것이 가려질까 봐 짧은 옷을 찾게 되고, 사람이 모인 자리에서는 시선을 끌기 위해 통통 발을 구르기도 한다. 그 작은 장신구 하나가 뭐라고, 이렇게 마음이 설레다니. 내 안에 아직도 여성성이 살아 숨 쉬고 있었단 말인가.

아무튼, 얼마나 지속될지는 모르지만, 내 삶에 변화가 있음은 분명하다. 콧노래가 흘러나오고 입가에 웃음이 번진다. 무덤덤해졌던 패션 감각이 살아나고, 걸을 때마다 달랑달랑 흔들리는 감촉에 맞춰 내 삶이 리듬을 탄다. 오늘도, 여기까지 오느라 수고했다고, 그동안 무심했던 발목을 위로하는 마음으로 정성을 들여 발찌를 끼운다.

'나는 죽을 때까지 여자로 남을 거야.' 나이를 초월해 맑은 미소를 지으며 발찌를 건네던 그분을 떠올리며, 다시 탱탱하게 윤기가 오른 나의 하루를 시작한다.

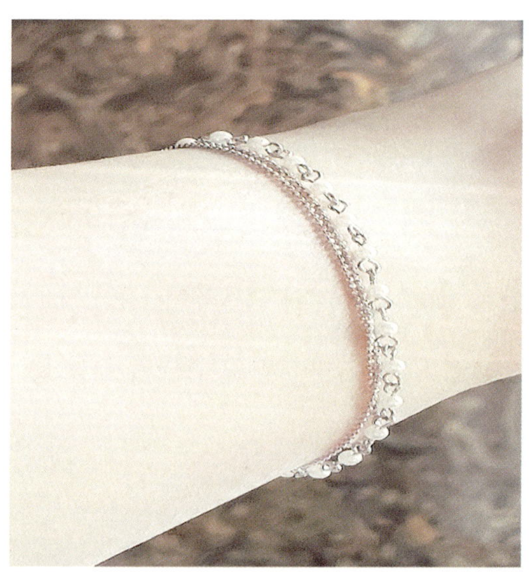

프로필 사진

중요한 지면에 프로필 사진을 올리게 되었다. 이제까지는 큰 고민 없이 그때그때 몇 컷을 찍어 적당하다고 생각되는 것을 골라 썼는데, 이번에는 갈등이 좀 생겼다. 부쩍 드러나 보이는 주름 때문이었다.

얼마 전까지 이런 고민을 하는 사람들에게 생긴 대로 보여주라고 큰소리를 쳤었다. 불과 한 치 앞을 내다보지 못한 경솔한 치기였다. 그동안은 다행히 주름이 그다지 눈에 띄지 않았다. 아니, 나이만큼 분명히 그려졌을 세월의 흔적이 나만 비껴갔을 리가 없지만, 크게 거부감으로 다가오지 않았다. 어찌 보면 그나마 자신감이었을 수도 있고, 다르게 생각하면 괜한 객기였을 수도 있다.

어쨌거나 이번에는 사진 한 장을 고르는데 여러 날을 스트레스에 시달렸다. 이만하면 괜찮겠다 싶은 사진을 두세 장 골라 친구 두 명에게 자문을 구했다. 한 번도 그런 적이 없었는데, 그만큼 갈등이 깊었다는 얘기다. 한 친구는 '글쎄…'라고 조심스럽게 반응했고, 다른 친구는 첫 마디에

'별로야'라고 딱 잘랐다. 이유는 너무 늙어 보인다는 것이다. 가차 없는 그 평가에 번쩍, 자기연민의 수렁에서 눈을 떴다. 내가 봐도 확실히 그랬다. 나를 생각하는 친구들의 마음을 알기에, 내심 여유를 보이며 농담으로 응수했다.

"늙어 보이는 건 괜찮아. 실제로 안 늙은 게 중요하지."

그러나 마음 한구석에는 뭔지 모를 쓸쓸한 기류가 싸하게 훑고 지나갔다. 그동안 실물과 프로필 사진이 확연하게 다른 모습들을 종종 보아왔다. 아마 그들도 지금의 내 심정과 같은 마음으로 그런 결정을 할 수밖에 없었다는 것을 이제야 조금 이해할 수 있을 것 같다.

그렇다고 몇 년 전에 찍은, 지금과 너무 다른 사진을 사용하고 싶지는 않다. 프로필 사진이라 하면 치장하거나 꾸미지 않은 진솔한 나를 보여줘야 하는 것 아닌가. 궁여지책으로 아주 밝은 곳으로 나가 최대한 빛을 오버시켜 다시 찍었다. 아무리 사진이 있는 모습 그대로를 반영한다고 하지만, 얍삽하게 묘수를 부리는 인간을 따라잡을 수는 없다. 자잘한 주름이 어느 정도 지워져 그런대로 쓸 만한 것을 한 장 얻었다.

생각해보면, 이런 고민을 할 필요가 없는 젊어 보이는 지난 사진이

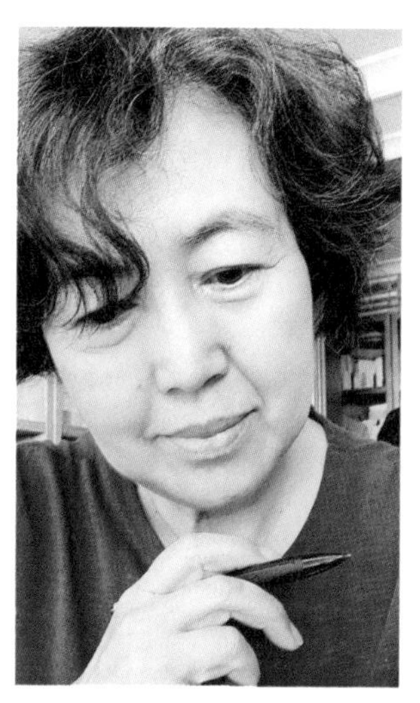

나, 얄팍한 꼼수를 부려 얻은 사진이나 다를 게 무엇이 있을까. 조금 늙어 보이는 지금의 사진을 서글픈 마음으로 쓸지언정, 지난 사진은 쓰고 싶지 않은 이 알량한 자존심은 또 무어란 말인지. 굳이 '늙어 보이는' 사진을 고집하는 나를 두고 친구들이 위로의 말을 건넨다.

"이마 위로 흘러내린 머리카락하고 눈가의 주름이 아주 자연스럽기는 해."

그 한 마디에 마음속에 드리워졌던 그늘이 활짝 걷힌다.

그것이 궁금하다

해피 폐업

십여 년 드나들던 단골 수선집 문짝에 까만 매직으로 '해피 폐업'이라는 문구가 나붙었다. 해피라는 말과 폐업이라는 말이 매치되지 않아 잠시 어리둥절했다. 어쩌면 '회피'라고 쓰려던 것이 그만 희망 사항이 잔뜩 묻은 '해피'라는 낱말로 쓰인 것은 아닐까. 보는 이에게 느닷없기까지 한 저 까만 매직을 잡기까지 주문처럼 수백 번 되뇌었을 '해피'는 또 얼마만큼의 수선이 이루어진 낱말이었을까를 생각한다.

몇 번 아니, 수십 번 고쳐 사용했을 '폐업'이라는 글자도 알고 보면 악역을 자처한 조연배우의 실감 나는 표정 같다. 오늘이 뜯어지면 내일을 조금 떼어다 붙이면 될 것을, 하늘이 무너지면 쪽 가위로 조금 뜯어 구멍을 내주면 될 것을.

허름한 것을 반반하게, 틀어진 것을 꼿꼿하게 매만지던 손맵시도 폐업을 지우고 해피로 수선하기에는 역부족이었을까. 돈은 헛바늘처럼 '해피'와 '폐업'이 종일 씹힌다.

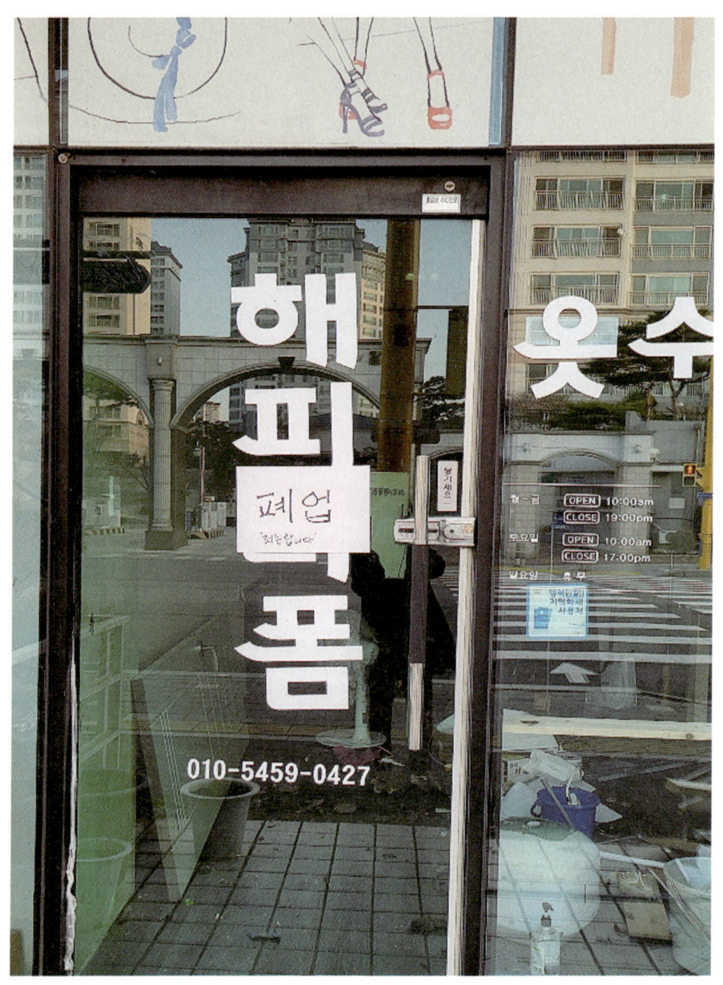

해피
폼
010-5459-0427
폐업
옷수
OPEN 10:00am
CLOSE 19:00pm
OPEN 10:00am
CLOSE 17:00pm

\# 햇살도 때론 쓰레기가 된다

쓰레기들이 쌓인 공터, 그 사이에는 머뭇거리는 햇살도 끼어 있다. 민망한 듯 부스럭거리는 그늘이 되기도 하지만, 몰래 버린 것들은 저렇게 눈살 찌푸리는 풍경이 된다. 햇살을 분리수거할 수는 없다. 햇살은 어느 봉지에 담아놓아도 저녁이 되면 슬그머니 봉지를 빠져나간다. 그런 햇살을 사용하는 것은 매일매일이다.

젖은 빨래를 말리고 남은 햇살, 반나절 쨍쨍 내리쬐다 소나기를 만나 후줄근해진 햇살은 모두 쓰다 남은 폐기물들이 된다. 사람들은 한낮의 햇살을 축적해 두었다가 캄캄한 밤에 꺼내어 쓰기도 하지만, 밤은 넓고 빛은 동그란 모양으로 좁다.

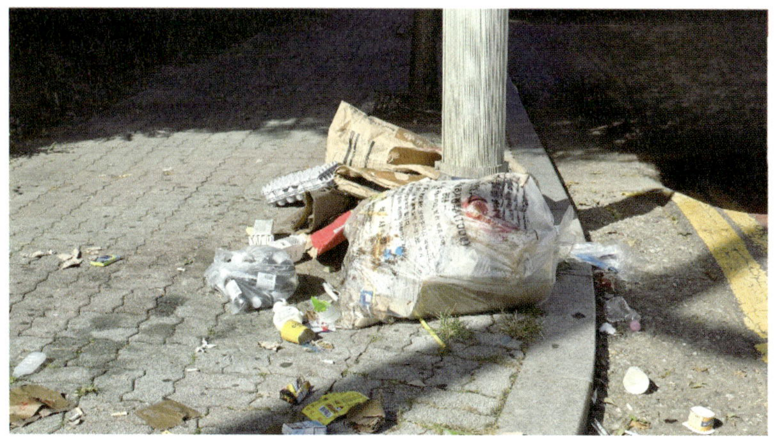

햇살은 중고 제품이 없다. 사실 반짝이는 한밤의 별들이란 모두 햇살의 충전기들이다. 캄캄한 지하에서 캐낸 보석들이 그 증거다. 태양의 사용료는 무상이지만, 그 에너지를 흡수한 빨간 사과는 오래오래 그 빛을 몸속에 간직하고 비싼 값으로 매겨지기도 한다.

카페에서

거기서 거기

자발적 고독자가 되어 기울어가는 오후 햇살을 받으며 베이커리 한 귀퉁이에 앉았다. 하얀 탁자와 셔츠 앞자락에 바스스 빵 부스러기가 떨어진다. 지금은 고독을 향유하는 중이므로 개의치 않는다.

두어 칸 건너 창가 테이블에도, 블라인드가 내려진 어둑한 구석에도 외부의 시선을 전혀 의식하지 않은 채 외로운 실루엣들이 등을 보이고 앉아 있다. 등이 제법 완고해 보인다. 어쩌면 갑각류처럼 껍질만 단단할 뿐, 연한 속살을 지니고 있을지도 모른다. 다치기 쉬운 제 안을 보호하기 위해 짐짓 돌아앉아 단단한 척 위장을 하고 있음에 틀림이 없다.

아마 이곳은 커플들은 입장 불가일지도 모른다. 오롯이 고독한 사람들만이 드나들 수 있는 곳으로 이미 입에서 입으로 굳어져 있기 때문이다. 아니면, 식당의 브레이크 타임처럼 오후 3시부터 5시까지는 오감으로 고독을 느끼는, 그런 사람들만을 위해 시간을 할애했는지도 모르겠다.

등 뒤로 긴 햇살을 늘이며 바바리코트가 들어온다. 늘씬한 키에서 세련미가 물씬 풍겨났지만 무표정이다. 앞으로 한두 시간은 아메리카노 한 잔이 바바리의 상대가 되어 줄 것이다. 크루아상 한 조각에 라떼로 오후를 견디는 나나, 랩톱 자판 위에서 바쁘게 손가락을 움직이는 구석 자리의 구부린 등이나, 스톱모션으로 식은 찻잔을 들고 하염없이 창밖을 주시하고 있는 화장기 없는 젊은 여인이나, 다 거기서 거기다.

지독한 고독의 마니아들인 것이다. 현대의 소음에서 소외되고, 바쁘게 재깍이는 시간의 속도에서 일탈한.

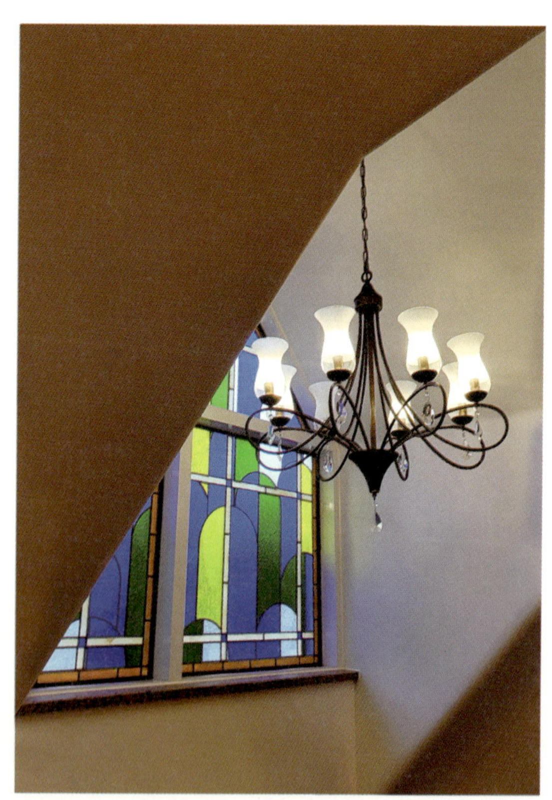

파스쿠치

사노라면 이런저런 굴레에 묶였다 풀렸다 한다.

굴레에서 벗어난 해방감이 나른하게 무기력으로 리셋 되는 시간.

오후 세 시, 느닷없는 데이트 신청이다.

파스쿠치.

조연으로 난무하던 음절들은 사라지고 '파스쿠치'만 여운으로 남는다

내 삶의 루틴으로 작용하는 불가항력의 법칙.

굴레는 사라져도 간간이 뜬금없음으로 호출되는 데이트.

그 뜬금없음이 나를 지탱한다.

만면에 웃음을 머금고 카페로 들어서는 실루엣.

가볍게 맥박이 상승한다.

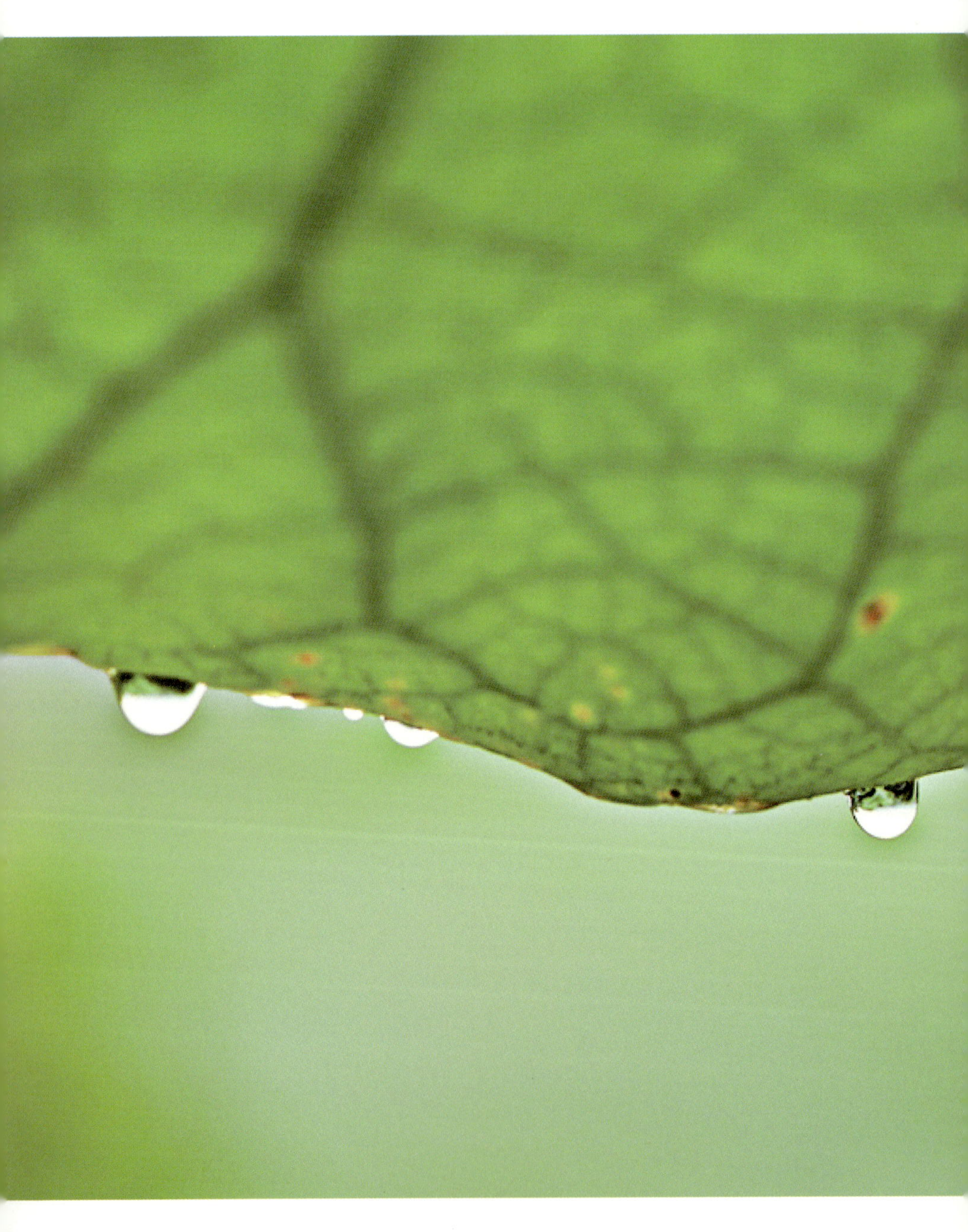

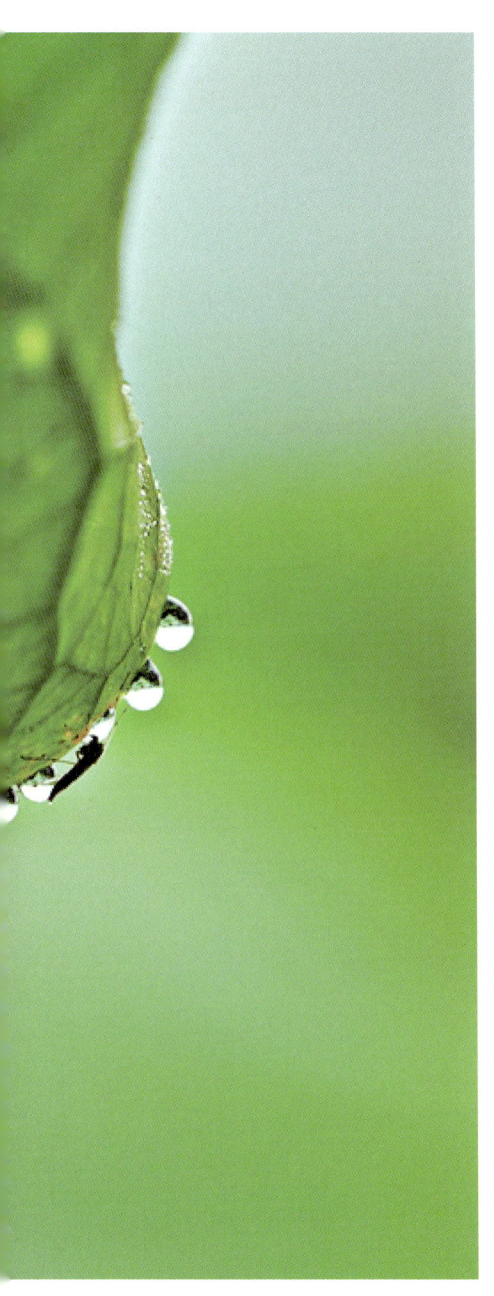

3부

빗소리에스미다

봄비 내리다

비에 젖어

오랜만에 내리는 비 탓이라고 애써 마음을 숨긴다. 무얼 기다리는지 자꾸만 밖으로 향하는 눈길. 창틀에 앉아 그런 나를 지켜보던 까치 한 마리가 푸드득, 깃 하나를 떨구고 날아오른다.

까치가 물고 온 소식에 마음이 젖는다. 살아 보니 인생 별거 아니더라고, 팔십 평생이 한 순간이더라고, 사랑과 미움 그거 솜털보다도 가벼운 것이라고 하얗게 웃으며 떠난 그분의 미소가 나를 적신다. 한 오라기의 미련도 없이 훨훨, 가볍게 잘 도착했다고 기별인 듯 봄비가 내린다.

향기도 추억도 욕망도 꼭 움켜쥐니 한 줌도 안 되는 것을, 왜 숨 가쁘게 살아가야 하는지. 슬쩍 내리는 비 탓으로 돌리며 젖은 눈을 들어 먼 곳을 바라본다.

입춘과 우수 사이

시간을 망각하고 방향을 헛짚은 한랭전선. 서슬 푸른 칼처럼 적막의 둘레가 단호하다.

꼿꼿하던 등뼈가 활처럼 휜다. 휜 등뼈로 돌아눕는다는 건 누구하고도 공유하지 못한 아픔 하나를 가슴에 묻고 있다는 것. 거덜 난 꿈이나 축축한 후회, 삭히지 못한 원망 같은 것이 기억의 오지에서 나뒹굴고 있다. 움츠린 사내의 식지도 녹지도 않은 깊은 늑골 아래, 풍화되지 못한 고통의 흰 뼈가 서걱거리고 있다.

만월로 가는 길목, 싸늘한 그림자를 드리우고 열이틀 푸르스름한 달빛이 푸싯푸싯 얼어붙은 날개를 뒤척이고 있다.

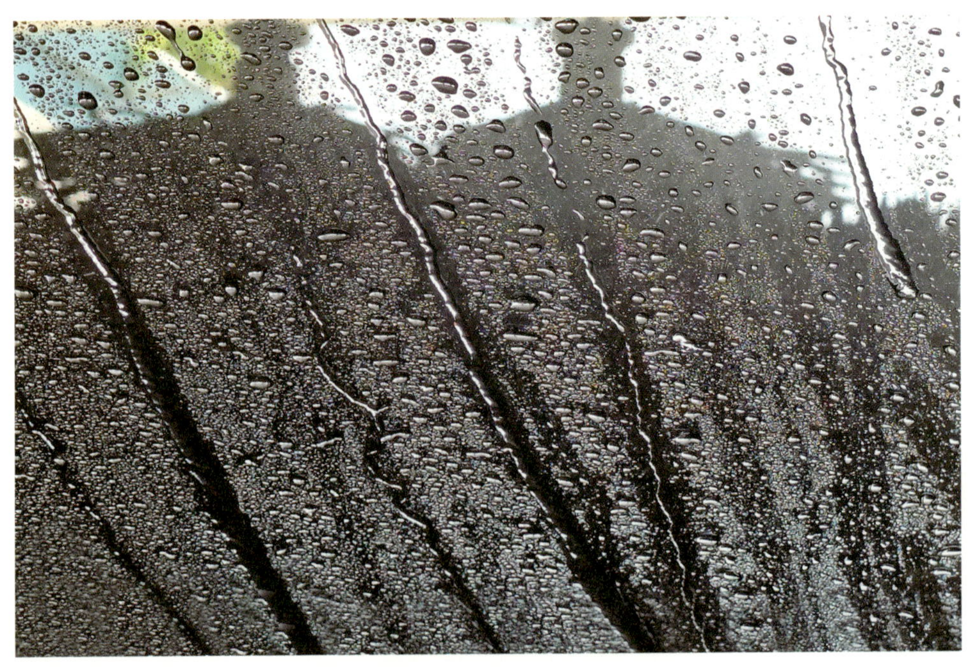

146

빗소리, 사이사이

시간을 마름질하여 촘촘히 하루를 엮는다. 새벽녘 꿈결처럼 다녀간 한 줄기 빗소리를 들여와 가슴을 적시고, 물기에 반사된 청아한 새소리를 내 하루의 갈피에 끼워 넣는다. 아침과 점심, 저녁으로 가위질된 나의 하루 속에서, 사이사이 자취도 없이 숨죽이는 시간과 공간들. 그 짧은 시간에도 그 좁은 공간에서 나는 숨을 쉬고 파닥인다.

시간이 흘러도 퇴색하지 않는 그리움을, 미처 전하지 못한 고마움을 뜨거운 차 한 잔에 섞어 마신다. 지우면 사라지는 흔적들. 그리면 무늬가 되어 살아나는 나의 일상이 한 올 한 올 색을 덧대어 시간을 꿰매던 기억 속 어머니의 조각보를 불러와 오늘 하루를 덮는다. 소리 없이 저녁노을 한 자락이 서광으로 스민다.

춘분 즈음

창밖 공원에서 산비둘기가 구슬피 운다. 유리창을 사이에 두고 이쪽에서 듣는 그 소리가 울음인지 노래인지 그것을 가늠할 촉수가 없어 나는 그 소리를 귀로 듣지 못하고 가슴으로 듣는다.

해 밝고 바람 훈훈한 삼월이기를 늘 기대하지만, 언제나 삼월은 지독히도 쌀쌀하다. 가슴을 풀었던 흙이 다시 냉기를 밀어 올리고, 봉긋봉긋

꽃눈들이 반쯤 떴던 눈을 다시 닫고 아직은 때가 아닌가? 고개를 갸웃한다.

유리창을 사이로 어둠과 밝음의 경계에서, 울음과 노래 사이에서 애타게 나부끼는 손짓만이 욱신욱신 생손앓이를 하고 있다.

봄이 지나는 길목에서

간밤 잠든 시간에 아랑곳없이 신새벽에 눈이 떠지는 것은 기억 속에 저장된 알람 때문일까. 온몸이 반쯤 풀린 나사처럼 삐거덕거린다. 창문을 여니 와르르 새소리가 쏟아져 들어온다. 지난밤, 아니 자정을 넘겼으니 오늘 새벽이려나. 불야성이던 창문들마다 지금은 침묵 시위라도 하듯 고요가 깊다.

나는 그 언저리에서 나날이 짙어지는 연두를 바라본다. 곳곳의 풀어진 나사를 조이고, 일러진 아침과 늦어진 저녁 사이를 빼곡하게 채울 빛의 양을 가늠하며 머릿속에 하루를 세운다. 그렇게 봄은 지나가고 있다.

2월을 기다리다

기분 탓일까. 유리창으로 비껴드는 햇살이 예사롭지 않다. 아직은 한겨울 날씨임에도 불구하고 더 밝고, 더 따뜻하고, 더 온화해 보인다. 잎샘추위가 있는 2월이 되려면 아직 몇 날이 더 지나야 하지만, 그 몇 날 남은 2월을 손꼽아 기다린다. 가을이 피부로 먼저 와닿는다면, 봄은 마음으로 먼저 와 안긴다. 2월 바람에 김칫독이 깨진다는 속담이 있지만, 2월을 기다리는 우리의 마음속에는 이미 해토머리의 반란이 시작되고 있다.

계절로 분류하자면 분명 겨울의 끝자락일 터이지만, 2월은 이미 겨울도 아니고, 그렇다고 봄이라고 단정 짓기에도 조금은 성급한 면이 없지 않다. 겨울이되 겨울이 아닌, 겨울 속에서도 면면히 흐르고 있는 봄, 모든 이들의 마음속에 자리 잡고 있는 꿈과 희망 같은 것이라고나 할까.

2월은 숫자로 정해진 두 번째 달을 넘어서 누구나 애타게 기다리는 기대에 찬 달이다. 봄이 이날로부터 시작된다는 첫 번째 절기인 입춘이 들어 있고, 보이지 않는 약동의 꿈틀거림이 이미 시작되고 있음이다. 또

한 마음이 앞서 달려가는 바람에 무채색이 유채색으로 보이는 착시현상

까지 일어나기도 한다. 그만큼 겨울을 빨리 벗어나 봄을 맞고 싶다는 간

절함이 있기 때문이다.

　이런 모두의 마음을 헤아리기라도 하듯, 군데군데 남아 있는 잔설은

여린 햇살 한 줄기에도 못 이기는 척 슬금슬금 풀어져 내리고, 멀리 하늘

과 땅이 맞닿아 있는 곳에서는 헤픈 여자의 웃음처럼 뿌옇게 상서로운 기

운이 번지고 있다. 2월은 또한 정중동(靜中動)의 달이기도 하다.

아직은 꽁꽁 언 대지의 침묵이 무게를 잡고 있는 듯해도, 땅속 깊은 곳에서의 내밀한 술렁거림을 잠재울 수는 없다. 지난가을 미처 다 떨구어 내지 못한 묵은 잎을 팔랑거리며 서 있는 갈참나무도, 휘어진 둥치에 쌓인 눈을 채 털어내지 못한 공원 한 모퉁이의 고목도, 땅속 깊은 곳에서 스멀거리는 간지러움에 움찔움찔 몸을 비틀고 있을 것이다.

２월의 햇빛이 여리다고 해서 결코 만만하게 생각해서는 안 된다. 부드럽지만 한겨울 삭풍을 견디고 완강하게 버티고 있는 온 누리에 훈김을 불어넣어, 말랑말랑하게 무장해제 시켜줄 비장의 무기가 되기 때문이다. 겨울잠을 자고 있는 땅속 뿌리들의 피돌기를 촉진하고, 움츠렸던 생명을 일깨워 씨앗들의 설렘을 부추기기도 한다. 이런 봄기운에 가장 먼저 반응하는 노루귀나 복수초는 채 녹지 않은 눈을 헤집고 해사한 웃음을 내보이기도 한다.

오렌지빛 햇살 속에서 잠결인지 꿈결인지, 설렘인지 두려움인지 모를 에너지들이 가만가만 조심스럽게 술렁대는 ２월. ２월을 기다리는 것은 비단 우리의 마음뿐만은 아닐 것이다. 통통하게 물오른 버들개지와 스치듯 언뜻언뜻 내비치는 버드나무의 보일 듯 말 듯한 연한 푸르름이 물결처럼 일렁인다. 활짝 열어젖히고 청량한 봄기운을 한껏 들이마시고픈 창문이 들썩이고, 겨드랑이 밑이 근질근질한 새들도 분주하게 푸드덕대며 겨우내 참았던 목청을 하이 옥타브로 토해낸다.

아직은 봄이 성급한 마음에만 와 있을 뿐, 뺨을 스치는 바람은 여전히 차다. 차갑지만 마음만은 한없이 가볍고 따뜻하게 부풀어 오른다. 내보이고 싶은 것이 많고, 이루고 싶은 꿈도 너무 많아 울렁울렁 가슴이 고동치는 ２월. 오래전부터 그 울렁거림을 드러내고 싶어 안달 난 바람이 아니, 우리 모두의 마음이 하루하루를 앞당겨 ２월을 카운트다운하고 있다.

순환하는 것들

새싹

컴컴한 상자 속에서 파릇하게 감자 싹이 돋았다. 자꾸만 날짜를 잊어 가는 기억력에 쪼글쪼글해지는 육신. 몸속의 미분화된 시간을 쪼개 막을 래야 막을 수 없는 파종 시기를 기억해 낸다. 적막의 한 귀퉁이가 찢기고 겸허하게 무너져 내리는 모체. 흙에서 태어난 향기는 흙으로 돌아가고, 하늘에서 내려온 빛은 다시 하늘로 회귀하는 사이, 선잠 깬 기억들이 뒤척이듯 사념 한 줄기가 흘러든다.

침묵을 휘저어 부화시킨 생명의 낌새들이 제 꼬리를 물고 태극처럼 맴을 돈다. 캄캄한 상자 속을 더듬는 순환의 본능은 흙의 유전자를 모신 몸이었다는 뜻이다. 감자를 심은 곳에서 다시 감자가 굵어지지만, 그건 흙의 분류법일 뿐 씨앗 감자는 이미 다 썩고 없다.

깜냥

묵은 자루를 털어 몇 알 감자를 꺼냈다. 예상을 뒤엎고 오목한 눈 자리마다 투실하고 탱탱한 싹을 밀어 올리고 있다. 밖을 엿보다 들킨 눈빛처럼 연한 봄이 그곳에 숨어 있었다.

리처드 도킨스의 이기적 유전자가 캄캄한 자루 속을 봄의 절정이라고 믿고 밀어낸 구근(球根)은 구황의 이타적 식물이다. 열악한 환경 속에서도 제 본능에 충실한 여린 싹에 눈길이 간다. 모든 생명체의 캐치프레이즈가 '아등바등'이라던가, 한 올의 기대와 기회라도 있으면 기를 쓰고 하지(夏至)까지 밀고 가는 인내심이 위대하다.

뭇 개체들의 발밑에 짓밟히는 쏠 개미나, 침침한 어둠 속에 먼지를 뒤집어쓰고도 발칙하게 생명의 눈을 틔우는 감자나, 제 깜냥대로 계절을 끌고 간다. 최상위 포식자인 사피엔스만이 애써, 기를 쓰고 순리를 역행하려 한다. 경험이 낡고 비루해진 세상에서, 제 깜냥 속에서 한 계절쯤 후숙하는 일은 위대한 일이다.

나이, 그 뒤의 여백에 대하여

이순을 지나 한참을 더 달려온 나이, 여전히 미혹이다. 바람이 불고 흔들리는 위태위태한 고갯마루에 서니 흐린 초점 속으로 사람이, 자연이,

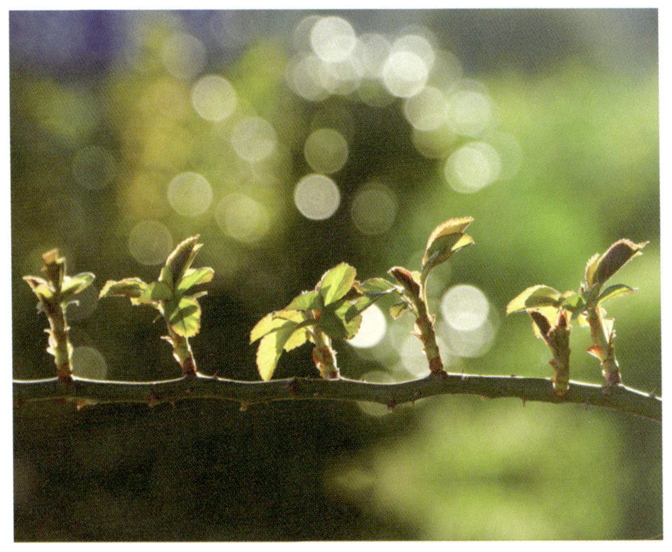

세월이 보인다. 나이의 뒤, 그 까마득한 여백을 거슬러 오르면 한 점 먼지였다가, 바람이었다가, 잠시 옷깃을 스치는 인연이었다가, 다시 뿔뿔이 흩어져 그 여백으로 돌아가는 존재들. 앞서거니 뒤서거니 어김없이 돌아가야 한다는 사실에 문득문득 아득해진다. 그 아득한 모든 존재들을 얼싸안고 한바탕 울고 싶어지기도 한다.

개별성과 다양성에 매혹되어 치열했던 젊은 날 뒤로 여백을 거느리고 켜켜이 지나온 세월을 돌아보는 이쯤에선, 모든 존재가 하나라는 관계성에 공감한다. 시간의 이름으로 새겨지는 것들. 늙어가는 것을 신봉하고, 낡아지는 것은 용납할 수 없는 저 푸른 여백 속에 오늘 또 어떤 맑고 투명

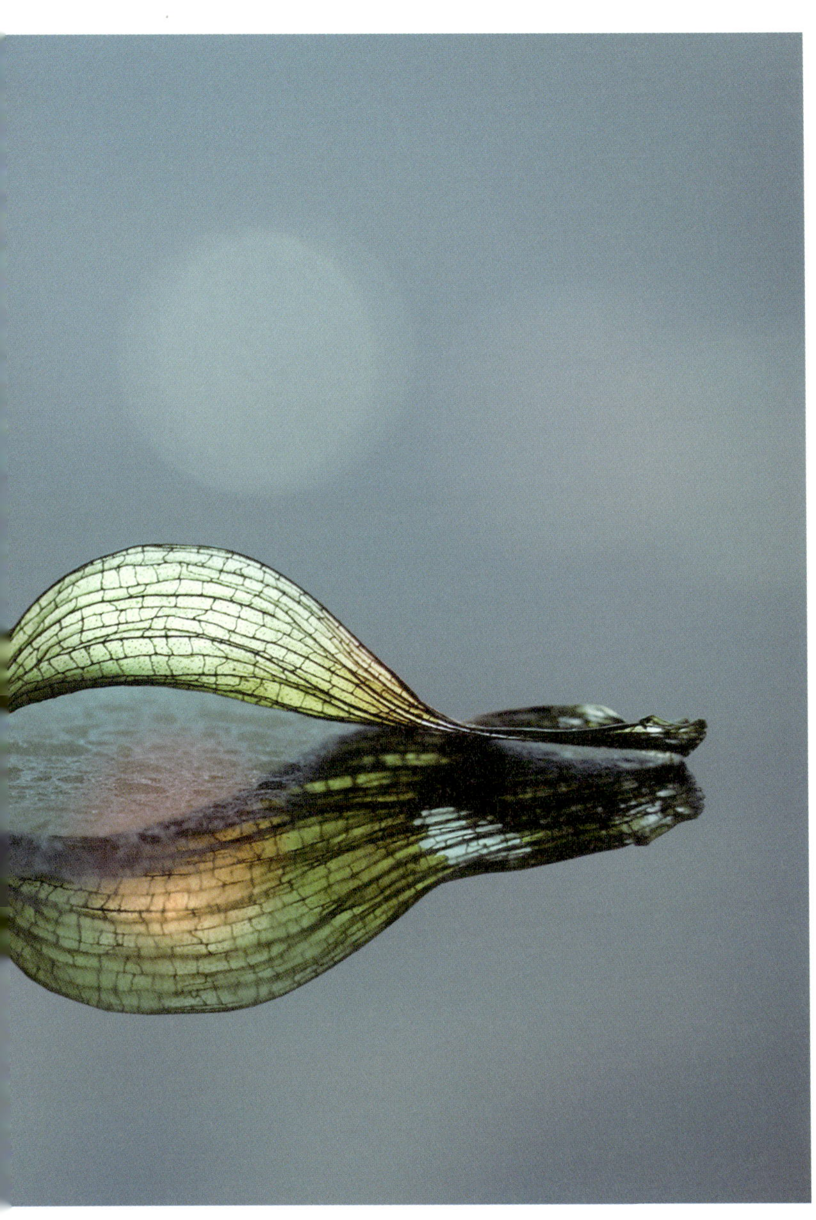

한 시간의 갈피들을 채워 넣을 수 있을까. 늙어갈수록 넓어지는 나이의 여백을 내 삶의 여정이라는 명목으로 감싸 안는다.

아름다운 것들

길든 짧든 한 생을 마감한 모든 것들은 적막하다. 텅 빈 수조에 덩그마니 남아 있는 세간살이들, 여전히 물레방아는 돌아 물방울은 태어나고, 화려한 지느러미를 숨기느라 들어앉았던, 그럼에도 불구하고 꼬리 한 자락 밖으로 하늘대던 소라 집 한 채, 여전히 푸르게 일렁이는 수초 몇 그루. 하나의 생명체가 잠시 살다 간 흔적들. 존재는 사라지고, 이제 남은 건 아름다움과 쓸모를 저울질하는 일이다.

미와 효용의 거리는 얼마나 가까울까. 아니면, 혹 아름다움 자체가 쓸모이려나. 아직은 제 자리에서 변함없이 순화하고 있는 저 아름다움은 누구를 위한 건지, 무엇을 위한 건지 의문부호를 찍는다. 꽃을 좋아하는 것은 꽃이 아니라 나비지만, 꽃은 나비를 위해 피지 않는다. 단지 이용할 뿐, 꽃은 스스로를 위해 핀다. 아름다움으로의 지향은 누구를 위한 것이 아니라 만물의 본질이고 자연의 섭리다. 세상에 존재하는 모든 것들이 제 안의 욕구대로, 방식대로 최선을 다해 구현해 내는 생명의 안간힘은 다 나름대로의 본능인 것이다. 그것이 진정한 아름다움이다.

꼭지

저 가늘고 여린 줄기에 한 생이 매달렸다. 싹 돋아 흙냄새를 배울 때부터 꽃을 피워 푸른 하늘에 꿈을 매달 때까지, 단 한 번도 놓아 본 적이 없는 꼭지. 달이 차고 기우는 사이 불어나는 몸피가 버거웠을 그 시절에도, 비바람 맞아 골이 파이도록 인내하던 시절에도, 맹세하듯 손아귀에 힘을 주어 지탱하던 뭇 살아 숨 쉬는 것들의 탯줄이다.

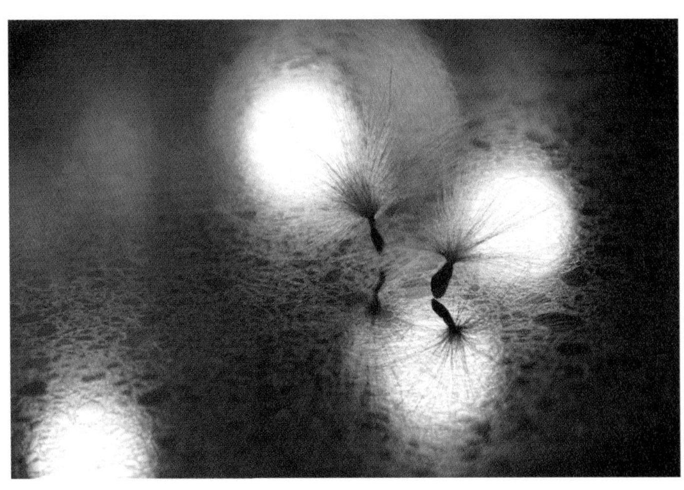

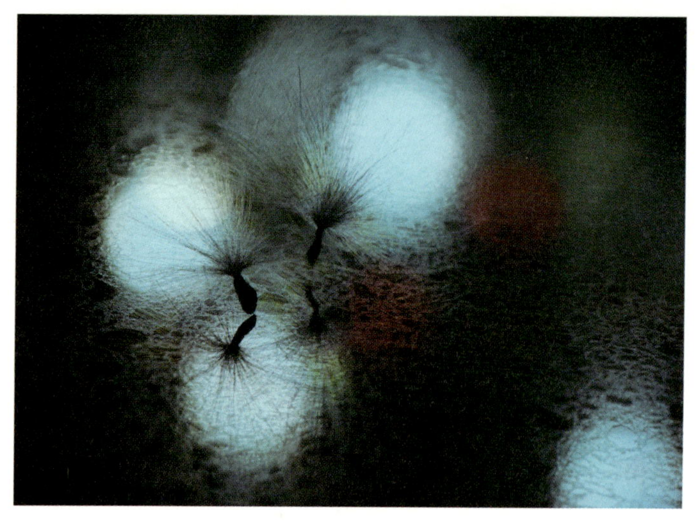

땡볕에 타들어 가는 여름이 지나고 이제 다소곳이 매듭을 짓는 시간. 한 생을 마무리하는 마지막 의식을 치르듯, 누렇게 갈라 터진 옷매무새를 꽁꽁 여민다. 모든 꼭지들은 자신이 꽃이었다는 것을 알고 있을까. 자신이 품고 있는 한 알의 씨앗 속에 몇십 번 혹은 몇백 번의 봄을 채울 꽃을 품고 있다는 것을 알까. 꽃의 향기가 여름 내내 달콤한 과일 맛으로 성숙되고, 꽉 찬 알곡으로 여물어가는 일은 세상에서 가장 맛있고 값진 작업이다.

나는 내가 아직도 꽃인 줄 안다. 아니, 꼭지인 줄 안다. 느슨해진 폐활량을 부풀린다. 겨우내 책상 틈에서 바짝 마른 사과 한 알이 내는 소리였을까. 조금씩 바람이 새어 나오는 소리가 환청처럼 들린다.

낮달에 꽂히다

꼿꼿하다. 어떤 힘이, 무슨 연유로 잠자고 있어야 할 저것을 불러와 저렇듯 힘차게 밀어 올렸는지 궁금하다.

밝음의 최극치가 흰빛이라 했던가. 흰빛의 계조도 층층이 천차만별이다. 그중 낮달의 흰빛은 무겁지도 눅눅하지도 않은 맑음 그 자체다. 얇고 투명한 빛으로 한낮의 중심에서 가장 높게 올라, 스르륵 비켜 난 태양과 당당히 맞서 떠 있는 낮달.

어떤 이유로 머릿속이 하얘지거나, 그 후유증으로 가슴 한복판이 뻥 뚫려 허공이 되어버린 누군가가, 오직 할 수 있는 일이라곤 그것밖에 없다는 듯이 고개를 젖혀 올려다본 하늘. 그 눈에만 들어오는 하얀 낮달.

눈이 시리다.

백색 사랑

근원의 빛이 흰색이라면, 모든 것이 흰빛에서 태어나겠지. 우리의 사랑도, 우리의 눈물도 저 지순한 순백에서 시작되겠지. 철이 없을 땐 사랑도 허둥허둥, 눈물도 허둥허둥, 온통 어지러운 불빛으로 방황했었지.

근원의 빛이 어둠이라면, 우리의 사랑도 눈물도 어둠으로 돌아가겠지. 앙상한 기억만 하얗게 꽃피우겠지. 순백으로 돌아가겠지.

비의 단상

슬픔은 수용성

밤에 내리는 비는 보이지 않고 다만, 점묘법으로 내린다. 마음엔 자잘한 파문이 겹겹으로 피었다 진다. 빗물이 어떻게 안으로 스며드는지 몸보다 먼저 마음이 젖는다. 이런 날 슬픔은 수용성, 눈물에도 녹고 빗물에도 녹는다.

오늘은 슬픔을 관리하는 처지가 되기로 한다. 슬픔은 늘 기울어져 있어, 기울기를 따라 점점이 가라앉는다. 물이 긴 물소리를 끌고 아래로, 아래로 흘러가는 일처럼 가장 낮은 곳에 가서 제 깊이를 고이게 하지만, 사실 눈물은 몸의 가장 상류에 있다. 휘파람 소리는 가벼워 기분을 들어 올리기도 하지만, 눈물은 무거워 때로 뚝뚝 떨어진다. 간신히 눈 속에 잔상으로 두었던 것들은 동그랗게 눈물로 말린다. 그런 눈물에 관해서라면, 소리 없이 꾹꾹 찍어내던 소매가 가장 잘 알고 있을 것이다.

소리 없이 찾아온 비가 소리 없이 그쳤다.

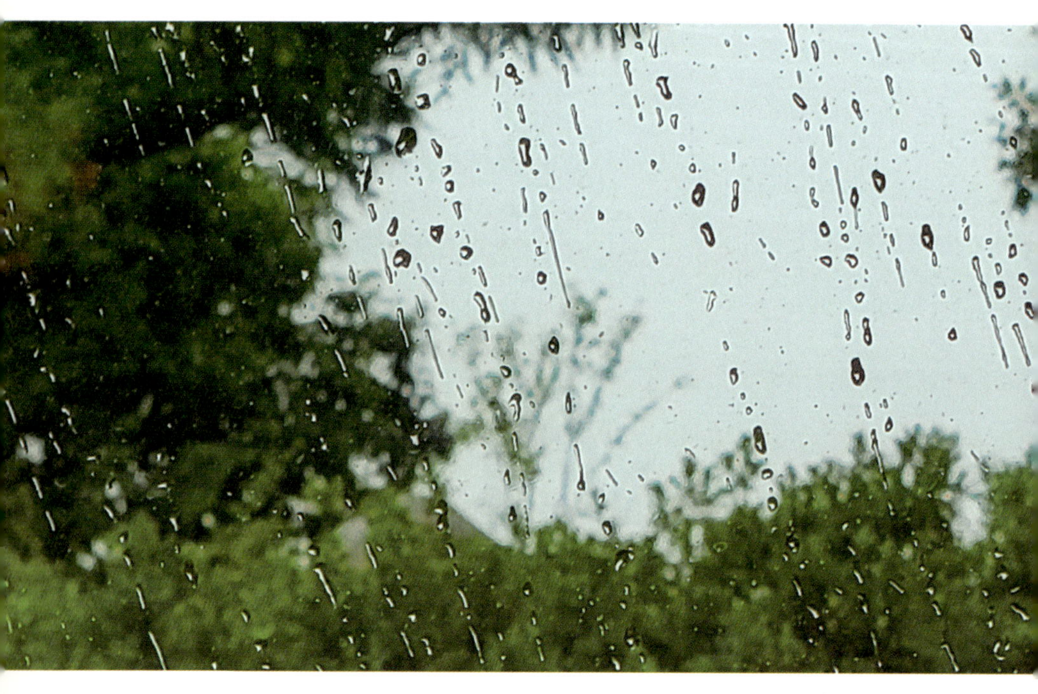

모퉁이에 매달리다

모퉁이엔 구부러진 중력이 있다. 일직선을 달려 모퉁이를 돌 때, 자칫 원심력 밖으로 밀려날 수도 있다. 일직선이 없는 하루, 지구는 모퉁이로만 이루어져 있다. 그래서일까, 지구 생활자들은 늘 어지럽고 고달프다. 회전 밖으로 밀려나지 않으려 악착같이 전철 손잡이에 매달리고, 늦은 밤 불 켜진 창문을 견딘다.

그럴수록 점점 굽은 곡선을 몸속으로 들이는 저 휘어진 집요한 속내들. 애써 외면하려 해도 끈덕지게 달라붙는 곡선들이 내 몸 구석구석 빈 곳을 더듬는다. 사과는 둥근 일조량을 빨갛게 채워 넣느라 바쁘고, 이쯤이라고 생각하는 지친 거기쯤에 꺾어진 반환점들이 있다.

후드득 빗방울이 이마를 때리고 아차 싶은 그때쯤이면, 우산의 완만한 곡선을 굴러내리는 일기예보가 뒤늦게 떠오른다. 장마의 서곡이다. 모퉁이를 돌아 지붕 밑이 고마운 계절이다.

물의 비상

장마전선의 우중충한 틈이 살짝 벌어진 사이로 낮달이 떴다. 너, 거기 있었구나. 하늘에 남아 있는 물의 깊이를 재느라 바삐 움직이는 구름들과 잠깐 드러난 해쓱한 낮달과 하늘 한 자락을 끌어와 물들이는 노을을 만져보고 싶지만, 나의 습도들은 무겁고 키가 낮아서 발끝만 움찔거리다 말았다.

허공에서 지상으로 궤적을 그리며 직립으로 제 사명을 다하는 빗줄기도, 바닥에 닿던 순간부터는 수직에서 수평으로 체위를 바꿔 다시 날아오를 생각으로 출렁대거나 첨벙대는 일부터 배운다. 올라가는 일은 지지부진과 지루함으로 점철되지만, 내려오는 일은 한시 바쁘다. 또 '치솟는다'는 말은 짧지만, '쏟아붓는다'는 말은 빠르고 길다. 그러므로 용골돌기와 날개도 없는 물의 비상은 언제라도 곤두박질칠 수 있는 추락이 예정되어 있다. 중력을 속이는 일로 오르고, 중력에 들킨 일로 쏟아지는 물의 왕복. 다 지구의 피돌기들이다.

빗방울

빗줄기를 오래 기다리다 보면, 어느 순간 빗방울 하나가 뚝 떨어진다. 그런 빗방울을 곰곰이 따라가 보면, 작은 버찌가 자라고 익는다. 그 속에 웅크리고 있던 씨앗들, 빗금 끝에 매달린 방울이라는 뜻일까. 그렇다면 그 옛날 빗살무늬 끝에도, 내 가슴속에 그어진 버깃시스트의 사선에도, 빗방울 하나가 매달려 언제 떨어질까 가늠하고 있을까.

사과 한 알이 공중에 매달려 중력을 모아 동그랗게 되듯, 빗줄기들은

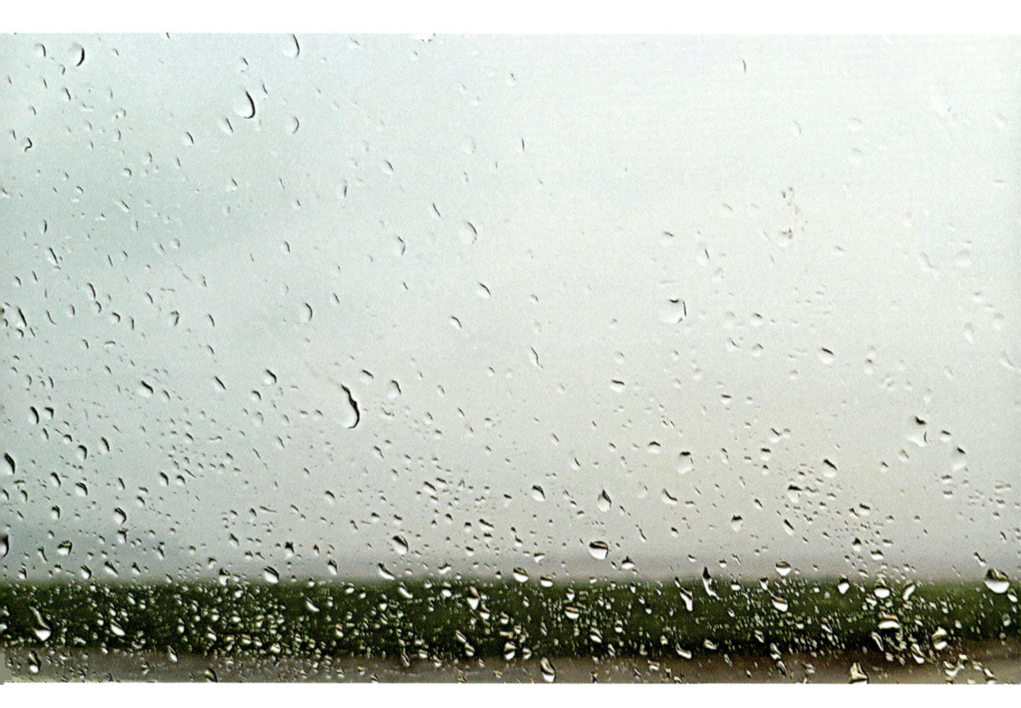

지상이 가까워지면서 저의 끝을 동그랗게 모은다. 세상의 모든 끝에서 동그랗게 자라고 익어가는 것들은 빗방울을 닮은 맛이 날까. 아직까진 아무도 잘 익은 빗방울을 맛있게 먹었다는 소리나, 그곳에서 어떤 씨앗을 발견했다는 소리를 들어본 적이 없다. 단지, 허공에 빗금을 그으며 떨어지는 빗방울과 햇살을 버무려, 저의 동그란 거푸집에 꽉꽉 채워 넣는 것의 주체를 알고 있을 뿐이다.

어쩌면 박물관에 전시된 빗살무늬 토기에서도 비 내리는 소리가 들리고, 향긋하게 익어가는 햇살 내음이 묻어날지도 모른다.

비교의 시간

착각이라는 별

나는 세상에 없는, 단 하나의 나이로 살고 있어요. 누구를 만나든 같은 나이가 될 수 있고, 가끔은 아직 태어나지 않은 나이가 될 수도 있어요. 우주엔 셀 수 없는 별들이 있고, 모두 닮아 있다고 해요. 가끔은 착각이라는 별에 가서 미래의 나이가 되어서 과거의 나이를 손등에 올리며 놀곤 해요. 상상 속에도 없는 어쩔 수 없는 모양을 생각하기도 해요.

맨 처음 우주엔 아주 작은 점 하나로 생겨난 별이 있었고, 별은 비교 대상이 없어 아무런 모양이 되지 못하고 다만 기다리고 있었다고 해요. 그래서 동그란 모양은 너무도 외로운 모양이었대요.

비교는 모든 외로움을 일시에 해결해 주었다고 믿어요. 각자는 자신에게 필요와 상관없는 감정들을 세트로 구비해 놓고 있어요. 마치 가위바위 보처럼, 상대에 따라 적절하다고 믿는 감정들을 제시하죠. 비교는 비슷한 것이 아니라 다른 점을 찾는 일일까요, 아니면 돌아서서 이전의 나이와 이후의 나이를 가늠하는 일일까요.

이름이 있는 것들은 모두 비슷하거나 똑같이 생겼으니까요.

호모 스터디쿠스

온 나라가 열공 모드다. 곳곳마다 넘쳐나는 배움터, 젖먹이 아기부터 시니어도 한참 지난 슈퍼 시니어까지 문화센터와 시민대학, 주민센터에까지 줄을 잇는다.

과목도 가지가지다. 입으로는 꺾이지 않는 트로트를 읊고, 무뎌진 감각으로 기타 줄을 튕긴다. 근육 강화를 핑계로 따라잡지도 못하는 리듬에 관절을 혹사시키며, 야금야금 실비 보험을 갉아먹는다. 어린아이가 때가 되면 말문이 트이고 걸음마를 떼게 되는 자연스러운 익힘의 배열 구조를 무너뜨리고, 우격다짐으로 밀어 넣는, 과거로의 회기인지 미래 지향인지 모를 지식의 레시피들이 만성 소화불량을 일으킨다. 왜, 이 시대 사람들은 먹잇감을 찾듯 이리저리 떼 지어 다니며, 평생 학생이라는 말도 모자라 죽어서나 따라붙을 학생부군신위의 낚싯바늘을 삼키려고 하는지. 뒤처질세라 나도 그 틈새에 끼어 일주일 스케줄이 빼곡하다.

자율성과 속도에 얽매여 수십 년을 되돌아가도 도저히 뒤쫓지 못할 현대시까지 한 번 해보겠다고 덜컥 매달렸으니, 허 참.

수다 페스티벌

통유리창 쇼윈도 안, 푸른 호수 위에 반짝이는 윤슬만큼이나 화려한 잎새들이 나비처럼 떠다닌다. 핫 핑크, 피치 오렌지, 도발적인 레드 입술들이 흥청흥청 인증샷을 남발하고 있다. 여성을 여성이게 규정짓는 화려한 낯빛은 더 화려하게, 칙칙한 표정은 입술 하나로 화들짝 살아나게 하는 마법의 컬러들. 사람과 사람 사이에 길을 트기도 하고, 도발적인 평화와 평화로운 도발을 사이좋게 공존시키는 입술들.

노안을 핑계로 키오스크 자판을 외면하는 멀쩡한 외모 속에서, 돌아서면 건망증의 회오리를 벗어나지 못하는 아직은 자존심 꼿꼿한 저 화려한 입술들이 뱉어내는 한바탕 수다로 인해 반짝, 살맛 나는 세상이 되기도 한다. 살맛이라는 건 제 깜냥대로 쏟아내는 쓸모없음의 쓸모, 유용의 무용, 물고 물리는 존재와 존재 사이의 서사다. 중심을 파고드는 효용의 가치는 깜깜하지만, 거칠게 긁히고 쓰라린 상처들을 쓰다듬고 위무하는 하잘것없는 변두리의 넋두리가 일색인 여자들, 아니, 여자라고 하기엔 조금 쇠어 버린 듯한 이들에게도 몽환 같은 화장기가 남아 있다. 소멸해버린 시간과 다가올 시간을 동시에 거느리고 있는.

곰비임비 세뇌를 해가며, 불쑥불쑥 치솟는 우울의 싹을 잘라 버리려고 애써 누덕누덕 덧입히는 화려한 입술을 비집고, 때로는 꽃잎처럼, 때로는 나비처럼 날아오르는 어느 환한 날 카페 안에 흥성거리는 현란한 침묵이 왜 순하게 스며들지 못하고 까슬까슬 아프게 빛나는 걸까.

아이러니

내가 잠든 시간에도 집은 시세의 차익을 발생시킨다. 또 내가 모르는 사이, 어떤 집들은 널뛰듯 뛴다고도 한다. 그런 집에 올라탄 사람들은 더욱 박차를 가하고, 날뛰는 집을 지켜보는 사람은 망연자실하기도 한다. 집이란 사는 것이 아니라 사는 곳이던 시절, 그때의 집은 품격을 지니고

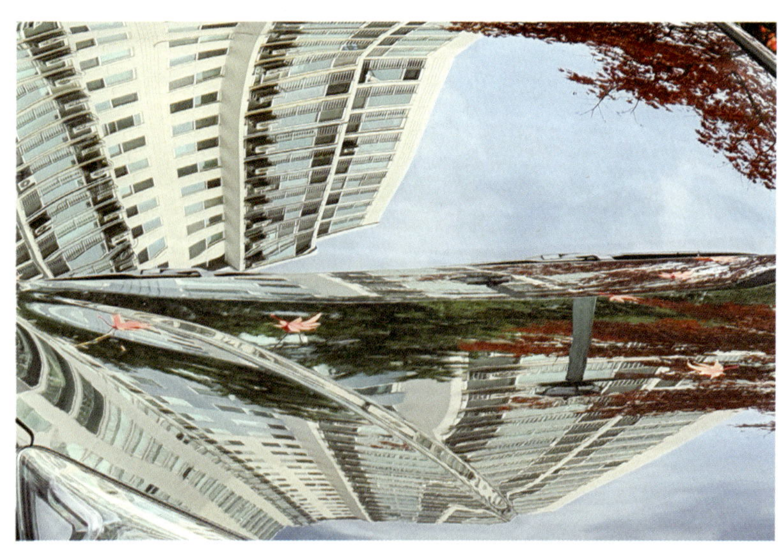

있었다. 누추하면 누추한 대로, 번듯하면 번듯한 대로 안온하고 넉넉하게 사람을 품었다. 훌쩍 자란 접시꽃이 담장 밖을 넘보기도 하고, 장독대에 선 짭짤한 간이 발효되곤 했다. 흙 때 끼인 손톱이 기다리던 봉숭아꽃이 풍성하게 꽃을 피우고 지는 동안, 수평을 지향하던 곡선의 지붕들이 수직을 탐하는 직선으로 바뀌었다. 집이 집을 뛰쳐나가 부와 가난의 신분을 상징하는 요물로 전락했다. 응달진 뒤뜰도, 햇살 내려앉은 가지런한 댓돌도, 말없이 보듬어 안던, 모자랐으나 여유로웠고 추웠으나 따뜻했던 그 시절 옛 집들이 그립다.

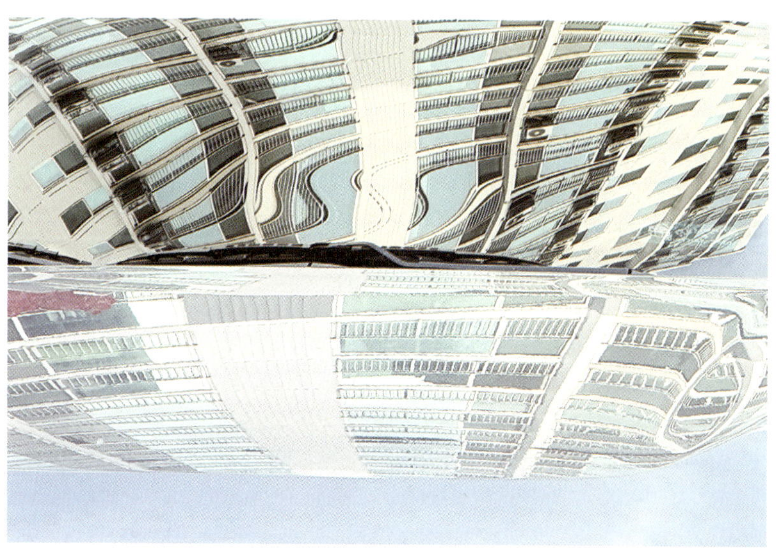

이젠 몇십 년 묵은 낡은 집이 된 처지, 그 덜컹이는 집을 끌고 하루에도 몇 차례씩 엘리베이터를 탄다. 흐르는 물이 아닌, 오르느라 헉헉대는 물 한 잔을 마신다.

무드셀라 증후군

기억에도 없는 어떤 날을 기념하여 백자기에 화려하게 자리했던 꽃다발. 채 며칠이 지나지 않아 절정의 자리를 물러앉고 말았다. 사람도 물건도, 앉은 자리가 가치를 정하는 세상이다. 이미 낮아진 몸값에 눈길은커녕 후처리의 고민만 쌓여 간다. 반짝 주목받던 향기와 눈부신 모습의 저 꽃도, 차곡차곡 걸어온 몇십 년 내 발자취도, 화양연화는 이미 지났다.

낡음은 늙음, 늙음은 낡음. 세월이 스쳐 간 것들은 이미 변방이다. 눈부신 것들을 누추하게 쇠락시켜 버리는 야멸찬 시간 속에서 그래도 현재를 버티어 내게 하는 힘은 바래고 윤색된 과거의 기억뿐. 내게도 리즈 시절이 있었다는, 뭇 시선의 중심이 나였다는 왜곡된 기억이라도 남아 있어야 남루한 오늘을 지탱할 수 있다. 시간을 견디는 힘이 시간에서 나오듯, 라떼, 나 때를 부르짖는 힘도 기억 안에서만 화려한 이전의 자존감에서 나오는 것이다.

어둠을 달래다

어둠의 성자

방향도 속도도 구속받지 않는 어둠, 하지만 곁눈질도 후진도 용납하지 않는 오로지 직진뿐이다. 다만, 습기 하나 챙기며 땅 위의 그 거대한 무게를 견디고, 제 무게는 거침없이 버리며, 제 그림자 하나도 거느리지 못하는 숙명을 짊어지고 있다.

모든 희망은 빛을 갈구하지만, 때로는 빛을 등진 희망도 있어 내 존재가 누추하진 않다. 땅 위에 우뚝 딛고 선 내 발자국, 그 거대한 무게를 견딘다는 믿음 하나로 묵묵히 앞만 보고 걷는다. 눅눅한 기억들, 하나하나 불사른다.

어둠의 건축술

어둠은 스스로 건축되지만, 저기 십자가 불빛이라거나 가로등, 혹은 먼 곳에서 출발하여 지구를 지나치는 별빛 같은 것들로 기둥을 세운다.

그런 어둠은 아주 큰 건축물임에 틀림없지만, 작은 창문의 불빛 하나로도 조각을 내고 구멍을 뚫어 모양을 만들어 낼 수 있다.

크고 둥근 어둠을 실눈으로 바라보면 가늘게 이어진 틈이 보이기도 한다. 어둠의 모양이란 밝은 빛이니까. 붉은 딸기 덤불 하나를 들여놓고, 따가워서 전전긍긍하는 여름 숲이니까. 차갑고도 먼 우주를 수신하여 지구의 언어로 해독하는 데 수십 광년. 한 점 창백한 화소로 반짝이는, 빙점을 설계하는 한겨울의 얼어붙은 표정 같은 어둠이 불 들어와 있는 저 십자가에 몰려들어 밤새 반짝거리고 있는 밤, 그런 밤이 없다면 불빛들은 아무런 소용이 없거나 불필요할 것이다.

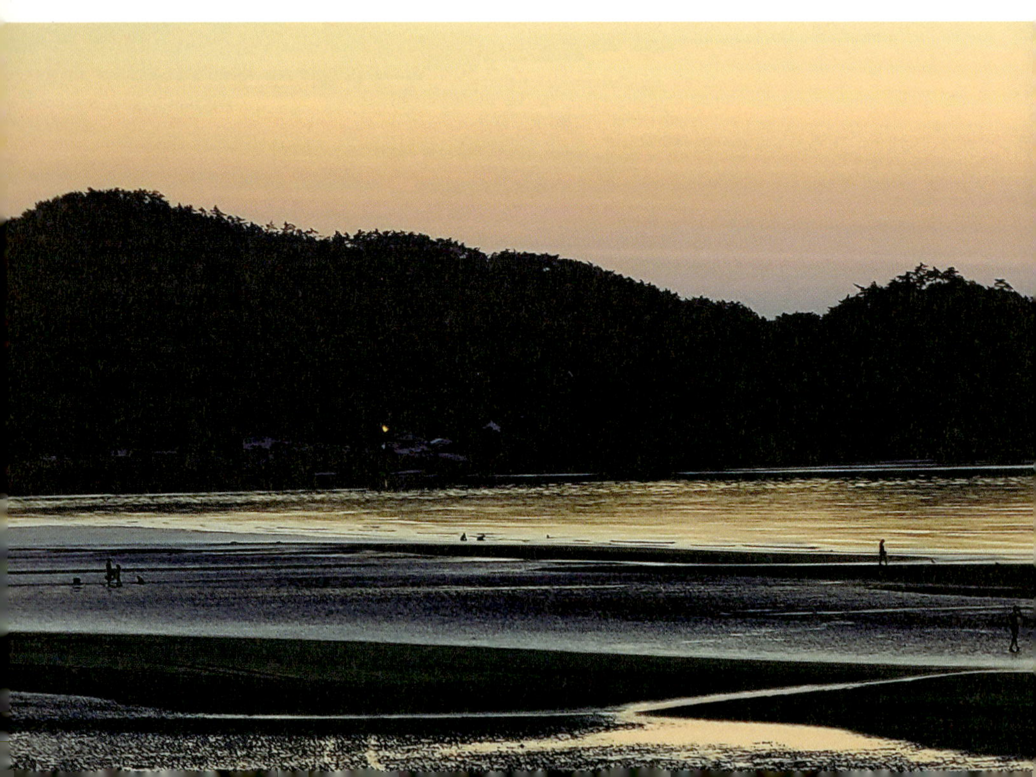

거대한 어둠을 조금씩 허물어 밝은 것으로 변환시키고 있는 저 연금

술은 어둠의 기술일까, 아니면 밝은 쪽의 기술일까. 그러고 보니 온갖 빛

의 모양들을 만들어 내는 것은 한 덩어리의 어둠이다.

어둠을 달래다

저 악머구리로 울어 젖히는 풀숲을 달랜다.

어둠이 제 세상인 양 무장무장 제 소리들을 키우는 어둠의 전사들.

고요를 부수고, 그 속에 또 다른 고요를 낳는다. 지상으로부터 칸칸이 쌓

아 올려진 열다섯 칸쯤에 희미한 등불이 어둠을 밀어내고 있다. 밤새 열

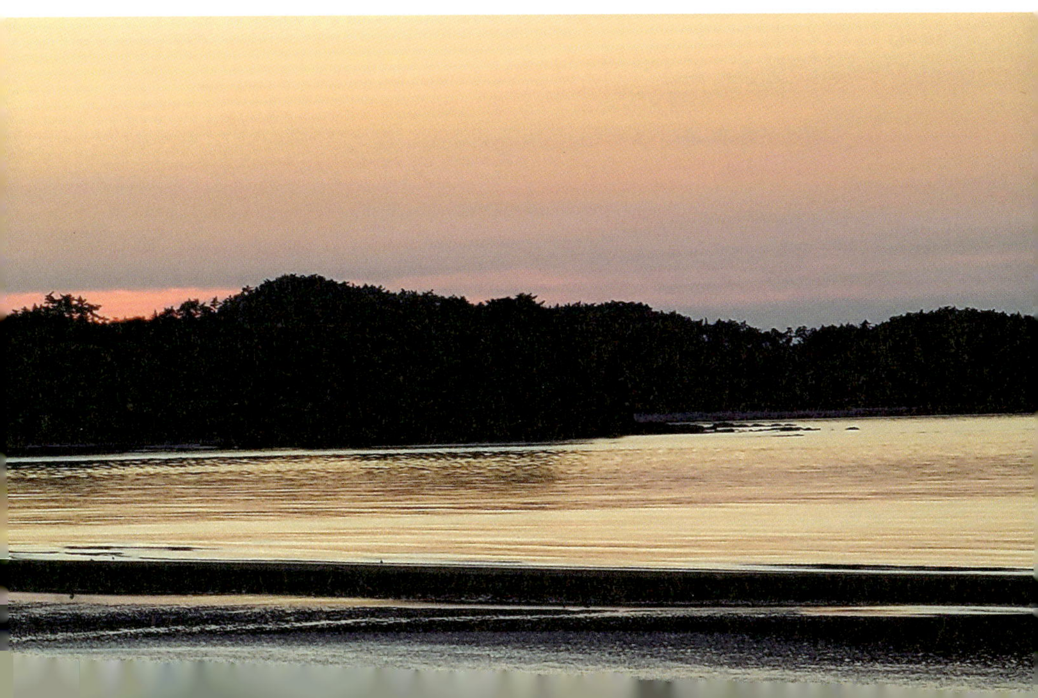

병으로 앓던 우글우글한 소리들을 내쫓고 있는지, 고요가 조금씩 벗겨지고 있다. 고요 속 어둠이 벗어던진 풀숲에 또 다른 소리의 치어들이 오물오물 어둠을 갉아먹고 있다.

어둠의 끝

빈방에 불이 들어오듯, 유리 조각에 해가 뜬다. 제멋대로 난반사를 일삼는 불빛은 어느 눈에 들어가면 찡그린 표정이 되기도 한다. 파편 하나에 한 줄기 빛. 어쩌다 깨진 조각이 되었지만, 누구든 밟으려 하지 않는다. 가끔은 세상의 부주의들이 밟을 때도 있지만 괜찮다. 풀숲이라고 다 독사는 아니니까. 다만 반짝, 빛나는 햇살이 박히듯, 딱 8분 20초 전이 몸 안으로 들어오려 했던 사건일 뿐이다.

태양과 지구 사이의 거리가 부서지며 빛나려 했을 뿐이지만, 자기 의지가 아닌 일들은 때때로 날카롭다. 마치 바다의 패각인 양 쌓여 있는 모래들, 그리고 몇몇 백색의 분말들. 빛을 많이 흡수할수록 불투명이 된다고 유리의 제조법에 적혀 있다는데, 그러므로 유리는 늘 자신도 모르는 균열을 갖고 있다. 언제든 둔탁한 소리가 들어오면 쨍그랑 소리를 내보내며 저의 균열을 일제히 쏟아 놓는다. 유리 조각을 밟았다면, 쨍그랑 소리가 몸에 들어온다는 뜻이다. 눈꺼풀에 힘을 모으고 빛의 양을 조절한다.

의자들

재활용센터에 나앉은 의자들, 모양도 표정도 자세도 각각이다. 태어날 때부터 쓸모와 효용이 정해졌던 그것들. 바퀴가 달려 빙글빙글 돌아가던 회전의자, 손잡이 하나로 높낮이가 가능하던 것, 등받이가 튼실해 비스듬히 몸을 젖히고 한껏 거드름을 피우던 것, 목받이까지 따라붙어 목에 잔뜩 힘을 주기도 했던 것, 다소곳하게 네 다리로 중력을 버텨 주던 것, 앞은뱅이로 이리저리 들려 다니며 재래시장 좌판에서 유용하게 쓰이던 것

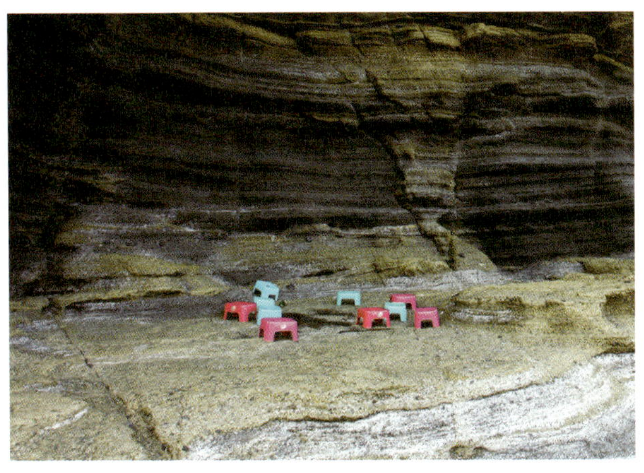

등등. 근본으로 따지자면 사람만큼 다양하다.

크기와 모양새, 그리고 선택하는 손길에 따라 덩달아 사회적 지위와 품새를 부여받던 그것들. 그래도 그때는 크든 작든 위풍이 당당했다. 그만큼 제격에 맞는 짝을 찾아 치열하게 한 생을 마감했다. 누군가 지정해준 한자리에 붙박이로 앉아 아무 생각 없이 시간만 흘려보냈다고 생각하면 오산이다. 때로는 의젓하게 품위를 지키기도 하고, 어느 땐 밑도 끝도 없이 취객의 하소연도 들어주었다고 한다.

재수 없는 날엔 이유도 없이 내팽개쳐지거나 발길질을 감수하기도 했다. 지금은 그 위세와 자부심, 쓸모를 다소곳이 내려놓고 누군가의 눈길을 기다리고 있다. 초조하고 애절한 표정으로 과거를 회상하며 나직나직이 사연들을 풀어놓는다. 다시, 새롭게 인연이 될 또 다른 주역들을 기다리며 지금은 단지 기울어가는 가을볕의 햇살받이로서의 역할을 다하고 있다.

겨울 예찬

자작나무 숲에 들다

꽝꽝한 겨울 추위 속에 미끈한 알몸으로 서 있는 자작나무. 살아온 세월만큼 침묵할 줄 아는 묵언의 기품 앞에 시선이 얼어붙는다. 드넓은 허공을 탐하지 않고 돋쳐 오르는 대지의 기운을 다스려내는 웅숭깊은 품격을 읽는다. 절제된 관능만이 더 깊숙이 대상을 끌어당기는 이치를 말없이 온몸으로 보여준다. 기억의 저편, 지나가 버린 시간의 조각들을 따뜻한 회상으로 길어 올리는지 가만히 잔가지를 흔든다. 늙을수록 기품이 더해지는 나무. 이승의 삶을 다 하고도 끝내 적멸에 이를 수 없다면, 바람처럼 자유로운 영혼으로 떠돌 수 없고 바위처럼 무심해질 수도 없다면, 웅- 웅 속울음으로 겨울을 울어도 좋으리라. 비록 내려앉지 못할지라도, 가지 끝을 서성이다 흩어지는 희끗한 눈발이어도 좋으리.

얼음 호수에 서다

꽁꽁 얼어붙은 호수에 발을 내딛는다. 한쪽 발을 얼음의 가장자리에 올려놓고 천천히 무게 중심을 옮겨 얼음의 강도를 가늠한다. 미끌, 저항도 순응도 아닌 발바닥의 감촉을 가까스로 다스린 후 조심스럽게 다른 쪽 발을 옮긴다. 두 다리에 뻣뻣하게 힘이 들어간다. 얼음이 나보다 더 긴장을 한다. 소심함인지 두려움인지 모를 발걸음을 어떤 방식으로 받아들여야 할지 더 고민하고 있는 것 같다. 얼기 전의 물결이 얼음 위에 고스란히 남아 있다. 물이 얼음이 되기까지, 나를 버리고 또 다른 나로 태어나기까지 그 경계에서 얼마나 조마조마하게 차가운 시간을 견뎌 내었을까. 한 번의 호기심으로 들여다보기에는, 수없이 저항하며 두께 위에 두께를 더

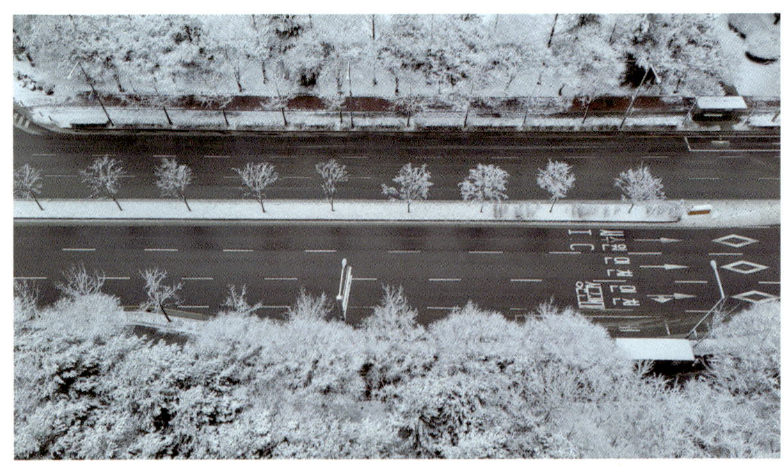

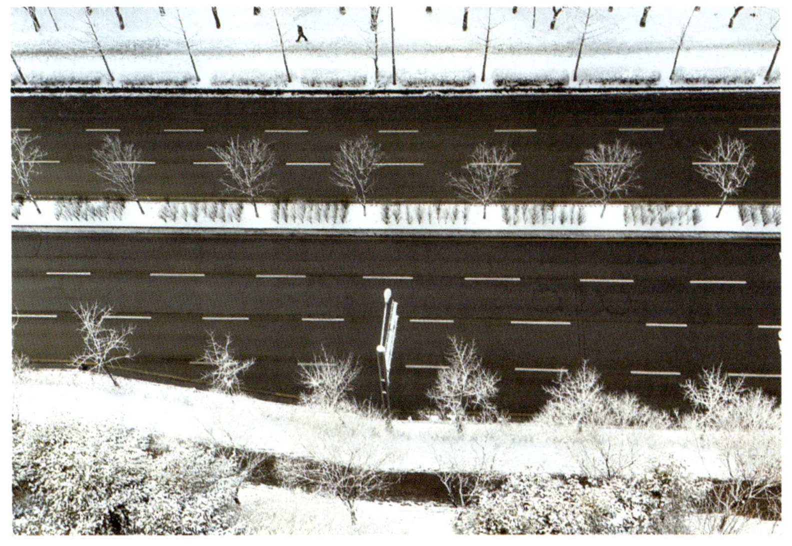

한 호수의 표정이 더없이 웅숭깊다. 벌벌 떨며 간신히 되돌아 나오는 시간이 결빙의 시간만큼 길게 느껴졌다.

삼월, 빅뱅 속으로

그리 호락호락하지만은 않았다. 겨울을 견딘 모든 것들에는 그 강도를 최대치로 높인, 건드리면 폭발할 뇌관들이 있어 순간의 점화를 기다리고 있다. 확연히 달라진 햇살과 바람에 마침내 빅뱅이 되어 팽창하는 봄의 입자들. 제동장치가 없다. 위험하다. 가속에 가속이 붙으면 소멸로 가는 지름길이다. 봄눈이 몰아치고 스스로 꽃샘이라 칭하는 모진 바람이 덜

미를 잡는다. 다행이다. 마냥 나긋나긋한 줄만 알았는데, 반전이 속도를 조율한다.

나긋나긋에 속기는 나의 삼월도 마찬가지다. 마냥 화창할 줄 알았는데, 한 번의 따뜻함으로 두 번의 서늘함을 감싸줄 수 있다고 믿었는데, 바랬는데, 고스란히 낙화로 떨어진다. 등불처럼 환했던 목련도 하룻밤 비바람에 불을 내렸다. 속절없다는, 허망하다는 삼월. 혹독하게 빅뱅 속으로 빨려 들어갔다.

상념

시간의 밀도

화살이 시위를 떠나 과녁에 꽂히기까지, 한 점에서 시작해 공중에 포물선을 그리고 다시 한 점에 안착하기까지, 긴장과 이완을 거쳐 다시 긴장으로 마무리될 때까지의 시간이 한 생이라면, 저마다의 삶의 유효기간은 어떻게 표기될까.

갑작스럽게 날아든 부음이 심장에 꽂히는 순간, 출렁―시간의 빙점이 산산조각이 났다. 하루하루 보람차고 의미 있게 살아야겠다고 영정 속 해맑은 웃음을 바라보며 다짐했지만, 깊은 밤 문득 떠진 눈을 깜박이며 곰곰 생각해보니 '보람'이란 말과 '의미'란 말의 진정한 정의가 과연 무엇인지 의구심이 솟구쳤다. 하루, 이십사 시간을 칸칸이 쪼개 그 사이에 집어넣는 일이 무엇이냐에 따라 보람과 의미가 유용과 무용으로 분류되고 가치의 등급이 매겨진다면, 열두 시간의 노동은 최상의 보람이고, 열두 시간의 휴식은 폐기되어야 할 무가치인가. '촘촘히'와 '느슨하게'라는 인위적인 의미 부여에 과연 어떤 차이가 있는지 갈수록 해답을 찾기가 애매해진다.

뭐, 생각하기 나름 아닌가. 우르르 몰려왔다 빠져나가는 한순간의 부질없는 상념들일 뿐인걸.

플래시몹(flashmob)

이열치열이다. 인산인해를 이룬 모래밭, 하늘과 땅의 야합으로 고조된 열기, 흥과 취기가 드디어 빅뱅을 지나 귀가 멀고 눈이 먼다. 낮보다 더 환한 맹목의 불빛들, 번득이는 눈빛과 부비부비 비틀대는 환희의 몸짓들이 열대야의 열기 속으로 거침없이 뛰어든다.

야합의 목적은 삐끗 어긋나 정상 궤도를 이탈하는 것. 돌연히 하늘을 가르고 등장한 뇌우. 야합의 끝은 결국 편 가르기인가, 찬물 끼얹기인가. 플래시몹에 발을 들여놓지 못한 비열한 군상들이 곁눈질로 힐끔이며 쾌재를 부른다. 어부지리로 죽었다 살아난 산천초목들. 하늘과 땅의 미심쩍은 야합만큼이나 사람과 사람의 은밀한 결탁, 야합.

야합의 최후는? 서로 죽이기? 아니면 둘 다 죽기?

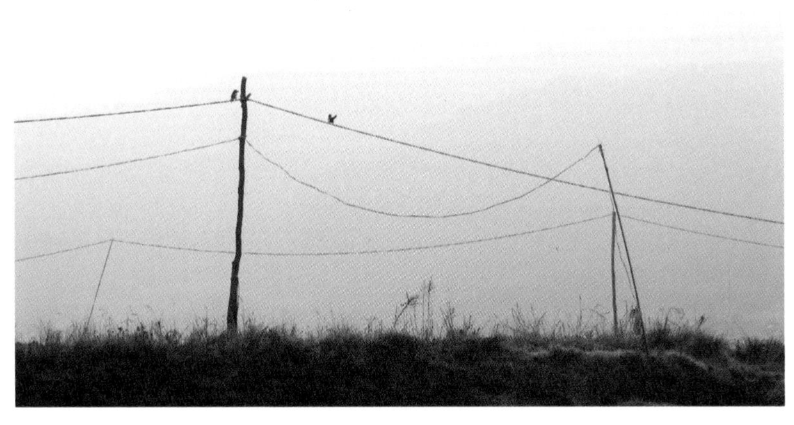

입꼬리를 올리다

꾹 다문 입꼬리 속에서 얼마나 은밀하고 살벌한 암투가 벌어지는지 예의 주시하지 않으면 아무도 모른다. 함부로 노출하지 말아야 할 것들, 끝끝내 묻어두어 흔적조차 내보이지 말아야 할 것들을 입꼬리 속에 수도 없이 가두고 있다. 아무리 속내가 펄펄 끓어도 표정이 일그러지거나 얼굴이 붉어지면 안 된다. 초조함도 다급함도 절대 들켜선 안 된다. 꼬이고 엉키고 밀쳐내는 각축전은 어둡고 깊은 저 속에서만 일어나는 일. 밖으로는 평화롭게 웃음을 흩날려야 한다. 아무도 눈치채지 못하게 푸르게, 해맑게 하늘거려야 한다. 그것이 입꼬리를 관장하는 율법이거늘.

몇십 년 그려온 내 캐릭터를 수정하기로 했다. 아주 사소한 변화를 주는 것 같지만, 실은 엄청난 결단이 필요하다. 무언가를 잘하려고 아등대는 대신, 애써 좋은 일을 하려고 바등대는 대신, 허허실실 나쁜 일만 안 해도 중간은 간다는 신념으로 입꼬리를 올려붙이는 일. 유리창과 바닥을 깨끗이 닦는 일보다 흐려진 내 마음을 닦는 게 우선순위라는 걸 깨닫는다.

입꼬리를 올리는 연습을 한다. 시끄러운 속내를 다스리는 건 천천히 입꼬리를 들어 올리는 일이다. 처진 입꼬리를 끌어올리면 유순하게 눈꼬리가 따라 내려와 저절로 눈웃음을 짓는다. 자연스럽게 하회탈이 된다.

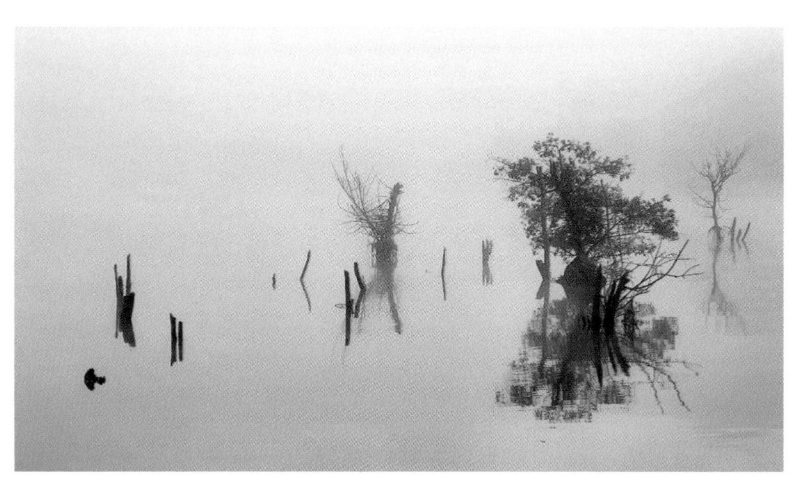

불협화음의 미학

초등학교 운동장 등나무 그늘 아래서 리코더 연습이 한창이다. 도 레 미 파 솔 라 시 도. 제자리를 찾는 연습부터 '반짝반짝 작은 별 아름답게 비치네.' 멜로디를 연주하기까지, 단 한 번도 제대로 어울리지 못하는 화음들. 징검다리를 건너듯 아슬아슬하다. 옆으로 새는 음, 하늘로 치솟는 음, 뒤에서 어기적어기적 뭉개는 음. 두어 달 후면 저 위태위태한 소리들이 한데 어우러져 천상의 하모니를 이룰 수 있을까. 세상의 모든 아름다운 소리의 근원은 울퉁불퉁하고 투박하며 거친 불협화음이었다는 것을.

'반짝반짝 작은 별 아름답게 비치네.' 하루하루가 지날수록 어설픈 가락이 한 발 한 발 제 박자를 딛는다.

원의 유래

어우렁더우렁

원만(圓滿)하다는 것은 천상의 속성이어서, 하계의 사람들에게 그것은 늘 곡진한 예배고 뜨거운 기도였다.

모서리가 있는 것들은 제 몸을 밀착시켜 틈새를 좁힐 줄 알지만, 신의 율법에서 벗어나지 못한 둥근 것들은 부드럽고 유연해 보이기는 해도 친화력이 없어 그러지 못한다. 가까이 붙어 있고 싶고 어깨를 걸고도 싶지만, 그럴수록 그 사이에 절대 공간이 존재한다는 걸 미처 눈치채지 못한다. 오만하고 이기적인 족속들이다. 차라리 뾰족함으로 찔리며, 찌르며 수시로 긁히며 흠집도 내가며 어우렁더우렁 살아가는 모난 세상이 둥글다.

둥근 것이 까다롭고 배타적인 모난 것이 원만한 세상. 어우렁더우렁의 역설이다.

원형(圓形)이 닳는 법

원형은 어떻게 닳는가. 굴러가는 일로 닳는 동그라미들이 있다. 책의 페이지를 넘기다 보면 동그라미들이 달린 글자들이 유독 흐릿하게 변해 있는 것 같은 착각은 어쩌면 착각이 아닐지도 모른다. 흐릿해진 오독(誤讀)이 짐작의 점자를 더듬는다.

원형은 자주 구멍이 나고 덧대면 찢어지는 자전거 바퀴의 소속이다. 오로지 칭칭 감겼다가 내리막길만 만나면 쏜살같이 풀어지는 바퀴와 같은 부류다. 그때 원형을 조종하는 법과 원형에서 버려지는 일을 배운다.

새의 둥지에서 집어 든 동그라미에서 깃털이 나는 소리를 들은 적이 있다. 어떻게 웅크린 자세에서 나는 법을 배우는지 궁금했지만, 처음부터 굴러가는 법을 모르는 동그라미들은 날짜를 지켜 제 날짜를 꽉 채우면 금이 가고 깨졌다.

그때부터 동그라미가 굴러 무한(無限)이 되거나, 우뚝 순간을 잘라 유한이 되거나, 결국 모양이란 또 다른 모양의 시원이란 걸, 그리고 하나의 동그라미가 다 닳으면 모양에서 벗어나는 모양이 된다는 것을 믿게 되었다.

원이 멈추는 일이 넘어지는 일일까. 원이 구르는 일이 넘어지는 일일까.

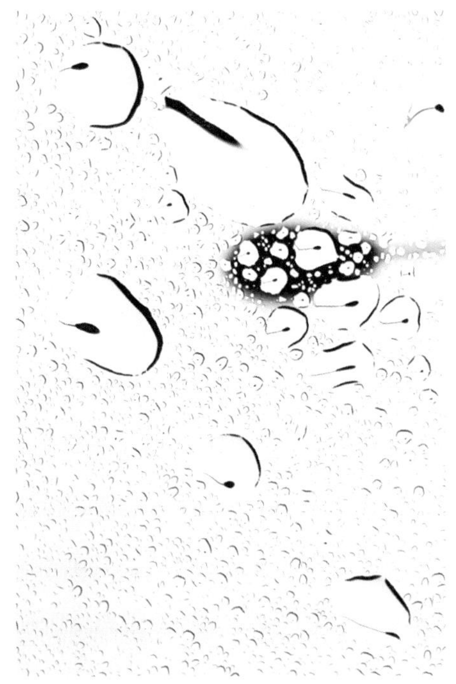

원의 기원

까마득히 오래 전, 모든 형체는 눈에 보이는 것에 한정되었다. 사람, 나무, 산, 짐승, 강.

어느 날부턴가, 사람들은 눈에 보이지 않는 형체를 가슴속에 동그랗게 그리기 시작했다. 그 원(圓) 안에는 모든 것을 담을 수 있다고 믿었지만, 담으면 담을수록 소화불량과 두통에 시달렸다.

백약이 무효인 이 증세의 처방을 그들은 알고 있었다. 하지만, 알고 있다는 사실조차 인정하길 꺼렸다. 이 지독한 증세에서 벗어나는 유일한 길인 원을 마음속에서 지웠다. 원(願)을 지우고 나니 바윗덩이로 무겁게 들어앉았던 증세가 새털처럼 가볍게 흩어졌다.

비로소, 원 없이 살고 싶다는 말이 이루어졌다. 원 없이 갖고 싶은 것. 원 없이 하고 싶은 것. 모든 것이 홀가분하게 다 이루어졌다.

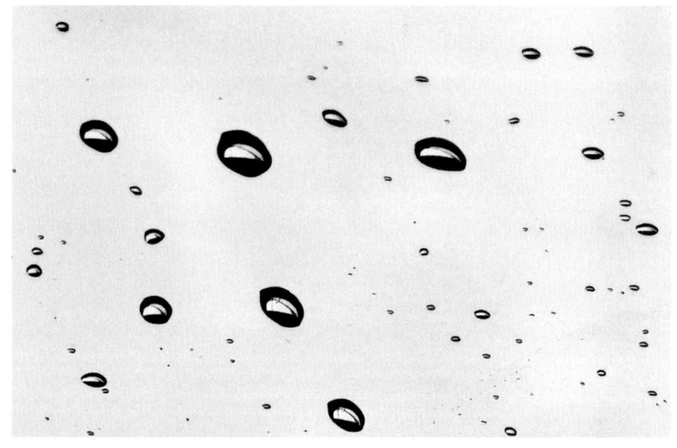

멀어지는(遠) 연습

'그때는 맞고 지금은 틀리다'라는 가설 아래, 공통점이 차이점으로 변질됐다. 서로에게 끌려 녹록하게 마음을 주고받던 시절이 있었음에도, 사람과 사람 사이, 사물과 사물 사이, 불변이라고 믿어온 자연현상에서도 타협하기 어려운 아집이나 개성이 수포처럼 도드라지기도 한다.

밀착된 거리에서는 망막 안에 굴절되는 빛의 각도가 너무 가팔라져 마찰력에 혼란이 오고, 질감의 오류를 거쳐 인식의 크랙이 생기기도 한다. 가장 가까운 사람과의 길항작용 역시 거리가 철폐된 까닭에서 오는 반작용 같은 것. 그리움에도 거리가 필요하듯, 별도 멀리 있어 반짝이듯, 오늘 굳이 한쪽 눈을 찡그리지 않고도 가장 아름답고 황홀한 가시거리 안에 너와 나의 상이 맺히도록, 한 걸음 앞으로 뒤로 왈츠를 추듯 우아하게 스텝을 밟아보면 어떨까.

온종일

온종일 내 오감은 한곳에 집중될 것이다. 눈에 띄지도 않고, 근사하지도 않게 우뚝 선, 머리 꼭대기엔 태양을 이고 발밑엔 한 자락 그늘을 거느린 조금은 권태롭고 지루하게 느껴지기도 하는 것.

까닥까닥 의미 없이 흐르는 시간에 추임새를 넣는 잎새들 속에는 자지러지게 무성한 매미들이 살고, 요란해서 더 적막한 그 적막을 달래듯, 이따금 툭 불거진 발자국 하나가 버겁게 제 그림자를 끌고 지나간다.

아무도 돌아보지 않는, 그러나 묵묵히 제 생을 견디고 있는 것들. 들리지 않는 소리를, 보이지 않는 바람을, 전달되지 않는 말들을, 스치지 않는 향기를, 나는 온종일 촉각을 곤두세워 그 한 생에 집중하고 있는 것이다.

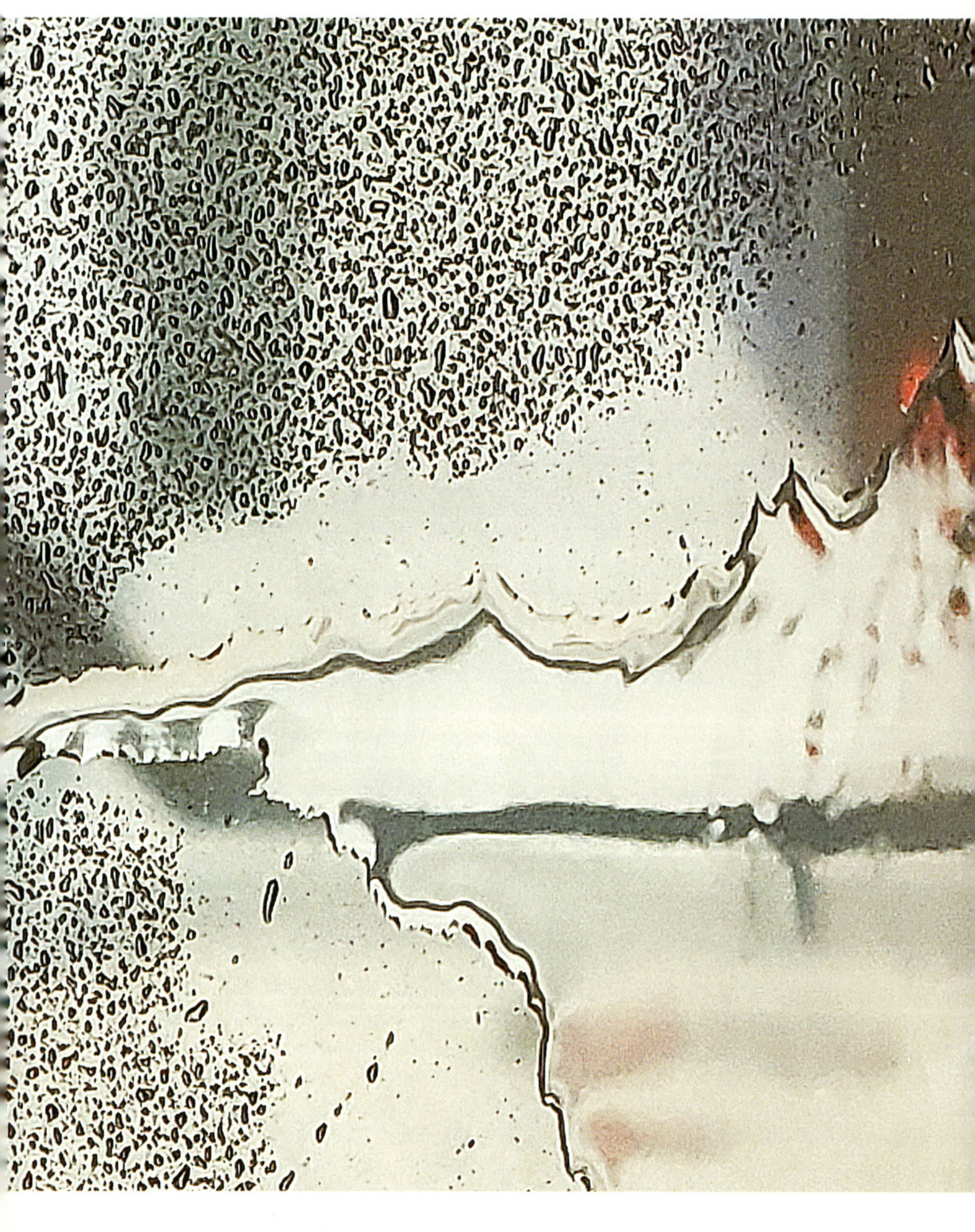

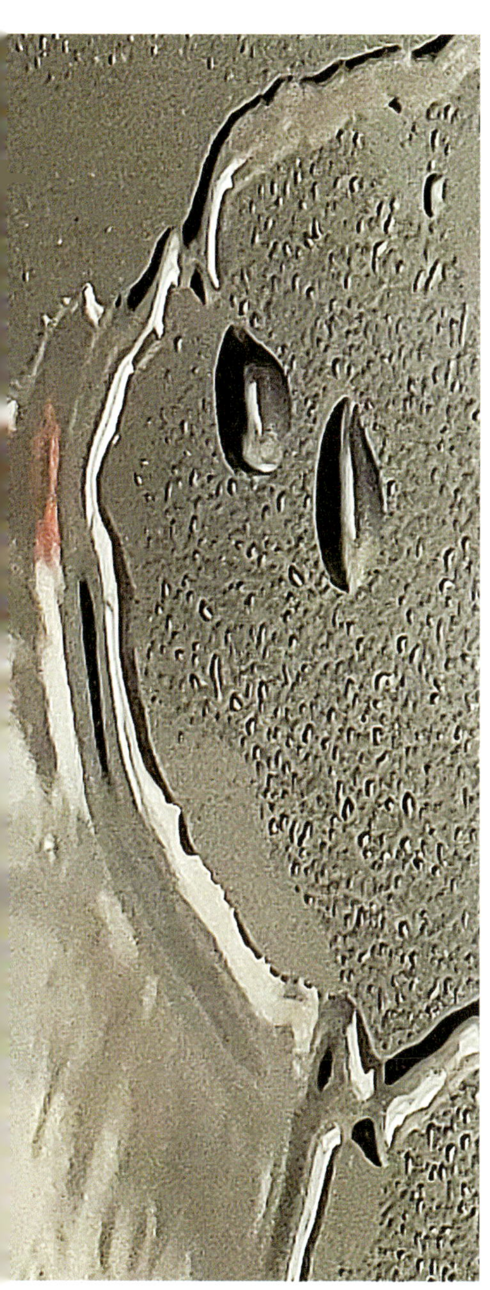

4부

그늘에 들다

계절의 여왕

눈이 부시다. 오월의 시작과 더불어 라일락이며 아카시아가 향 주머니를 열고 통째로 흔들어 대는 듯, 어딜 가나 향내가 아찔하다. 이곳저곳에선 가지각색의 화려한 장미가 기다렸다는 듯 꽃을 피우기 시작하고, 각종 축제가 가뜩이나 들뜬 마음을 부채질한다.

역시 오월은 여왕이란 작위를 받아 마땅하다. 밝은 햇살, 무구한 신록, 화려한 꽃잔치, 어느 것 하나 그 이름값에 손색이 없다. 다만 그 은혜 충만한 자연의 보폭을 따라가지 못하는 내 생체 리듬이 안타깝기만 하다.

평소 평균 수치에 밑도는 혈압을 유지한다. 늘 그렇게 지내 왔으므로 별다른 불편 없이 일상생활을 한다. 다소 맥없고 느린 생활방식이 나의 정체성이 되었고, 때로는 그것이 긍정적인 평가를 받기도 하며 장점으로 작용하기도 한다.

하지만 하늘이 열리고 만물이 역동적으로 에너지를 쏟아내는 즈음

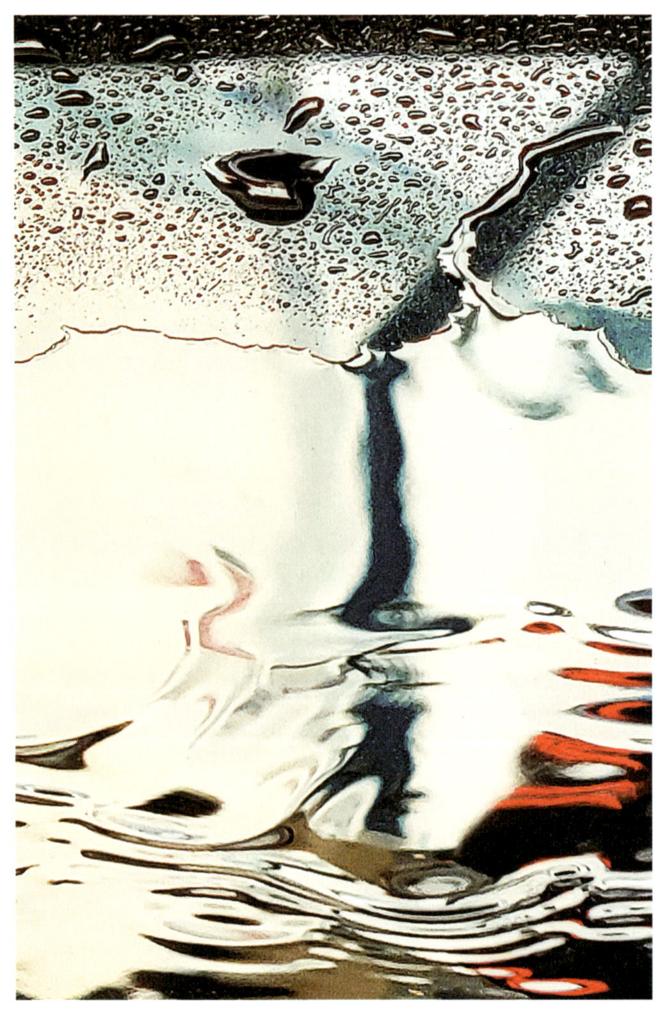

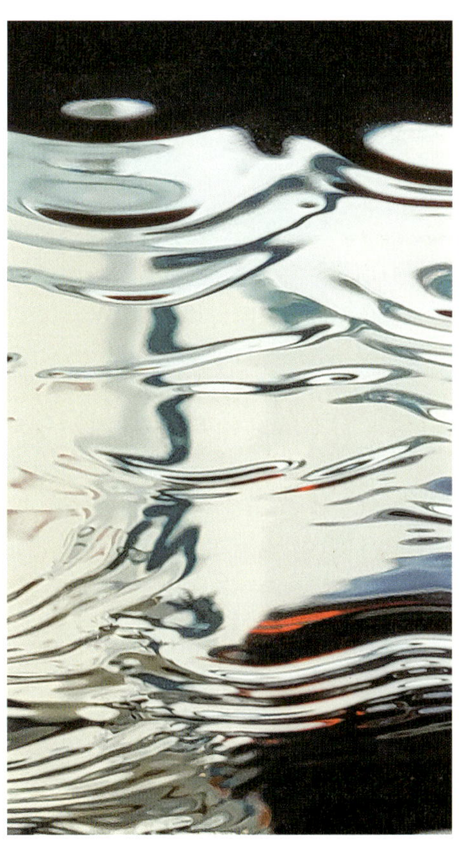

이 되면, 그 순환의 리듬에 보조를 맞추지 못하는 나는 연례행사처럼 한 바탕 몸살을 앓는다.

'혹시나 견디다 보면 나아질까?' 하는 기대감은 여지없이 빗나가고, 오월이 시작되자마자 그 증세가 슬금슬금 나타나기 시작했다. 혈압이 뚝 떨어지고, 온몸의 에너지는 완전히 고갈되는 듯 맥을 못 추고 늘어졌다. 가벼운 두통이 오고, 이어 속 메스꺼움이 따라와 입맛조차 잃었다.

올해엔 지난해에 비해 강도가 조금 세졌다고 느끼면서도, 예의 그 게으른 행동으로 차일피일 미루다가 덜컥 자리에 눕고 말았다. 어지럼증과 함께 이마에 동전 크기만 한 붉은 반점이 생겨났다. 그 반점 속으로 빼곡하게 돋은 수포는 여느 피부병과는 통증의 강도가 달랐다.

대상포진이라는 진단이 나왔다. 면역력이 바닥났을 때 찾아온다는 말로만 듣던 그 증세였다. 의사 선생님께 예방 접종을 미리 하지 않았다며 호되게 야단을 맞고 치료에 돌입했다. 링거를 맞고 약을 먹고, 무조건 쉬어야 한다는 처방에 핑계 삼아 자리 보존하며 누웠다. 온몸 어디에나 발병할 수 있다는 그 병은 특히 안면 부위로 올 때 뇌 신경과 시신경이 가까워 제일 위험하다고 한다.

예상 밖으로 통증이 심해 고통스럽기도 했지만, 그것을 빌미로 공식적인 주부 파업에 돌입할 수 있으니 속으로는 은밀하게 쾌재를 불렀다. 순간순간 신음 소리도 추임새로 넣고, 눈치채지 못할 정도로 엄살도 덧붙였다. 그렇게 끙끙 보름 남짓 앓는 동안 주변에서 보내주는 위로와 걱정, 진심 어린 관심을 은근히 즐기기도 하면서.

계절의 여왕인 오월에 내게 주어진 이 특별한 상황은 나를 진짜 여왕으로 받들어 모시는 계기가 되었다. 어느 정도 몸을 추스르고 일어났을 때, 주변에서 내게 베푸는 정성과 성의는 나를 감동시키기에 충분했다.

몸보신을 해야 한다며 맛있는 것을 사주겠다는 전화가 빗발쳤다. 아직은 입맛이 덜 돌아왔다고 넌지시 거절해도 막무가내다. 입맛이 살아나라고 달달한 케이크를 보내는 사람, 과일을 배달해 주는 사람, 단백질 보충을 위해 값비싼 고기까지 보내는 사람 등등.

그동안 살면서 이렇게 큰 관심을 받아 보았을까 싶을 정도로 많은 분들이 성의를 보이니, 진짜 여왕이 된 듯한 착각을 불러일으킬 정도로 으쓱한 기분이 들었다. 어느 날엔 꽃바구니도 배달되고, 진심 어린 위로 메시지와 함께 감미로운 음악까지 전달되었다.

이제 어느 정도 입맛도 찾고 발걸음도 힘겹지 않게 뗄 수 있게 된 오늘 아침, 반가운 메시지가 날아들었다.

'어디 가고 싶은 데 있어? 하루, 날 비웠음.'

또 다른 지인이 운전을 못 하는 나를 위한 배려였다. 좋아, 기회가 왔을 때 누려야지. 어디를 갈까? 서해안 바닷가? 삼림욕장? 분위기 좋은 카페? 전시회장? 가슴이 쿵쾅쿵쾅 요동을 친다.

비록 좋은 일이 아닌 아픈 일로 관심을 받았지만, 이렇게 호사스러운 대접을 받고 보니 한 번쯤은 앓아누워 봐도 괜찮겠다는 철없는 객기까지 발동한다. 하지만 뭐 어떠랴. 날이면 날마다 오는 기회도 아니고, 주고받는 관심 속에 싹트는 우정과 사랑, 이 얼마나 감동스럽고 고귀한 마음들인가.

인연이란 꼭 필요에 의해서만 맺어지는 게 아니다. 우연한 기회에 서로를 향한 마음의 깊이를 확인하고, 따뜻하게 마음을 전하며, 가슴 뭉클하게 감사하는 일임을.

아픈 만큼 성숙해진 마음으로 여름을 맞는다. 무성해진 녹음 속으로 그늘이 짙다. 받은 만큼 되돌려 줄 수 있는 삶이기를, 작지만 감동과 위로를 주는 인격으로 익어갈 수 있기를, 내가 나에게 주문을 건다.

여왕 대접은 아무나 받는 게 아니다. 받아본 사람만이 느낄 수 있는 그 노하우를 이제는 내가 실천할 수 있는 기회가 오기를, 한여름의 뙤약볕 아래서 탱탱하게 나를 달군다.

봄맞이

전등을 밝혀 두다

입춘이 지나고 요 며칠, 봄기운이 밀려와 푸근하더니 아침 안개가 짙다. 하늘인지 땅인지, 들판인지 숲인지 경계가 지워지고 허공에 모든 것을 감싸 안은 흐릿한 능선 하나가 떠 있다.

해가 떠서 이미 중천에 올랐을 시간, 방방마다 불을 밝힌다. TV 혼자 웅웅대는 거실도, 미련을 남기고 부스스 껍질만 빠져나온 침실도, 하루를 움직일 에너지를 충전할 주방도 환하게 불을 밝혔다.

빙점과 해빙점이 교차하는 길목, 아직 한기가 덜 가신 몸 구석구석에 드리운 암흑은 오래 방치된 통증을 키운다.

봄이 오고 있다는, 봄이 왔다는, 저기 소실점 끝에 시선이 닿을 때까지 이 방 저 방 훤히 불을 밝힌다.

서서히 멀어져 가는 안개. 때로는 사라져 주는 것도 사랑이라는 것을.

그냥 그렇게

우수도 지났는데, 흐르던 시간이 잠시 주춤거리며 다시 한파가 찾아왔다. 햇살은 아무렇지도 않은 듯 마른 나뭇가지 사이로 비껴든다.

가끔은 자연의 섭리도 비틀대고, 사람의 마음도 갈피를 잡지 못한 채 혼돈 속에서 엇갈린다.

뒤틀리는 시간과 심사를 그냥 그렇게 내버려 두자. 시간이 흐르면 나름의 질서로 다시 순해지는 것이 순리이니, 조급한 마음으로 거스르지 말자. 찬 바람 속, 저 나뭇가지 사이로 흐르는 햇빛은 마냥 온화하기만 하다.

손 없는 날

정이월이 되면 볕 좋고 바람 좋은 말날을 가려 장을 담근다. 말갛게 구워진 소금을 풀어 간을 맞추고, 처마 끝 서늘한 기운으로 피어난 푸른 메주꽃을 정갈하게 다듬어 항아리에 앉힌다.

항아리에 검정 숯을 넣고, 잘 마른 붉은 고추도 정성껏 띄우고, 굵은 새끼줄을 주둥이에 둘러 액을 막는다. 밝은 햇살과 맑은 바람을 함께 모시면 은은히 장맛이 깊어진다.

올 한 해도 무탈하기를, 하루하루 손이 들지 않기를, 맥놀이 고른 마음으로 두 손을 모은다.

바람의 프로필

나무와 악기 사이

나무의 숨은 물관부를 오르내리는 물줄기이고, 악기는 바람의 통로
다. 바람은 빛을 사냥해 밝거나 어둡거나, 단단하거나 무르거나, 소리의
결을 재단하고 고르게 한다.

어떤 나무들에는 지공(指孔) 같은 구멍들이 있다. 그 구멍들에서는
악기의 음색처럼 새들이 나오고 이내 푸드덕 날아오르기도 한다. 나무 속
에는 셀 수 없는 새들이 들어 있다. 악공은 어떤 나무 속에 어떤 새들이 들
어 있는지 알아채는 사람, 소리의 깃털을 뽑아 맑은 음색을 채굴하는 사
람이다.

나무들은 스스로 새라고 여긴다. 나뭇가지에 앉았다 날아가는 새들
을 피부로 느끼며 나뭇잎의 비행법을 익혔을 것이다. 쏟아지는 햇살을 뒤
섞어 반짝 빛나는 깃털을 흉내 냈을 것이다.

장인(匠人)은 나무 속을 뒤져 새의 울음과 연주자의 숨을 이어 준다.

균열을 잘 다듬어 사람의 숨으로만 날 수 있는 한 마리 새를 풀어놓는다.

새들에게 나무는 이미 푸르고 울창한 목관악기다.

바람 터는 새

나뭇가지에 앉은 새가 조금 전까지 자신이 묻히며 날아온 공중을 털어 내고 있다. 그때 지친 바람이 새의 날개에서 털려 나오는 것이 보인다. 공중은 길이 없어 새는 자신의 날개가 길이 된다.

날개가 한 번 접혔다 펼쳐질 때마다 허공의 한 귀퉁이를 끌어와 깃속으로 채워 넣듯, 새의 날개가 숲의 보호색을 차용하고 있는 것도, 노을의 일색을 묻히고 있는 것도 모두 날개의 수고스러움이다.

아무리 털어 내도 사라지지 않는 그 색깔들은 스치고 찢기는 동안저도 모르게 묻혀 온 흔적들이다. 숲에 숨은 흔적이 아니라 오히려 숲이 숨어든 흔적일지도 모른다.

그래서일까. 봄에는 다른 계절보다 바람이 조금은 온순하다. 털어 낸색깔들이 멀리 흩어질까 봄은 조신한 처세술로 바람을 다독인다.

자세히 보면 허공에는 맹금류에서 서식하던 바람이, 작고 여린 새들의 날개에서 서식하던 바람을 사냥하는 모습을 볼 수 있다. 하지만 봄은아무 일 없었다는 듯 평온하게 왔다가 간다.

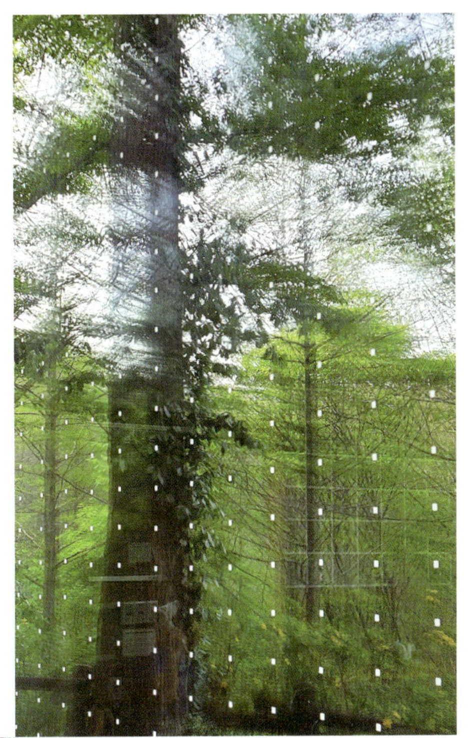

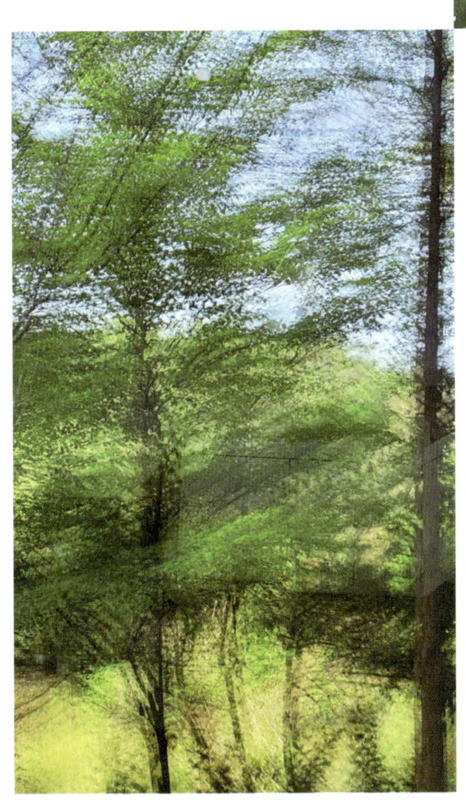

나뭇가지에 바람이 앉아 있다

나무들은 바람의 이동 경로로 불린다. 어떤 바람도 나무를 거치지 않고서는 북쪽으로도 남쪽으로도 갈 수 없다. 가끔은 문틈을 비집고 바람이 울기도 한다. 시시때때 바뀌는 방향과 풍속으로 휘파람 소리를 내거나 폭포 소리를 내기도 한다. 나뭇가지는 한 번 지나간 바람 소리를 기억하지 못한다. 기억의 화소는 귀밑머리처럼 쉽게 날아 매 순간 새로운 서사로 탄생하고 흩어진다.

나뭇가지에 서식하며 어린 새들의 날개를 부추기고, 숨은 실마리들을 찾아내 풀무질을 하는 바람은 투명하게 부풀려진 날갯짓으로 구름을 다그쳐 숨어 있는 물방울을 불러오기도 한다. 그때 끈기 없고 건조한 이야깃거리는 툭툭 끊어져 금세 어디론가 사라지고 만다.

바람의 경지는 고요를 동경한다. 창밖으로 빗줄기 성글게 빗금을 긋는 오후, 오늘은 나뭇가지에 앉아 있는 바람이 묵언 정진 중이다.

나뭇가지에서 서식하는 바람도 계절을 탄다. 겨울바람은 문을 열 줄 모르지만, 여름바람은 문을 열 줄 안다.

향수

외로움의 처소

눈만 들면 시선이 가닿는 곳, 먼 산의 능선이 지워졌다. 고요를 깨우 듯 몇 마리 새들이 울음을 뿌리며 그 속으로 날아 들어간다. 저 산의 능선, 저 새들의 울음, 어디로 사라진 걸까.

늘 그것이 궁금했다. 달빛처럼, 빗물처럼, 일렁이지 않는 바람처럼 소리 없이 스며들어 은밀하게 감기고 엉겨 붙던 그것. 바깥세상 어디쯤에서 감염되는 무엇인가 싶다가도 걷잡을 수 없이 소용돌이치며 솟구칠 때는 내 몸 깊숙한 어느 곳에 도사리고 있는 화산 같기도 하다. 공원의 새소리가 물어 나르는 싱그러움을 흠뻑 마시고도, 시끌벅적한 한낮의 갈색 소음 속에서도 외딴 섬처럼 나를 유배시키고 그는 그림자조차, 숨소리조차 내지 않은 채 어느 깊숙한 곳으로 숨어든다.

뿌옇게 김 서린 거울 속, 주르륵 흘러내린 한 줄기 물방울의 궤적 속에서 그의 은신처를 얼핏 보았다. 아무리 애를 써도 만져지지도 보이지도

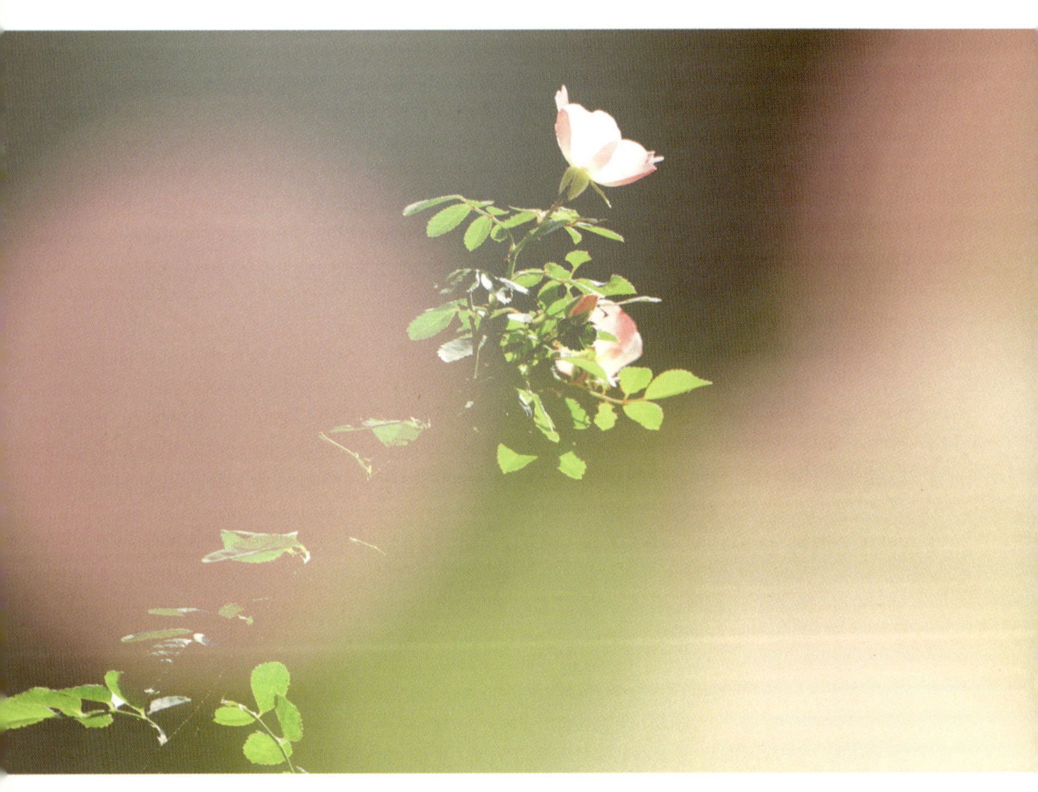

않는 그의 실체를, 늘골 깊숙한 곳에서 호시탐탐 출구를 찾으며 나 아닌, 오직 다른 누군가의 눈길을 기다리는 서늘한 그림자가 살고 있었다.

자운동 골목

기억은 눈부시지 않아서 좋다. 모퉁이에 구멍가게 하나, 허름한 맛집 하나를 숨겨두고 해마다 같은 나무를 찾아가 피는 꽃소식처럼 떠올리기만 해도 심장엔 발자국이 두근댄다. 대로변에서 살짝 숨어든 뒷골목에는 밤사이 구부러지거나 깨진 유리병처럼 재빠른 풍문이 담장을 넘나들고, 그늘진 사람들은 마음에 낮고 좁은 평상 하나를 펼쳐 놓는다.

한길에서 한 걸음 들어앉은 샛길은 느리다. 어느 방향으로 오늘이 지나가는지, 어제가 흘러갔는지 갸웃거리고, 겨울엔 쌓인 눈더미도 느긋하게 천천히 녹는다. 골목은 그곳을 벗어나지 않은 사람들과 여러모로 닮아 있어 어느 허름한 담장 옆에 홀로 붉게 피어 있는 봉숭아꽃을 손톱으로 옮겨 놓기도 하고, 깨진 유리병이 꽂힌 담장 위로 먼 별빛이 반짝 쉬어 가기도 한다. 가난이 가난인 줄 모르던 시절, 마주 보며 궁색한 변명을 늘어놓던 자운동 골목. 오래된 골목은 오래된 사람들처럼 시름시름 몸살을 앓는다. 담벼락은 미로처럼 금이 그어지고, 번쩍이던 철 대문은 누덕누덕 쇠락이 덧칠되었다. 자운동 골목, 오늘은 콧등에서 시큰거린다.

밤 풍경

불 뱀 한 마리가 구불구불 언덕을 오른다. 일렁일렁 붉은 비늘을 털며 숨 가쁘게 고개를 넘는 빛의 궤적. 늦은 밤, 달동네 비탈길에 길 하나가 엎드려 있다. 흐릿한 후회를 품고 나지막이 흐느낀다. 조금만 더 속도를 줄이고 풀꽃도 보고 별도 볼걸, 오르막과 내리막을 걸을 때 더 천천히 오르내릴걸, 앉은뱅이 나무와 방향 잃은 새들도 한 번 더 쳐다봐 줄걸.

상현달이 하현달로 방향을 바꾸는 속도, 꽃 떨군 풋자두가 익어 가는 속도, 두근두근 라일락이 피고 어느 초여름 골목까지 가을에 피는 국화가 때 이르게 찾아오는 속도, 세상의 모든 속도의 숙주로 살다가 이내 저의 속도를 잃어버린 길 하나가 퉁퉁 붓고 관절 다 닳은 채 주저앉아 운다.

조등 하나가 하늘가 별자리로 나지막이 걸린다. 속도들이 속절없이 늙어 간다.

Mr. 책

읽는 일과 쓰는 일 사이

방 안 세 면을 책들이 빼곡히 채우고 있다. 한 번 손길이 스친 후로는 내 소유욕과 허영심을 만족시키기 위해 안정감 있게 묵묵히 벽을 지키며 아날로그적 인테리어로 자리매김하고 있다. 하지만 그 안에서 얻어진 지적 충만함은 무엇과도 비교할 수 없다. 그것들이 지금까지 내가 글을 읽고 또 글을 쓰는 원동력이 되고 있음은 부인할 수 없는 사실이다.

한때는 지문이 닳도록 쓰다듬고 어루만졌던 지면들. 한 장 한 장, 갈피 갈피마다 보이지 않는 내 지문으로 얼룩져 있을 것이다. 붉은색으로 죽죽 밑줄이 그어진 문장들은 지금도 내 가슴을 뛰게 한다. 한 줄 시구의 여운에 묵직한 통증으로 잠 못 들던 지난날의 열정과 의욕들. 그렇게 나의 쓰는 일은 읽는 일 안에서 이루어졌다.

쓰는 일이 내면을 물성화하는 작업이라면, 읽는 일은 물성을 내면화하는 일이다. 안이 밖을 낳고 다시 밖이 안을 낳으며 책에 빠져들고 책이 내게 스며든 세월이 까마득하다. 이제는 읽는 일과 쓰는 일의 비율이 바뀌었다. 나이가 들면서 읽은 양보다 쓰는 일에 치중하게 되었다. 지난날 차곡차곡 쌓아 온 읽기의 경험이 그것을 가능하게 한다.

한 권 한 권 그 내용을 다 기억할 수는 없지만 들춰만 봐도 내 손때가 보이는 듯하고, 한 자 한 자 짚어 가며 심취했던 흔적들이 꿈틀꿈틀 살아나는 것만 같다. 바라만 봐도 뿌듯하다. 군데군데 세모로 접힌 페이지를 눈으로 훑고 손으로 쓰다듬으며 사람과 사람의 관계로 확장된 나와 책의 관계가, 읽는 것과 쓰는 것 사이의 유기적인 관계가, 강물 흐르듯 담담하게 가슴으로 흘러들고 있다.

책등

책은 등뼈뿐이다. 그러므로 책은 다리와 발도 없이 대부분을 서서 있다. 그런 책을 탁탁 털면 셀 수조차 없는 개미들이 쏟아질 것 같지만, 글자들은 저를 떠받치고 있는 등뼈에 단단히 달라붙어 있다. 인터넷의 웹도, 화엄경의 인드라망도 다 개미가 갉아먹고 뱉어 놓은 글자들의 잔해일지도 모른다. 장마가 오기 전 길게 이사 가는 개미들을 보았다면 책의 성질에 대해 조금은 알아챌 수도 있을 것이다.

언젠가 물에 떠내려오는 책을 건진 적이 있었는데, 책은 오랜 시간

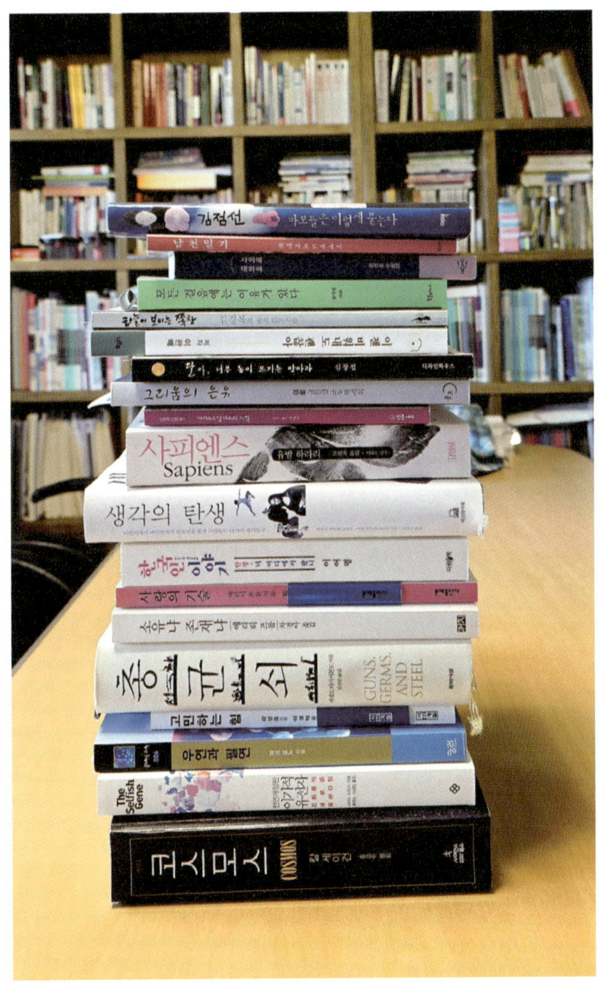

잊고 있던 원시(元始)를 떠올렸는지 갈피마다 물을 흠뻑 저장하고 있었다. 사실 물은 아래로 흐르는 규칙 같지만, 가끔 제멋대로 행동하기도 한다. 책에 들어간 물은 얕은 파도처럼 뒤틀려 있었다.

책, 벌레

세월의 때를 꺼입고 누렇게 변한 책갈피를 펼쳤다. 내 눈길이 닿음으로 비로소 말이 되고 마음이 되고 흘러흘러 강물이 되었던 글자들. 내 손때가 수십 번은 지나갔을 글귀들을 한 자 한 자, 한 문장 한 문장 무뎌진 손끝으로 천천히 더듬는다. 흠칫, 나를 기억해 내려 머뭇대던 글자들이 이내 살아서 아우성을 친다. 나보다 더 선명하게 기억을 되살리는 듯 콸콸 여울물 소리를 내며 뜨겁게 내달린다. 호흡이 가빠지고 열이 오른다.

잠시 닫아 두었던 책장 사이에 움직임이 없으면 존재조차 드러나지 않을 작디작은 생명체가 나 아닌 또 다른 독자가 되어 살아가고 있다. 책장을 마당 삼아 글자를 친구 삼아 활기차게 놀고 있다. 쿰쿰한 냄새조차 환한 얼굴로 우리의 조우를 환영한다.

속도의 변증

속도에 대하여

애초에 속도의 뿌리는 두려움에 잇닿아 있었을 것이다. 먹잇감을 쫓기 위해 달리는 동물의 속력 앞에서 인간은 전력 질주를 하였다.

그러다 속도를 앞지르는 속도가 생겼다. 긴 포물선의 추진력으로 날아가는 날카로운 속도. 그때부터 쫓기는 쪽의 역할이 바뀌었다. 쫓기는 쪽의 급선회가 속도를 따돌리는 새로운 방법으로 발명되었던 때의 일이다.

속도가 시간이었을 때가 있었다. 그때는 느림과 빠름의 경계가 없었다. 다만 부패하는 속도를 늦추기 위해 빠른 속도가 발명되었을 것이다. 치타를 사냥해도 거북이를 사냥해도 시간은 같은 속도였을 때의 일이다.

속도가 속도만의 속성으로 경신되는 동안 지구는 저의 속도를 단 한 번도 바꾼 적이 없다. 이런 지구와 발맞추는 걸음은 속도의 진화를 고집하지 않는 나무들뿐이다.

서투름에 대하여

1000mg 비타민 C를 꿀꺽 삼켰다. 부르르, 세포 속 깊은 곳에서 미세한 불꽃이 튄다. 마른 땅이 빗물을 흡수할 때 보이지 않는 흙내음을 먼저 감지할 수 있어야 하듯, 안면을 트고 말을 섞고 관계를 맺을 땐 서투름의 단계를 번쩍 하는 순간의 속도로 뛰어넘어야 한다.

내 안에 무언가를 받아들일 때, 내가 다른 무엇으로 동화될 때 겪어야 하는 보이지 않는 작은 스파크. 그 불꽃에 데이지 않으려면 이제는 꿀꺽 대신 혀끝의 돌기를 일깨워 천천히 음미하는 과정을 학습해야 한다.

엿보고, 스미고, 번지는 과정이 눈 깜짝할 새에 일어나지 않도록.

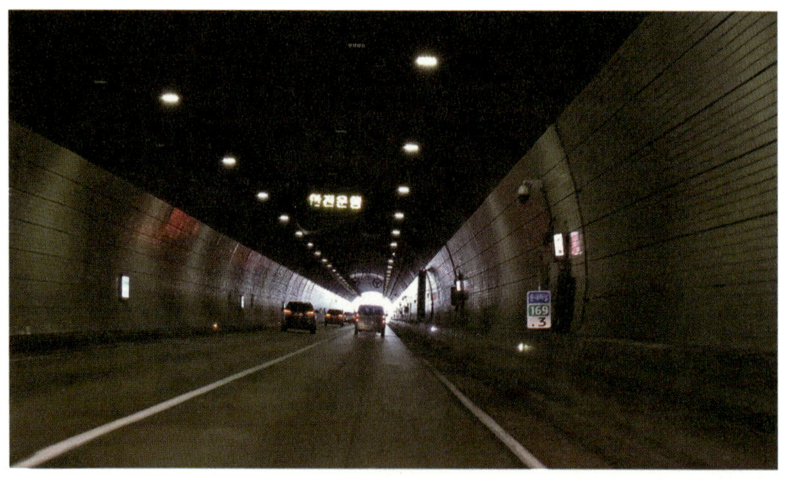

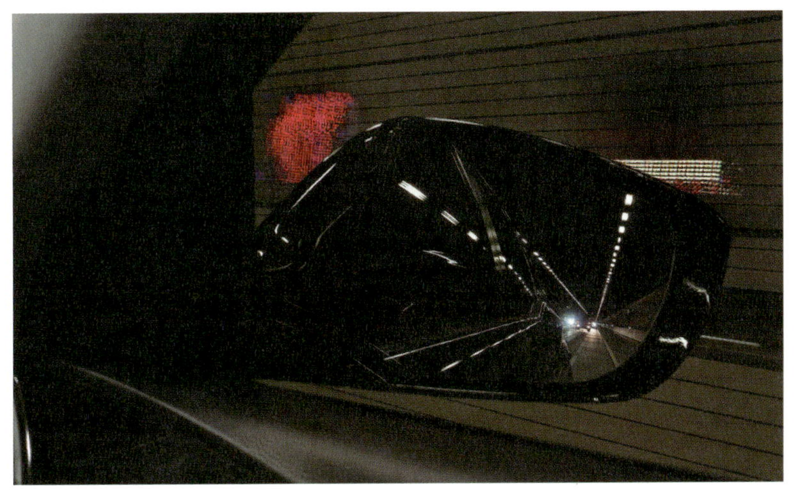

속도 숭배

무언가 위험 요소에서 벗어나기 위해 점차 속도를 내고 가속이 붙었다. 그랬던 속도가 몇 번의 밀레니엄을 거친 지금은 예술이 되고 환락이 되고 숭배의 대상이 되었다.

여유는 나태함으로, 느림은 게으름으로 전락해 버린 지금, 과정은 생략되고 서사는 소멸되었다. 누군가에게는 전율로 다가오는 속도가 또 다른 이에게는 폭력으로 작용한다. 끊임없이 속도를 내야만 제 자리를 유지하는 세상이 된 지금,

　길을 가다 낮게 핀 들꽃의 향기를 맡으려고 허리를 굽히고　어린아이와 눈높이를 맞추려고 무릎을 꿇는 겸허함은 아련한 향수로서의 명분도 사라진 채 안갯속에 자취도 없이 묻혀 버렸다.

노No 노老

세월

시간의 물결이 결빙과 해빙의 무늬를 만들고 바람과 햇살을 불러와 색을 입히고 물들이고 지우듯이, 세월이 흐른다.

세월은 쌓이는 것이 아니라 흐르는 것. 흐르다가 어느 순간 차가운 침잠 속에 잠들기도 하고, 슬그머니 속살을 풀어헤쳐 꽃으로 피어나기도 한다. 한 겹 한 겹, 그 흐름의 흔적들이 새겨지는 것은 내 화려함의 부피가 채워지는 것.

고목에서 돋아난 싹도 새싹이듯, 날로 날로 더해지는 내 안의 무늬들. 언제나 새롭기만 하다.

담

몸과 마음의 틀어진 밸런스를 맞추려는지 온몸 구석구석이 삐거덕거린다. 한 동작 한 동작 할 때마다 신호를 보냈어야 하나. 두 팔을 들고

쭉 몸을 늘리다가 뜨끔, 옆구리에 담이 들었다. 천천히 다음 동작으로 넘어가는 데도 긴 호흡이 필요하다는 걸 알았다. 말도 급하게 하다 보면 자칫 꼬이기도 한다. 그럴 때 의미의 이탈은 물론 애꿎은 혀가 씹히기도 한다. 얼얼한 혀로 빗나간 음절을 다시 꿰맞추려면 한동안의 시간이 흐른 다음에야 가능해지는 것이다.

마음에도 흐르는 물길이 있어 제 길을 찾아 구불구불 부드럽게 흐를 때 따뜻해진다. 시간을 맞추지 못하거나 양이 넘치거나 제 길이 아닌 길로 물꼬를 트면 뜨끔, 옆구리에 담이 들 듯 딱딱하게 굳은살이 박이는 것이다. 오랜 시간이 지나도 어쩌면 따뜻하게 녹아 흐르지 못하고 두고두고 담이 되어, 움직일 때마다 뜨끔거릴지도 모른다. 마음의 결을 맞추기 위해서는 천천히 물결부터 살펴야 한다.

덤

대형 마트에서 명절 음식으로 고기를 사고 십일만 사천이백십 원을 계산했다. 십일만 원도 아니고 십일만 사천 원도 아닌 이백 원을 더하고 십 원을 얹었다. 뼈가 서늘하도록 엄격한 셈법이었다.

재래시장, 그것도 바람막이 하나 없는 난전에서 푸성귀를 샀다. 칸칸이 눈금을 나누고 한 눈금마다 돈으로 추가되는 기계가 아닌, 두루뭉술

플라스틱 바가지나 눈어림으로 '이만큼이면 오천 원, 만 원'이 되는 곳. 그 곳에서는 칼날같이 백 원을 얹거나 십 원을 보태는 일이 없다. 그러고도 손아귀를 한껏 벌려 한 움큼 얹어주는 덤. 어느 눈금에도 속하지 않는 넉넉한 계산법이다.

어차피 사람과 사람이 부대끼며 사는 세상. 몇백 원, 몇십 원으로 아귀를 맞추거나 우수리로 털어 버리거나, 구태의연과 진화 사이에서 어느 쪽에 마음을 내려놓을까.

시대를 따라가자니 너무 얍삽해지고 속도만 쫓게 되고, 갈수록 마음은 허허로워진다. 하지만 추억으로만 살 수는 없는 법. 적당히 수평을 맞춰 기울지 않는 센스를 발휘하자니 갈수록 빈번해지는 버퍼링에 적잖이 당황스럽다.

그래서 얻어낸 결론. 오늘까지는 마무리, 내일부터는 덤. 나는 언제나 덤으로 살아간다.

오답 노트

눈부시게 아침이 밝았다가, 오후 잠깐 느닷없는 먹장구름에 한바탕 소나기가 퍼부었다가, 뚝— 빗줄기가 멈추었다.

우와, 환호성을 불러온 무지개가 찬란히 떠올랐다가 저녁 어스름이

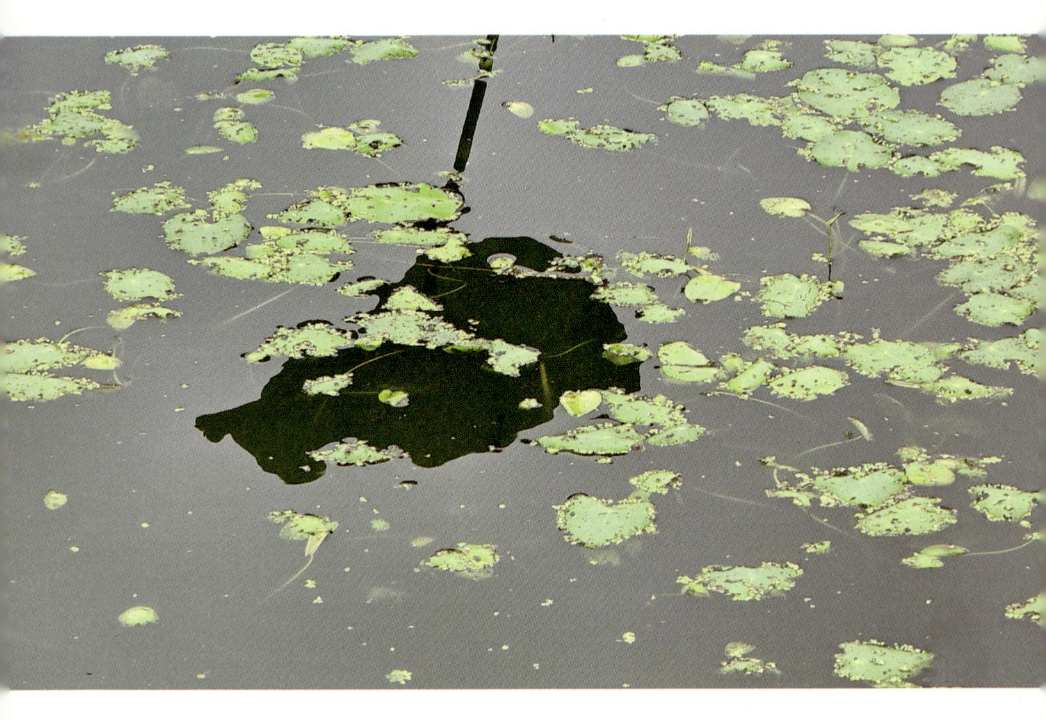

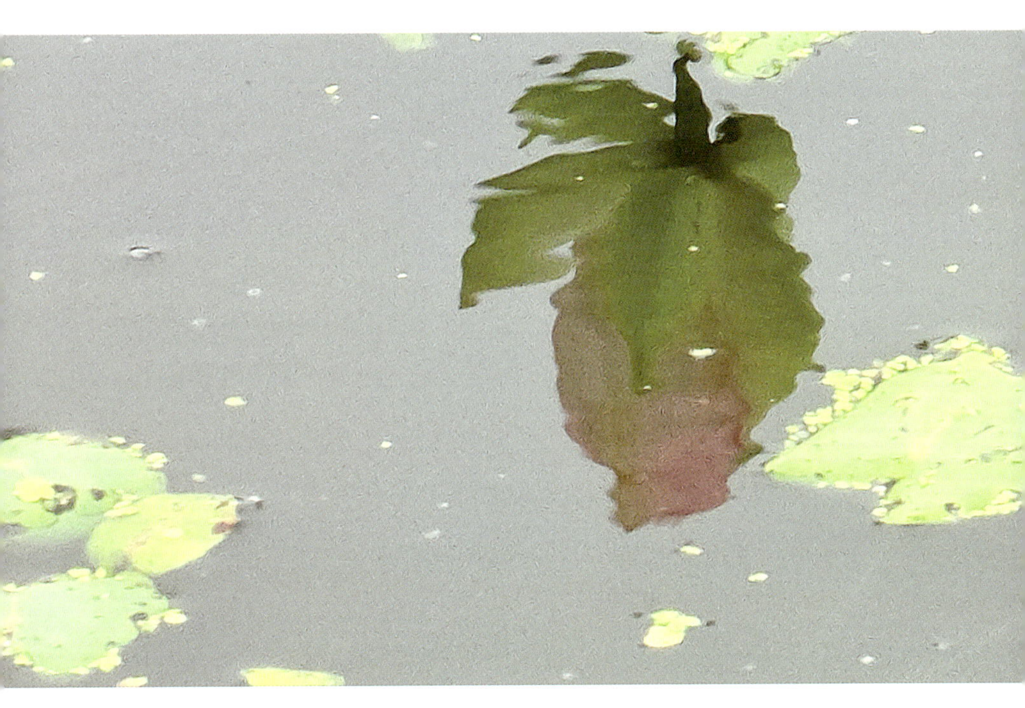

붉은 노을을 삼키며 저물어 간다.

"오늘 하루 나는 무얼 했더라?"

기억이 나지 않는다. 쭈뼛거리고 주춤거리다 아쉽게 시간만 흘려보내을 뿐, 기억이 나지 않을 만큼 아무 일도 없었다는 건 그 어떤 좋은 일보다도 다행하다는 것이다.

지금까지 이만큼 무탈하다는 건 기쁘고 행복한 별일들이 아닌, 기억조차 나지 않는 아무 일도 없었던, 별일 없는 날들의 덕분이었다는 것을.

기적이란 기억 속에 화려하게 등장하는 이벤트가 아니라, 아무리 떠올리려 해도 떠오르지 않는 아무렇지도 않게 지나가 버린 날들이거나 별일 없이 지나가는 매 순간순간이라는 것을.

다행이란 불행의 최소치가 아니라 행운의 최대치라는 것을. 다소곳하게 중력에 순응하는 물든 잎새처럼 은밀하게 낙법을 익힐 나이다. 수면 위에 이는 파문 하나도 기적임을 온몸으로 받아들이는 나이 즈음에.

숨는다는 것, 숨긴다는 것

숨는 일

누군가 훔쳐보고 있는 듯하다. 그도 그럴 것이, 이 지구에서 내 눈 양쪽만 빼놓고는 다 남의 눈이 아니던가. 저절로 숨는 일과 애써 숨기려는 일로 사람들은 무엇인가를 하려는 것 같다.

나무 속에는 이파리와 꽃과 열매들이 숨어 있지만, 사람 속에는 무수한 사람이 숨어 있고 또 사람 속에 자신을 숨겨놓으려고 한다. 드러내는 일보다 숨기는 일로 유지되는 관계들이 훨씬 더 많다.

잔뜩 흐린 구름 속에는 분명 한차례 소나기가 숨어 있다. 물속 돌을 들추면 부연 흙탕물 속에서 하늘이 후다닥 도망치던 어린 날의 풍경. 그런 들킴의 순간에 어떤 불화가 있었을까.

겨우 마음 한구석을 들켰을 뿐인데, 몇 날 며칠이 불화 중이다. 누군가는 곁눈질로 나를 살피고 또 다른 누군가는 짐작으로 내 속을 살핀다.

서로를 들여다보는 일은 마음이 묻은 일들의 겉과 속을 잘 살펴야 한다.

뚫는다는 것

무채색을 뚫고 유채색들이 솟구친다. 어떤 점화 장치가 견고한 지구의 살갗을 뚫고, 또 거칠고 메마른 수피를 뚫고 불쑥불쑥 초록을 밀어내고 있을까.

아침부터 사람들의 분주한 움직임 소리가 조용한 골목을 뚫는다. 사람들의 분주한 움직임에서 파생된 소리라면, 후숙을 거친 뒤 각자의 씨앗으로 고요하게 발아해 여기저기 이런저런 관계의 넝쿨들로 뻗어나지 않을까.

아무런 소음도 없이 파랑이 뚫는 지구의 봄. 먼 곳을 바라보면 아지랑이들이 열선처럼 구불구불 공중을 데우고 있다. 점점 얇아지는 땅, 딱딱하던 땅이 저절로 열린다. 여전히 뚫지 못한 말 몇 마디는 스스로 그 끝을 뭉툭하게 매만지고 있다.

뚫는다는 것,

뚫린다는 것,

시시처처 발원이 범람하고 있다.

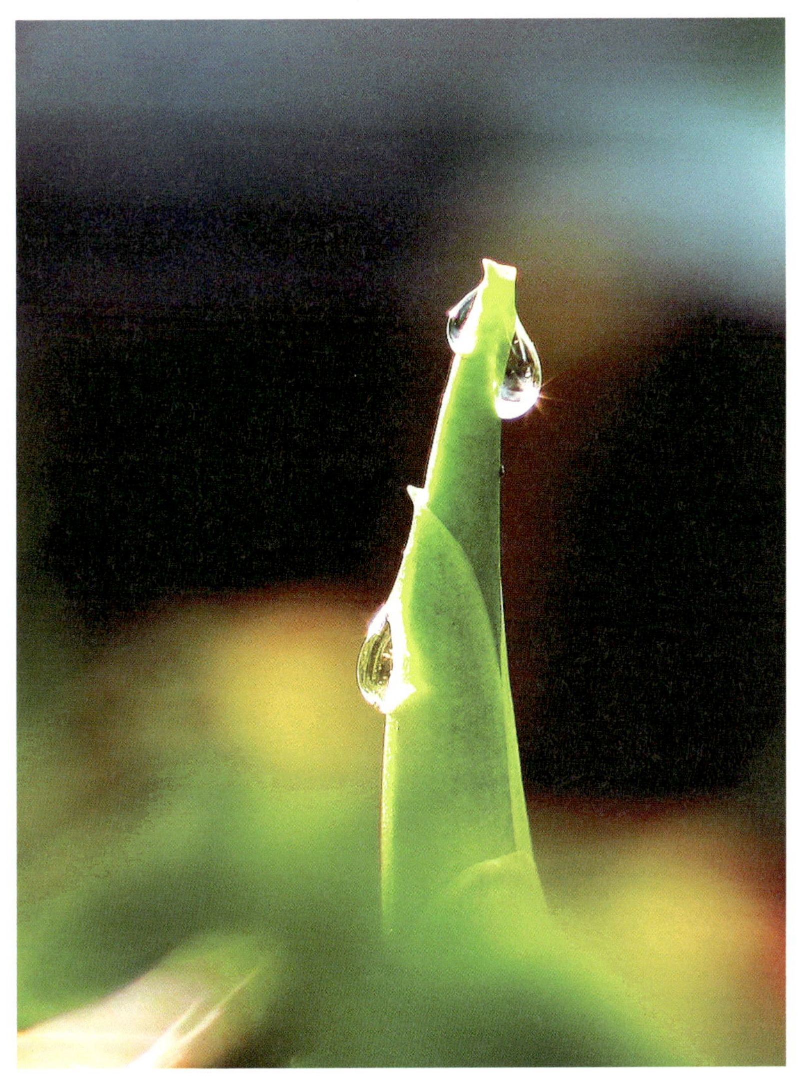

숨기는 일

사십오 도의 가파른 비탈에서도 나무는 꼿꼿이 수직으로 자란다. 그늘 쪽에서 햇살 쪽으로 가지와 이파리, 꽃을 끌고 나오는 나무들은 꼭 든든한 가장들 같다. 조금이라도 더 햇살을 먹이려고 안간힘을 쓰는 나무들은 땅속에 튼튼하고 질긴 제자리들을 숨겨 놓고 있다. 숨겨 놓았지만 누구라도 그곳에 뿌리가 있다는 것을 알고 있다. 나무들은 푸른 호수처럼 한여름을 가득 담아놓고 푸른 물결을 바람이 불 때마다 출렁거린다. 그러면서도 넘치거나 쏟지 않는다.

다만, 호수들도 때가 되면 나무들이 떨켜를 스스로 놓아 버리듯 저의 수위를 스스로 비우지만, 몰래 비우거나 몰래 채우지는 않는다. 물기를 다 비워낸 나무들에는 한겨울 사나운 바람이 가득 고인다.

숨기는 일은 빈약하지만 숨겨 놓은 일은 단단하다. 그래서 땅속은 언제나 튼튼하다. 지구의 땅속들이 질기고 잘 뽑히지 않는 것은 다 나무들의 뿌리 덕분이다. 그런 뿌리를 믿고 새순을 틔우는 봄의 날씨 때문이기도 하다.

시시각각

먼 산

멀리, 눈을 뜨면 제일 먼저 시선이 가닿는 곳에 갈매기 날개 두어 개를 접어 겹쳐 놓은 듯한 능선이 있다. 날씨에 따라 홑겹으로도, 층층이 여러 겹으로도 보이는 그 능선 위로 바람도 구름도 자유롭게 넘나들고, 어느 땐 저녁노을이 목을 놓아 시뻘건 울음을 흥건히 걸쳐 놓기도 한다.

내 나이 인생의 칠 부 능선쯤 넘었을까. 때로는 날카롭게, 때로는 부드럽게 표정을 바꾸는 그 능선을 따라 저 산의 팔 부, 구 부 능선을 오르기까지는 얼마나 걸릴까. 어느 날 저 능선에 오르면 어릴 적 쫓던 무지개를 잡을 수 있을까. 촉촉이 물기 머금은 시선이 겹겹이 부드럽게 허리를 감싼 능선을 좇는다. 불끈, 풀어진 허벅지 근육에 힘이 들어간다. 한 겹 지나 또 한 겹 오르고 내리고, 돌고 굽이쳐 이른 칠 부 능선쯤에 하얀 구름 띠가 스카프처럼 둘러 있다.

고향인 듯, 어머니의 품인 듯 언제나 눈길이 머무는 곳.

때로는 날카롭게 선을 그었다가, 때로는 포근하게 결을 이루다가, 때로는 또 아스라이 멀어져 간다. 같은 곳을 같은 시간에 바라보는데 왜 느낌은 시시각각 다른 색, 다른 결로 휘감기는지 알 수 없다.

먼 산, 무표정으로 다가와 말없이 일러준다.

모든 건 네 마음속에 있다고.

시차

이유도 모른 채 장염을 오래 앓고 홀쭉해진 몸과 퀭한 두 눈으로, 아직 주변의 윤곽도 채 드러나지 않는 새벽을 응시하고 있었다. 고통의 끝 무리에서 느껴지는 안도감이랄까, 허기랄까. 주섬주섬 무어라도 삼키고 싶은 욕구가 정수리를 뚫고 허공으로 흩어졌다.

촘촘한 기압을 밀어내며 낮게 비행음이 깔린다. 시카고발 서울행인지, 마드리드발 인천행인지 모를 희미한 깜박임이 소리만 길게 꼬리처럼 늘이며 멀어진다.

깜박임과 소리의 간극.

시카고와 서울의 시차.

마드리드와 인천의 온도 차.

너와 나 추억의 편차가 한 공간, 같은 시각에서 이루어진다는 사실이 낯설고 두렵다.

두 눈에 힘을 주고 외면할 수 없는 현실을 똑바로 응시한다. 처음과 끝의 어긋남을 인정하고 그 의미를 되새김질한다. 당당하게. 품격있게.

시선視線

세인트 홀리데이

세밑은 언제나 약간 춥고, 우울하며, 음산하다. 우리는 그것을 희망의 배음으로 깔고, 애써 허밍으로 화음을 맞춘다. 빽빽하던 푸른 그늘을 지나 선잠으로 지던 홍우. 이제는 앙상하게 야윈 가지 끝에서 내일을 물어다 줄 까치들의 리허설이 한창이다. 삼백예순 날 더러는 삐끗하기도,

더러는 빗물에 젖기도, 미끄러지기도 하며 굳은살 박이며, 그저 그렇게 지나온 하루하루가 가장 평온하고 다행한 삶이라고, 지금 발 딛고 서 있는 이 자리가 더없이 소중하다고 누군가는 허스키한 목소리에 힘을 준다. 이제 남은 단 하루, 신의 은총도, 자비도 범접할 수 없는 오직 나만을 위한 무념무상의 세인트 홀리데이. 작은 심지를 돋우어 촛불 하나 밝혀야겠다.

발자국

발자국은 인간의 또 다른 이름이다. 영원한 존재로서의 순수보다, 지금이라는 현실적 무게가 담겨 있다. 고통과 기쁨, 분노와 좌절, 이별과 사랑, 추억과 연민 등 일상의 무게를 발바닥으로 찍어낸다. 심장에 온기가 있다는 것은 이 지상을 걷는 일이다. 걸으면서 길옆의 작은 풀꽃에 감동하고, 풀벌레 소리에 귀 기울이는 일. 또 가끔은 비에 젖기도 하고, 바람에 옷깃을 여미기도 한다.

그래서 우리는 인간이라는 이름을 얻는다. 희망과 절망으로, 때로는 기대로 마음의 지층들을 쌓아가는 것이다.

얼짱 각도

하룻밤을 경계로 시선의 방향이 바뀌었다. 수없이 찍어 온 발자국들

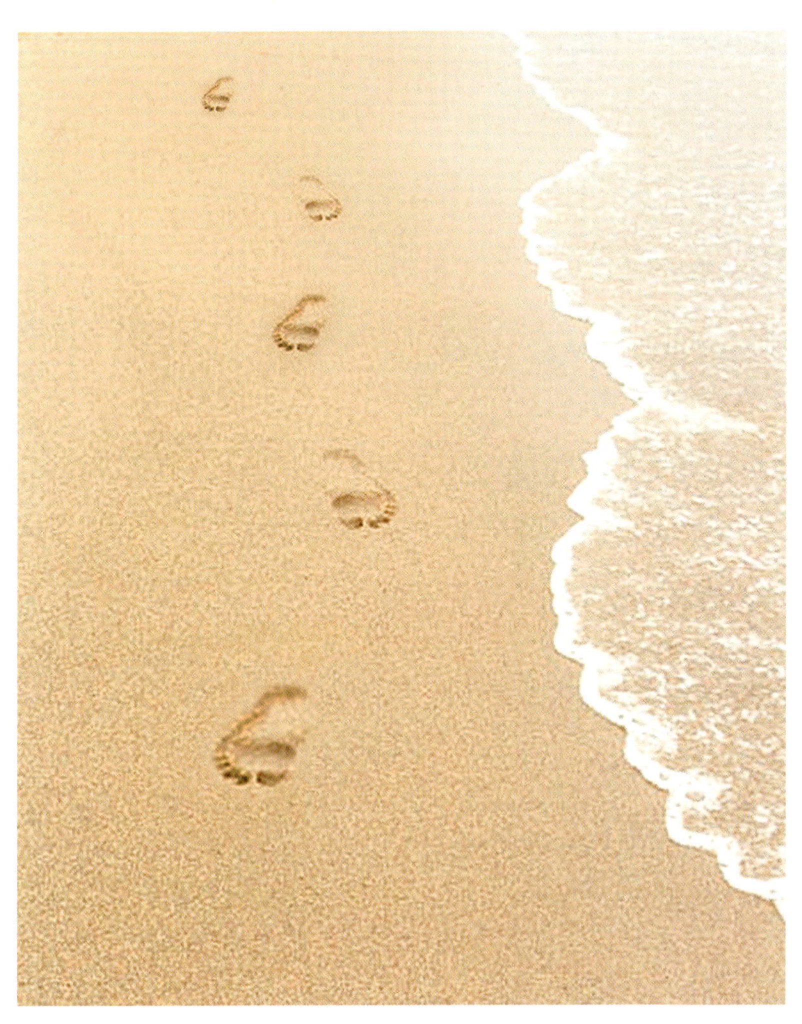

을 더듬다가, 고개를 돌려 앞을 바라본다. 새날의 환희와 각오와 설렘을 채 누리기도 전에 하루가 저물었다. 소담하게 솟아오른 부피만큼 지는 품새도 넉넉하다.

발랄하게 떠올라 다소곳이 내려앉는 해. 다소곳이라는 미명 아래, 때로 요염하다가, 도도하다가, 처절하다가 시시각각 새롭게 눈에 비치는 저 황혼녘은 살짝 비켜선 각도 때문이다. 지금까지 적나라하게 드러난, 또 앞으로 미지수로 펼쳐질 나의 여정도 살짝 방향을 틀어보면 그럴싸하게 입방체로 포장이 될까.

작심삼일 마감 시한을 이틀 남겨놓고, 어느 방향, 얼마만큼의 각도로 내 삶의 얼짱 각도를 설정해 놓을지, 어느 시점에서 찰칵, 셔터를 누를지 새해 첫날이 더없이 분주하다.

그늘이라는

그늘

한 번도 그 깊이나 넓이를 생각해 보지 않았다. 사십 도를 육박하는 지상의 숨 쉬는 생명체와 숨 쉬지 않는 무생물체까지, 지글지글 통째로 구워 먹으려는 저 무소불위의 권력이 이글이글 핏발 선 눈으로 세상을 집어삼킬 듯 내려다보기 전까지는.

제 깜냥만큼의 깊이와 넓이를 끌어모아, 전 재산이 그늘 한 채뿐인 나무가 수직으로 곧추서 있다. 여린 바람에도 간지럼을 타는 숫기로 태양과 맞짱을 뜰 수 있는 기개는 어디서부터 오는지, 제 발아래 거느리고 있는 말 없는 수묵 빛의 고요로부터 오는지. 빛이 어둠으로부터 출력되듯, 자지러지게 허공을 찢는 매미의 저력도 그늘이라는 깊은 바닥으로부터 다져진 걸까.

환하고 품 넓은 그늘 한 뙈기 거느리고 싶은 열망이 이카로스의 날개가 되어 저 지글지글한 열기에 녹아내리고 있다.

끄적끄적

허공에 보이지 않는 실금을 그어, 촘촘히 그물을 짜는 새소리가 아침을 당긴다. 밀물처럼 밀려오는 빛의 쓰나미에, 공원에 길게 누워 있던 나무 그림자가 퇴화하는 올챙이 꼬리처럼 점점 짧아져 제 발등을 겨우 가릴 때쯤, 세상은 온통 백색소음으로 적막해진다.

쉴 새 없이 모였다 흩어지는 구름, 끈질기게 나뭇잎에 달라붙어 하루 종일 하늘을 염탐하는 바람, 뒤축을 끌며 바쁘게 움직이는 발걸음들 사이사이에 빼곡하게 제 몫의 그늘을 새겨 넣는 저마다의 삶의 흔적들.

붉게 내려앉는 노을에, 끄적끄적 나의 하루도 잠긴다.

나를 돌아보다

봄, 여름, 가을, 겨울, 어김없이 찾아오는 계절의 한 어귀에서 문득, 나를 돌아보았다.

소실점으로 멀어지는 나의 지난날들, 보이지 않는 남은 날들. 어느덧 내 시선 밖 저쪽도 헤아릴 줄 아는 나이가 되었다. 자연스럽게 허물을 이해하고, 어려움을 배려하는 포용력도 생겼다.

나이가 가져다주는 크나큰 은혜다. 울퉁불퉁 참 많이도 스쳐 간 군상들과 이리저리 얽힌 사연들. 돌아보니 나무랄 것도, 추켜세울 것도 없는,

그저 고만고만한 일상의 편린들이었다. 이제는 아웅다웅을 넘어서, 각기 다름을 인정하고 서로 소통하며 어우러지는 아량도 품게 되었다.

흔들리다 잦아드는 저 물결처럼, 내 안의 상념들이 고요해지는 새벽, 한낮의 소란한 소용돌이를 지나고 차분하고 아름답게 가라앉을 저녁을 기대하는 마음으로, 요란하지 않게 조용히 아침을 맞는다.

누군가를 기억하는 것은 그동안 함께 나눈 그늘을 기억하는 것이다. 지나온 연륜에 촘촘히 새겨진 기억들. 아련하게 멀어져 가는 것들이 애틋함으로, 또 진한 그리움으로 다가온다.

나이는 그냥 먹는 게 아니다. 하나하나 그에 걸맞은 값을 치르고 지금 여기에 서 있는 것이다. 나만의 보폭으로, 건너뛰거나 뒷걸음질 치지 않고, 한 걸음 한 걸음씩 여기까지 왔다. 이젠 느슨하게 긴장을 풀어도 되는 나이다. 특별할 것도, 과시할 것도 없는, 그저 '보통'으로 분류되는 삶이 행복하고 성공한 삶이라는 생각이 든다.

얼마나 품을 키웠느냐에 따라 존재의 넓이가 달라지는 그늘. 그러나 그늘은 소유를 주장하지 않는다.

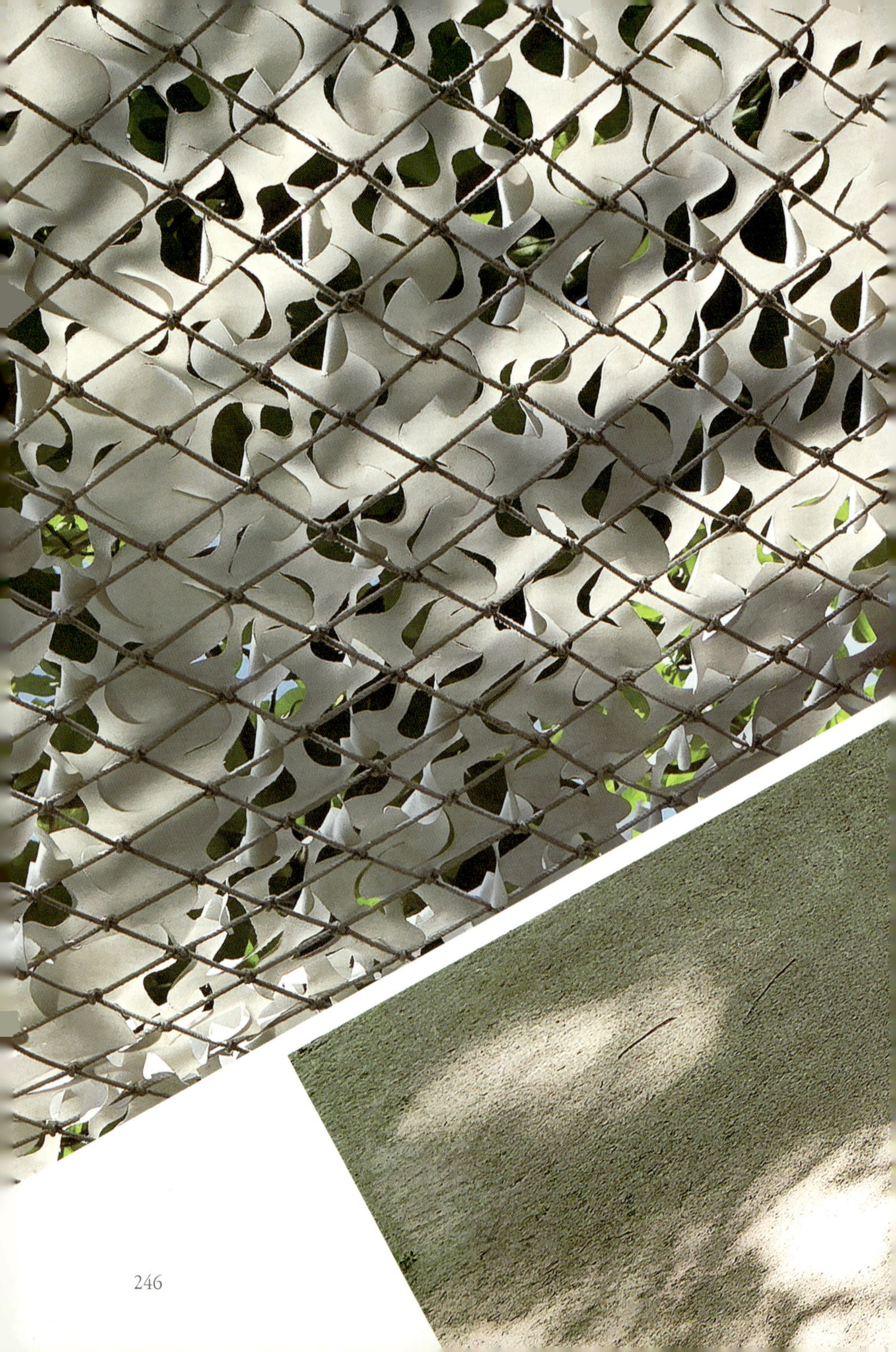

그늘 학교

가을이 되면 온통 그늘들이 울긋불긋해진다. 한여름에는 거뭇하게, 무채색으로 시원하던 그늘. 이제 그 그늘들은 다 날아가고, 노랗게 빨갛게 물든 잎들이 우수수 쏟아져 내린다. 그늘이 사라진 나무는 겨울 동안 바닥에 그려질 제 뼈의 모양을 보며, 여름의 체형을 알아차릴 것이고, 제 계절을 바닥에서부터 배울 것이다. 가는 물살 무늬로 햇살이 섞이는 그늘은 페이지마다 바뀌는 한 권 책의 내용처럼, 빛의 문자들을 식자한다. 그리고 풀벌레 소리, 뭉쳐진 바람 소리를 햇빛의 문자로 받아 읽는다.

쨍쨍할수록 서늘하고, 눈이 부실수록 어둑한 그늘 학교. 가을이 되면서, 티베트 고원에서 날아온 바람이 읽는다는 한 타래 룽다* 같은 이파리들. 해가 바뀌면 보다 풍성해질 제 그림자를 꿈꾸며, 저희들끼리 들뜬다. 이파리들이 다 떨어지면, 나무들의 하교가 시작된다.

*룽다: 티베트어로 '바람의 말씀'이라는 뜻.

벽

한때, 벽은 장애라고 생각하던 때가 있었다. 나아가고 싶어도 내 발길을 가로막는 벽, 오르고 싶어도 더 이상의 공간을 허락하지 않던 벽. 환한 달빛을 가리고, 완벽한 모양의 별자리를 자르던 벽이었다.

그러나 벽은 내가 생각하던 걸림돌로서의 벽이 아니라, 그것을 뛰어넘는 훨씬 더 확장된, 유연하고 탄력적인 의미를 내포하고 있다.

#1 담쟁이

8월의 태양만큼 붉은 능소화가 붉게, 붉게 벽을 타고 오른다. 저만큼 얕은 바람에도 손바닥을 활짝 편 담쟁이 이파리들이 나풀나풀 리듬을 탄다. 저 능소화는 기댈 데 하나 없는 허공 대신 벽에 의지해 꽃을 활짝 피우고, 담쟁이는 단단한 벽에 빨판 같은 촘촘한 뿌리를 밀착시키며 푸른 창공을 향해 끝없이 뻗어 오른다.

저들에게 벽은 어떤 의미이고, 어떤 역할일까.

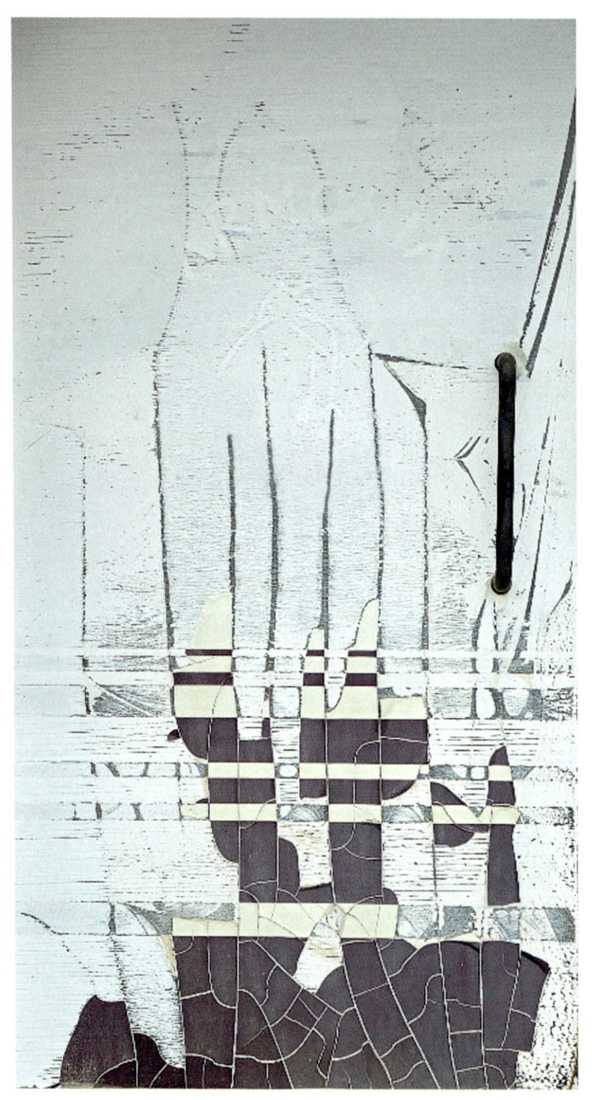

바람막이

꽃샘바람이 제법 옷깃을 파고들던 지난봄, 공원길을 걸었다. 햇살은 따스했으나 아직 땅속 깊이 스며들지 못했고, 바람은 부드러웠으나 마지막 기세를 떨치는 막바지 겨울바람을 밀어내지 못하고 있었다.

성급한 새싹들이 빼꼼 문을 열고, 언제쯤 뛰어나올까 기온을 가늠하고 있고, 추운 겨울을 보낸 가랑잎들은 이리저리 구르며 바스락거리고 있었다. 햇살을 비스듬히 걸친 담장 아래, 들고양이 한 마리가 동그랗게 몸을 말고 앉아 있다. 고양이가 바람을 피하고, 여린 햇살을 모아 휴식하기에 안성맞춤의 자리였다. 저 벽이 없다면 바람은 거칠 것 없이 허공을 가로질렀을 것이고, 햇살은 따스하게 고일 자리를 못 찾고 그냥 흩어졌을 것이다.

어릴 적 내 모습이 떠오른다. 유난히도 춥고 배고팠던 60년대 초, 어쩌면 집안보다 바람이 잠자고 햇볕이 고물고물 고여 있던 흙담 밑이 더 아늑했다. 그곳에서 오빠들의 구슬치기에도, 언니들의 고무줄놀이에도 끼지 못했던 예닐곱 살짜리 계집아이들은 옹기종기 모여 햇살 바라기를 하고 있었다. 초가지붕 위의 눈들이 봄바람에 녹아 똑똑, 낙수로 떨어졌고, 그 물방울들은 바닥에 동그랗게 우물을 팠다. 어린 계집아이들은 무엇이 그렇게 우스웠는지, 까르륵대며 떨어지는 그 물에 손을 갖다 대기도 하고, 그 물을 찍어 흙벽에 가나다라 겨우 깨치기 시작한 한글을 자랑삼아 써 내려가기도 했다.

금방 말라 흔적도 없이 사라졌던 그 글자들처럼, 이제는 하얗게 지워져 가물가물 기억 속에서도 희미해진 그 시절. 추위도 배고픔도 잊게 해주던 햇살 따사롭던 그 옛날 그 흙담 벽. 육십여 년이 지난 지금, 그리움이란 이름으로 새록새록 피어오른다.

디딤돌

내일이 벽이라고 느껴지던 시절, 그때의 벽은 완고했고 막막했다. 앞이 보이지 않아 답답했고, 그 너머의 세상이 두렵기까지 했다. 하지만 마음 한구석에는 오히려 보이지 않는 그 세상이 궁금했고, 막연한 기대감이 차올랐다.

그럴 때면 가슴이 두근두근 설레기도 했다. 오롯이

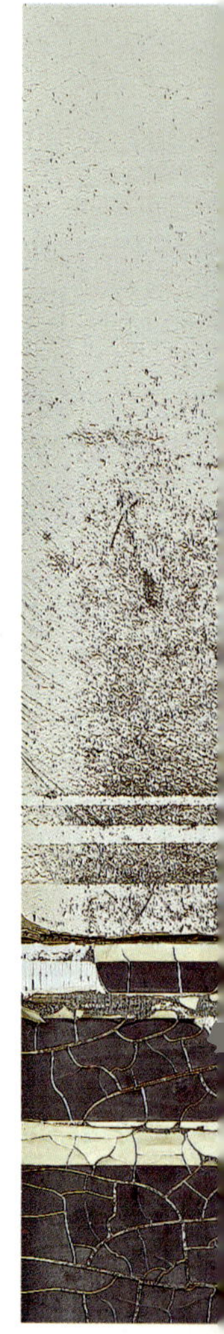

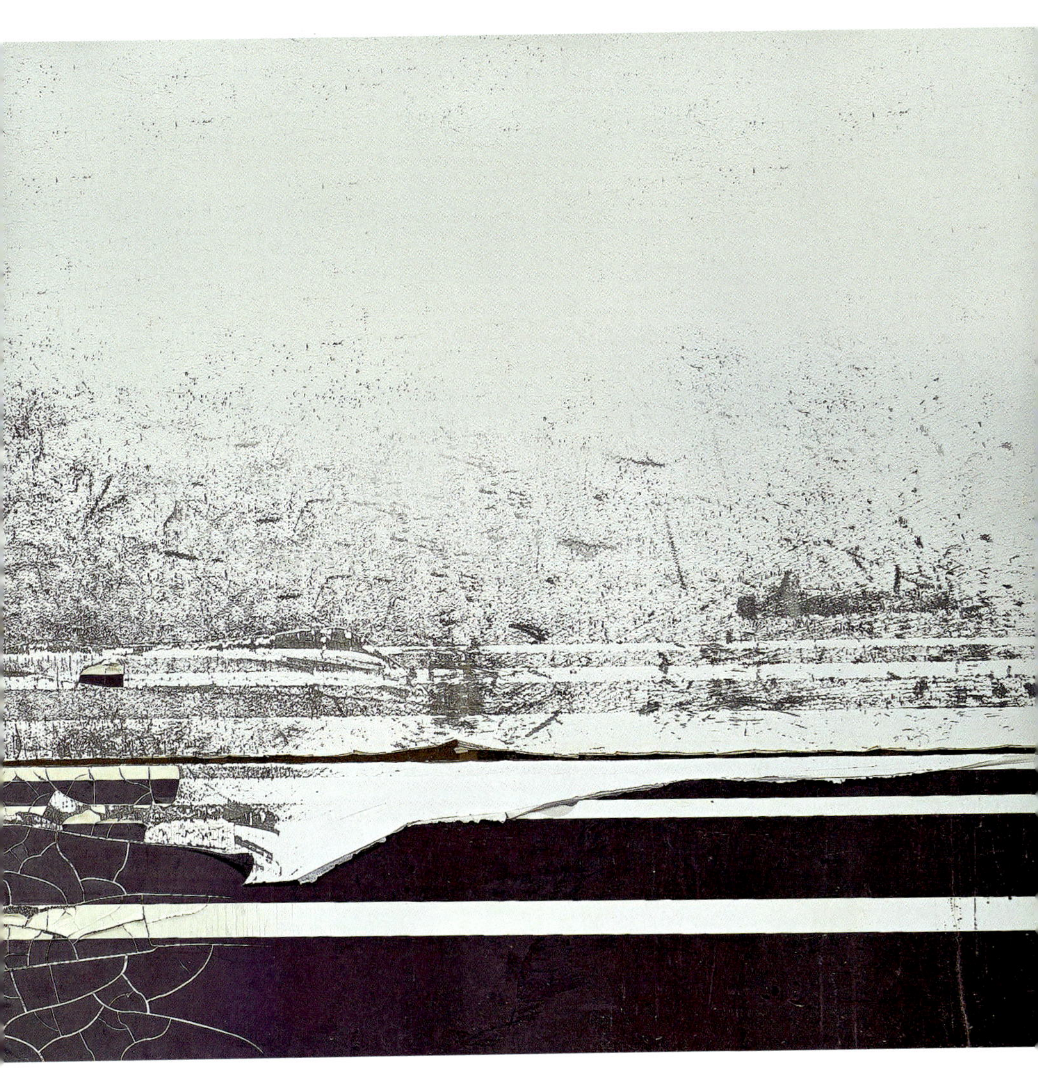

내가 만들어 갈 나만의 세상이 존재할 거라는 희망이 벅차게 타올랐다. 중학교를 졸업하고 나는 대도시에 있는 고등학교로 진출했다. 마치 물고기가 물을 만난 듯, 미지의 세계가 내 앞에 환하게 펼쳐졌다.

그때부터 벽은 내게 더 이상 두려움의 대상이 아니었다. 꿈과 이상을 펼쳐 나갈 미지의 세계, 마음껏 내가 만들어 갈 나만의 세계로 다가왔다. 순간순간 내 앞에 놓이는 벽을 디딤돌 삼아, 차곡차곡 한 계단씩 오르고 올라 드넓은 세상을 염탐하기도 하고, 조심스럽게 발을 내디뎌 보기도 했다. 그렇게 걸어온 벽 뒤의 세상은 나의 발자취가 되었고, 화려하진 않지만 떳떳하고 당당하게 그려진 나만의 삶이 되었다.

캔버스

지금은 벽의 기능이 대단히 우연해졌다. 경계를 짓거나 노출을 가리는 기능으로서의 역할이 아니라, 이제는 시각적 효과를 이용한 예술의 공간으로 활용되고 있다. 꼬불꼬불 추억을 불러일으키는 시골 동네 골목길에서도, 담장에 그려진 벽화를 어렵지 않게 볼 수 있다. 다소 낡고 오랜 세월의 때로 얼룩진 벽을 산뜻하게 벽화로 바꿔놓은 것이다.

벽화에 그려지는 그림들은 다양하다. 그 장소의 특징을 표현하는 것도 있고, 문화재나 유물을 소개하는 장소에서는 역사적 흐름을 이해하는

데 도움이 되기도 한다. 요즘엔 투명한 유리로 벽을 쌓아 올린 대도시 고층 건물에서도 다양한 그림을 감상할 수 있다. 물론 이곳에서는 최첨단 과학의 힘을 빌려, 아날로그적인 그림이 아닌 레이저를 이용한 빛의 예술을 감상할 수 있다.

이렇게 이제 벽은 단절의 벽이 아닌, 소통과 정보를 제공하는 공간으로서의 역할로 확대되었다. 한적한 시골 마을의 벽화에서는 졸졸 시냇물도 흐르고, 알록달록 꽃도 피고, 나무 그늘에서 새가 앉아 쉬기도 한다. 반면에 대도시의 빌딩 숲을 이루는 유리벽에서는 무한 우주가 펼쳐지기도 하고, 넘쳐나는 정보가 홍수를 이루기도 한다.

이제 벽은 일차원적인 의미를 넘어서 과거와 현재, 미래를 하나로 연결하고, 무한히 확대될 수 있는 공간으로서의 의미에 더 가치를 두고 있다.

공감하는공간 28
바람 끝에 머문 시선
ⓒ 황금모, 2025

글, 사진_ 황금모

발 행 인_ 이도훈
펴 낸 곳_ 파란하늘
초판발행_ 2025년 11월 21일

사무실_ 서울시 서초구 법원로3길 19, 2층 W109호
          (서초동, 양지원빌딩)
전 화_ 02) 595-4621
팩 스_ 0504-227-4621
이메일_ flyhun9@naver.com
홈페이지_ www.dohun.kr

ISBN_ 979-11- 94737-41-4 03810
정가_ 16,000원